오윤희
지음

영숙과

Young Sook and Jade

제이드

리프

차례

제이드 1: 2019년 10월

엄마를 묻은 날은 부슬부슬 엷은 비가 내렸다. 땅속까지 흠뻑 스며들지 않는, 사물을 슬쩍 스치고 지나갔다가 그대로 투명하게 사라지고 마는 듯한 존재감이 엷은 비였다. 그 부슬비가 엄마의 관 위에 살포시 내려앉았다가 미미한 흔적조차 남기지 않고 공기 중으로 사라지는 걸 바라보면서 비가 엄마와 닮았다고 생각했다.

어린 시절 살았던 시애틀 포트 루이스Fort Lewis와 텍사스 킬린Killeen에서 아시안 여성은 보기 드문 존재였다. 사람들의 시선은 엄마의 검은 머리와 동양인 특유의 선이 가는 얼굴 윤곽에 다른 이들을 볼 때보다 몇 초 정도 더 오래 머물곤 했다. 그럴 때마다 엄마는 자신의 발치를 바라보며 묵묵히 그 시선을 견뎠다. 하지만 단순한 호기심이든 어떻든 간에 엄마가 타인의 관심을 끄는 것은 처음 한 번뿐이었다. 엄마의 어눌한 영어 실력과 말할 때마다 스스로가 외국인임을 여실히 드러내는 강한 억양을 접한 사람들은 즉각적으로 엄마를 향한 관심을 접었다. 엄마의 존재감은 아주 빠른 순간 반짝였다가 순식간에 사라졌다. 짧은 순간 투명하게 반짝이다가 그대로 증발하고 마는 저 빗방울들처럼.

때로는 엄마가 일부러 자신의 존재감을 지우려 한다는 느낌이 들 때도 있었다. 누군가 엄마에게 말을 걸려고 하면 그렇지 않아도 왜소한 몸은 갑자기 더 작아지는 것처럼 보였다.

"한국에서 왔다고요? 그럼 고향은 어디예요?"

"아…… 저…… 남쪽 도시인데…… 아마 들어본 적이 없을 거예요."

"미국 생활은 어떠세요?"

"……좋아요."

"어떤 점이요?"

"미국은 잘사는 나라잖아요……."

때로는 그 짧은 답변을 하면서도 엄마가 필사적으로 상대방과 자기 사이에 투명한 벽을 치고 싶어 한다는 인상을 지울 수가 없었다. 그럴 때 엄마는 "부탁이니 제발 이 너머로는 더 이상 다가오지 마세요"라고 마음속으로 소리치고 있는 것처럼 보였다. 어릴 때는 엄마의 그러한 태도가 수줍음과 영어에 대한 자신감

부족이 원인이라고 생각했다. 실제로 엄마는 사람들이 영어로 말을 거는 것을 극도로 두려워했다. 마트 계산대에 물건을 올려놓다가 점원이 무언가 물으면 엄마의 몸이 살짝 경직되는 게 느껴지곤 했다. 언젠가부터 그럴 때마다 통역을 담당하는 것은 내 몫이 됐다. 가끔씩 어린 마음에도 저런 엄마가 어떻게 영어밖에 하지 못하는 아빠와 연애를 하고 결혼을 해서 미국까지 올 수 있었는지 궁금했다.

"사랑에 빠진 남녀 사이엔 많은 말이 필요 없어." 고등학교 시절, 단짝 에이미는 웃으며 그렇게 말했다. 실제로 당시 텔레비전이나 영화 속에서 본 연인들도 그랬다. 어쩌면 엄마와 아빠도 그렇지 않았을까, 라고 나는 마음속으로 되뇌었다. 비록 그들의 모습에서 한때 열렬하게 사랑했던 연인의 흔적을 찾기란 어려웠지만. 하지만 어쩌면 부부란 게 본래 그런 건지도 모른다. 나 역시도 전 남편 마크와 결혼한 뒤부터는 더 이상 그와 대화를 하지 않았다. 연애할 때는 무슨 할 말이 그리도 많았는지 매일같이 한 시간이 넘도록 전화기를 붙들고 있곤 했는데, 막상 결혼을 해보니 샘솟듯이 터져 나오던 대화가 애정과 마찬가지로 사라져버렸다. 겉보기론 아무런 열정이 느껴지지 않던 엄마와 아빠가 마지막까지 어떻게 부부라는 사회적 틀을 유지할 수 있었는지 깨달은 건 내가 결혼 생활을 시작한 뒤였다. 결혼의 바탕은 사랑이 아니다. 부부 관계란, 둘 간의 요구와 욕망에 기반을 둔 이해관계일

뿐이다. 어느 한쪽이 더 이상 그 이해관계를 필요로 하지 않게 될 때까지.

아빠가 끝까지 엄마와 이혼하지 않았던 것도 아마도 엄마를 사랑해서가 아니라 필요로 해서였을 것이다. 아빠가 필요로 했던 것 중 하나는 엄마의 요리였다. 엄마는 요리를 잘했다. 학교 다닐 때 친구들처럼 피넛버터와 젤리(과즙을 넣고 졸인 잼)를 바른 토스트를 싸달라는 내 말에 엄마는 충격을 받은 듯 눈을 깜빡거리며 말했다 "제이드, 그거 제대로 된 음식이 아니야."

엄마가 말하는 '제대로 된 음식'은 엄마가 나고 자란 한국식으로 만든 음식이었다. 노릇노릇하게 부친 감자전, 고소한 냄새가 나는 시금치 무침과 생선 조림…… 부엌에서 그런 음식들을 만들 때면 엄마의 얼굴엔 좀처럼 보기 힘든 환한 미소가 어리곤 했다. 어쩌면 그때야말로 엄마의 존재감이 발휘되는 유일한 순간이었는지도 모르겠다. 아빠는 엄마의 요리를 좋아했다. 가끔씩 이삐기 엄마를 인건히 떠나기 않는 가장 큰 이유는 요리 때문이었는지도 모르겠다고 생각했을 정도로. 군인이라 전지훈련을 앞두고 있을 때면 마늘이나 향신료가 강하게 밴 요리는 피했지만, 집에서 쉬는 날이면 아빠는 종종 엄마에게 한국 음식을 해달라고 주문하곤 했다. 운전을 하지 못했던 엄마는 가끔씩 휴일에 아빠가 모는 차를 타고 교외에 있는 아시안 식재료 매장까지 가서 한국 음식을 만들기 위한 재료를 사왔다.

어린 시절 내가 좋아했던 요리는 당면으로 만든 것이었다. 처음엔 스파게티와 달리 속이 투명하게 비치고 미끌미끌한 면발에 반감을 느꼈지만 막상 씹어보니 쫄깃한 감촉이 마음에 들었다. 내가 여덟 살 정도 됐을 때 엄마는 갓 학교에 입학한 나를 위해 런치박스에 당면을 넣어주었다. 하지만 당면과 생선 구이가 들어간 내 런치박스는 샌드위치와 크래커로 구성된 다른 아이들의 것과는 너무 동떨어졌다. 엄마에게서 물려받은 아시안 특유의 머리, 눈 색깔과 마찬가지로. 아이들은 내 런치박스와 얼굴을 번갈아 힐끔거리고 쳐다보며 자기들끼리 뭐라고 수군거렸다. 한 남자 아이가 당면을 가리키며 "그거 누들이야?"라고 물어본 뒤 내가 대답을 하기도 전에 "뭔가 기분 나쁘게 생겼네"라고 말했다. 아니야, 그렇지 않아. 이게 얼마나 맛있는데. 머릿속으론 그렇게 생각하면서도 막상 많은 사람의 시선이 내게 쏠리니 입이 떨어지지 않았다.

"너네 엄마는 일본에서 왔어?"

"아니."

"그럼 중국?"

"아니, 한국."

"한국? 그런 나라도 있어?"

여기저기서 키득거리는 소리가 들렸고 나는 조용히 런치박스 뚜껑을 덮었다. 집에 돌아왔을 때 "왜 음식을 모조리 남겨왔냐"라는 엄마의 물음에 나는 "피넛버터와 젤리 샌드위치를 싸줘"라고 했다.

"하지만 그건 제대로 된 음식이 아니야. 넌 아직 어리니까 더 영양가 있는 걸 먹어야 해."

"남들은 다 그런 걸 싸오는걸."

"그 아이들 엄마는 다른 걸 만들 줄 모르나 보지."

"난 엄마가 만드는 냄새나는 음식 싫어. 나도 남들과 똑같은 거 먹을래."

그때 나는 엄마의 눈에 내가 그동안 많이 봐왔던 무언가가 스치고 지나가는 걸 느꼈다. 사람들이 엄마의 영어를 잘 알아듣지 못할 때, 엄마들 모임에서 자기 혼자만 겉돌고 있다는 걸 발견했을 때, 엄마의 말에 아빠가 무응답으로 반응할 때 엄마의 눈에선 종종 저런 빛이 나타났다가 사라졌다. 좀 더 자란 이후에야 그게 '낙담'이라는 걸 알았다. 엄마가 나를 향해 그런 감정을 내보인 것은 아마 그때가 처음이었을 것이다.

하지만 엄마는 다음 날도, 그다음 날도 고집스럽게 정성껏 만든 '특이한' 런치박스를 내게 들려줬다. 첫날 굴욕적인 경험을 한 뒤로 나는 늘 아이들과 멀찍이 떨어진 곳에서 책으로 런치박스를 가린 채 혼자 조용히 밥을 먹었다. 그런 내게 아무도 다가와주지 않았다. 나도 다른 아이들과 똑같아지고 싶었다. 남들과 다른 내 외양을 바꿀 수 없다면 최소한 런치박스 내용물만이라도 비슷해지길 바랐다. 그리고 그런 작은 기회마저 빼앗아버린 엄마를 미워했다.

엄마의 유일한 자랑거리이자 존재감을 나타내는 수단이었던 요리는 내가 속한 사회에서 내 위치를 더욱 쪼그라들게 만들었다. 우리 모녀는 그런 식으로 아주 오래전부터 어딘가 엇나가서 삐걱거리고 있었다.

///////////////

장례식을 치른 다음 날, 엄마가 삶의 마지막 순간을 보냈던 요양원으로 향했다. 3년 전 아빠가 암으로 세상을 떠난 뒤 엄마는 둘이 살던 집을 팔아 의료비를 갚고 혼자서 살 작은 집으로 이사했다. 그 뒤 약 1년간이 엄마의 인생에서 유일하게 자유로웠던 때가 아닐까 싶다. 아예 딴살림을 차려 나갔던 아빠는 몸이 아픈 뒤엔 언제 그랬냐는 듯 시치미를 떼고 엄마 곁으로 돌아왔다. 어떤 마음으로 아빠를 다시 받아들였는지는 알 수 없지만 엄마는 늘 그렇듯 겉으론 아무 저항 없이 돌아온 아빠를 맞이했고, 마치 평생의 연인이었던 것처럼 헌신적으로 병 수발을 들었다. 아빠가 그런 엄마에게 감사의 말이라도 제대로 했을지 의문이었다. 아빠에게 엄마는 언제나 당연히 자신의 편의를 봐주는 존재였으니까.

엄마의 머리에 이상이 나타나기 시작한 건 지난해부터다. 처음엔 나이가 들어 자연스럽게 판단력과 기억력이 떨어지는 거라고 생각했다. 그런데 어느 날 엄마의 이웃집에 사는 셰릴이 내게 연락을 했다. 아무래도 엄마가 이상하다고, 프라이팬을 불이 켜진 가스레인지 위에 올려놓은 걸 잊어버려서 하마터면 집에 불이 날 뻔 했다고. "치매 검사를 받아 봐야 할 것 같아요"라고 셰릴이 말했다.

아니길 간절히 바랐지만 결과는 역시나 치매였다. 나쁜 예감은 빗나가는 법이 없다. 학교 교사로 매일 출근을 해야 하는 나로선 24시간 곁에 붙어 엄마를 돌볼 수기 없었다. 병원 측에선 요양원을 권했다. 엄마가 반대하지 않을까 걱정했는데 다행인지 불행인지 그즈음 엄마는 본인의 상황을 정확히 이해하지 못할 정도로 판단력이 흐려진 상태였다. 엄마는 살던 집을 다시 정리하고 생애 마지막 거처가 된 요양원으로 이주했다. 그게 바로 열 달 전이다.

엄마는 요양원에서도 특별히 스텝들의 주의를 필요로 하지 않는 사람이었다. 약을 복용하지 않겠다고 투정을 부리거나, 집에 가고 싶다고 소동을 부리는 일도 없었다. 다른 노인들과 어울리지도 않았다. 조용히 의자에 앉아 하루 종일 혼자만의 세계 속에 머물러 있었다. 내가 말을 걸어도 멍한 시선으로 바라봤고 가끔씩 내가 이해할 수 없는 한국어로 혼잣말을 하기도 했다. 이 세상에서 보낸 마지막 몇 달 동안 엄마의 존재감은 더더욱 옅어져 마치 희미한 유령 같았다. 며칠 전 감기가 갑자기 폐렴으로 악화돼 병원으로 이송한다는 연락이 오기 전까지, 나는 엄마가 세상을 떠날 수 있다는 생각을 조금도 하지 못했다. 유령이 죽을 수는 없는 거니까.

///////////////

"제이드, 정말 유감이에요. 수지Suzie는 정말 좋은 분이었어요."

요양원 행정 직원인 메기가 나를 꼭 껴안으며 그렇게 말했다. "좋은 분이었다"는 건 아마 세상을 뜬 누구에게나 쓰는 표현일 것이다. 메기는 유령과 같은 상태였던 엄마가 어떤 사람인지 제대로 알 리 없었다. 평생 엄마를 봐왔던 나조차도 엄마가 어떤 사람이었냐고 물으면 뭐라고 답을 해야 할지 모르겠다. 내성적이고 말이 없는 사람? 자신의 감정을 잘 드러내지 않는 사람? 엄마는 다른 사람들에게 하는 것처럼 나를 향해서도 넘어올 수 없는 얇은 벽을 쳐놓고, 그 벽 너머의 자신을 결코 보여주려 하지 않았다.

"짐은 하나도 건드리지 않았어요. 상태가 좋아져서 다시 돌아오길 바라고 있었거든요."

"고마워요, 정리할 물건이 많진 않겠지만 시간이 좀 걸릴 수도 있어요."

"그건 걱정하지 말아요. 필요한 만큼 머물도록 해요."

지금은 없는 엄마가 한때 존재했던 작은 방. 그 작은 세계는 '수지 데이비스Davis'라는 사람에 대해 메기나 내가 할 수 있는 것보다 더 많은 것을 말해주고 있었다. 엄마가 이곳으로 가져온 물건은 놀랄 만큼 적었다. 아빠와 내가 함께 살 때부터 사용했던 가구를 제외하곤 엄마 자신의 소유라고 할 만한 것은 거의 없었다. 한 사람이 소유하고 있는 물건들이 그 사람이 살아온 세월, 그 사람이 지닌 기억을 얘기해준다고 한다면, 엄마에겐 소중히 간직하고 싶은 세월이나 기억이라고 할 만한 게 그다지 없었던 셈이다.

말년에 아빠가 자주 앉아 있곤 하던 흔들의자 위엔 수수한 회색 카디건 하나가 놓여 있었다. 집어 들고 냄새를 맡으니 희미하게 엄마의 냄새가 났다. 엄마가 사용하던 희미한 라벤더향 향수에 섞인 엄마의 체취, 세상을 떠난 사람보다 그 사람의 냄새가 더 오래 남아 있다는 게 불가사의하게 느껴졌다.

옷장엔 몇 벌 안 되는 엄마의 옷이 가지런히 걸려 있었다. 하나같이 튀지 않는, 무난하다면 무난하고 지루하다면 지루하다고 할 옷밖에 없었다. 남들의 시선을 받는 것을 극도로 꺼려 하는 엄마가 입을 법한 옷이라고 생각하며 옷장 문을 닫으려다 보니, 옷장 깊숙한 곳에 있는 작은 상자 하나가 눈에 띄었다. 오래된 구두상자에 쓰고 남은 포장지를 덧입힌 것처럼 보이는 낡은 상자. 옷장 속 깊이 감춰놓은 이런 상자 안에는 대개 소중히 간직하고픈 추억이 어린 물건이나, 감추고 싶은 비밀을 담아놓기 마련이다. 엄마에게도 그런 것들이 존재할 수 있다는 사실이 내게는 신선한 충격이었다.

박스 안에 있는 내용물 역시 엄마가 가진 다른 모든 것들과 마찬가지로 별로 많지 않았다. 제일 먼저 눈에 띈 것은 어릴적 내가 어머니의 날Mother's Day에 엄마에게 준 카드였다. "엄마, 사랑해요"라는 글자가 적혀 있었다. 삐뚤삐뚤한 글씨체와 크레용으로 그린 서툰 그림으로 미뤄 볼 때 아마도 학교에서 미술 시간에 만든 과제물인 것 같았다. 학년이 바뀔 때마다 꾸준히 만들었던 듯, 한 뭉치가 가는 노끈으로 곱게 묶여 있었다. 그다음으로 발견한 것은 어디선가 본 듯한 기억이 나는 물건이었다. 가는 금 밴드에 알이 굵은 녹색 보석 알이 박혀 있는, 동양적 느낌이 물씬 나는 반지. 어린 시절, 엄마가 가끔씩 화장대에서 그 반지를 꺼내는 것을 나는 물끄러미 지켜보곤 했다.

"엄마, 그거 누가 준 거야?"

"엄마가 소중하게 생각하는 사람."

"그런데 왜 끼질 않아?"

"어떤 물건은 사용하기 위해 갖고 있는 게 아니야, 기억하기 위해 갖고 있는 거지."

"그럼 그 사람을 기억하기 위해 반지를 갖고 있는 거야?"

"응."

"그 사람이 보고 싶어?"

"응."

"그럼 만나면 되잖아."

"……."

"그 사람이 한국에 있어?"

"……."

엄마는 질문에 대답하지 않고 반지를 화장대 안에 집어넣고 서랍을 닫았다. 그 모습이 너무 슬퍼 보여서 더 이상 엄마에게 질문 공세를 할 수가 없었다. 그 뒤 오랜 세월 동안 이 반지의 존재는 내 머리에서 완전히 사라져 있었다. 아주 오래 전 엄마와 나눴던 대화가 조금 전 되살아나 봉인된 내 기억을 풀어놓기 전까지.

마지막으로 발견한 건 한눈에도 오래돼 보이는 흑백 사진 한 장이었다. 사진 속에는 얇은 빈소메 원피스를 입고, 어깨까지 오는 머리에 굵게 컬을 넣은 파마를 한 젊은 여인이 화사하게 웃고 있었다. 바로 엄마였다. 쌍꺼풀이 없는 서늘한 눈매에 한쪽 볼에만 패는 보조개가 진, 내가 알지 못했던 시절의, 내가 만나지 못했던 엄마. 내 딸 케이트보다 고작 대여섯 살 더 많아 보이는 앳된 모습의 엄마가 수줍은 얼굴로 카메라를 쳐다보고 있었다. 그 눈에 어린 생기가 너무나 눈부셔서, 그 얼굴에 떠오른 젊음이 너무나 환해서 나는 한참 동안 사진 속 엄마에게서 눈을 떼지 못했다.

엄마의 옆에는 또래로 보이는 젊은 남자 한 명이 엄마의 어깨에 가볍게 팔을 두르고 있었다. 아무리 오랜 세월이 흘러 외양의 변화가 왔다 해도 그가 아빠일 리 없다는 사실은 0.1초 만에 알 수 있었다. 그는 동양인이었다. 호리호리한 체격에 수줍은 미소를 띄고 있는 동양인 남자.

이 사람은 누굴까? 혹시 엄마에게 저 반지를 준 사람일까? 엄마가 평생 가슴속으로 조용히 품어 왔던 잊을 수 없는 사랑일까? 설령 엄마에게 그런 사람이 있다고 해도 이미 마흔도 한참 넘은 내게 화나 배신감이 더해질 수는 없었다. 오히려 순종적인 동양인 아내의 전형이라고 할 만큼 자기 주장 없이 살아온 엄마의 가슴 깊은 곳에 몇십 년간, 아니 죽는 순간까지 아름다운 추억이 자리 잡고 있었을지도 모른다는 사실이 묘한 안도감을 안겨줬다.

[1973. 5. 22.]

사진 뒷면에 적힌 숫자였다. 아마도 이 사진을 찍은 날이리라. 내가 태어나기 1년 전이었다. 나는 가물가물한 기억을 끄집어내 그 밑에 적혀 있는 한글도 읽어보려고 미간을 찡그렸다. 엄마는 내게 한글 읽는 법을 따로 가르쳐주지 않았다. 아주 어릴 때는 엄마와 한국어로 많이 이야기하곤 했기 때문에 자연스럽게 기본적인 한국어를 익혔지만 학교에 입학한 뒤부터는 영어로만 대화하게 되면서 어린 시절 배웠던 것은 모두 잊어버렸다. 내가 기초 한국어 교재에 다시 손을 댄 것은 최근의 일이었다. 몇십 년 전에는 아무도 관심을 갖지 않던 한국이라는 나라는 최근엔 내가 가르치고 있는 10대들 사이에서 제법 매력적인 곳으로 급부상한 모양이었다. 자신이 좋아하는 가수의 포스터를 어디에선가 구해와서 그 밑에 적힌 한글의 의미를 알려 달라는 몇몇 학생들에게 나는 난처한 표정으로 고개를 흔들어야 했다. 그날 나는 집으로 돌아와 곧장 아마존에서 한국어 교재를 주문했다.

[영호와 함께]

다행히 사진 뒷면에 직힌 글은 내 기본적인 한국어 실력으로도 읽을 수 있을 정도로 짧았다. '영호'는 아마도 사진에 찍힌 남자의 이름일 것이다. 그런데 '와 함께'라는 긴 뭐지? 영어로 'together' 'with'라는 뜻이 아닐까? 집에 가서 한번 찾아봐야겠다, 라고 생각하며 뚜껑을 덮으려고 하는데 상자 제일 밑바닥에 깔린 하얀 종잇조각이 시선을 잡아끌었다.

[Park Young-ho, XXXXX Philadelphia]

종이에 적힌 이름과 주소를 오랫동안 쳐다봤다. 'Park Yo ung-ho'는 틀림없이 사진에 찍힌 남자의 이름을 영문으로 표기한 것일 게다. 그 이름이 한국에서 얼마나 흔한 것인지는 모르지만 사진 속 남자와 종이에 적힌 이름의 남자가 다른 사람일 확률은 매우 낮아 보였다. 엄마가 끝내 잊지 못했던 이 남자는 저 멀리 한국에 떨어져 있었던 것이 아니라, 자동차로 세 시간 거리인 필라델피아에 살고 있었단 말인가? 엄마는 아빠가 살아 있는 동안에도 그를 만났을까? 그렇다고 해도 엄마를 비난할 생각은 없었다. 다른 여자 때문에 집을 나간 아빠 역시 엄마를 배신했으니까. 만약 그렇게도 순종적인 듯 보였던 엄마가 아빠에게 같은 행동으로 조용히 복수를 하고 있었다면, 어쩌면 나는 오히려 통쾌함을 느꼈을지도 모른다. 하지만 엄마가 그 남자와 만났을 가능성은 높지 않아 보였다. 엄마는 운전을 하지 못했고 집 밖에 머무르는 시간이 거의 없었다.

그렇다면 엄마는 왜 지금까지 이 남자의 주소를 갖고 있었을까? 의문은 꼬리를 물고 이어졌다. 아빠는 이 남자의 존재를 전혀 몰랐을까? 대체 엄마는 내가 모르는 어떤 과거를 간직하고 있었던 걸까?

제이드 2

엄마가 돌아가신 뒤 내 마음속엔 작은 균열이 생겼다. 아니, 정확하게 말하자면 엄마가 옷장 안에 보관하던 상자를 발견한 뒤부터. 그 상자는 엄마 인생의 작은 비밀 조각을 감추고 있었다. 다른 사람에게는 결코 보여주지 않았던 그 조각의 정체를 찾아내면 내가 온전히 이해할 수 없었던 '수잔Susan 데이비스'라는 한 인간의 인생을 묘사하는 전체적인 퍼즐이 맞춰질 것 같은 예감이 들었다.

냉정하게 돌이켜 보면 나는 엄마에 대해 아는 게 별로 많지 않았다. 요리 외에도 엄마는 집안일을 하는 데 대부분의 시간을 쏟았다. 엄마가 정기적으로 얇은 천으로 문질러 닦은 접시는 언제나 반짝반짝 광택이 났다. 집 안에선 손길이 잘 닿지 않는 어느

곳에 손가락을 대고 문질러 보아도 먼지가 묻어나는 일은 없었다. 어릴 때는 엄마가 가사일을 참 좋아한다고 생각했다. 사춘기를 지날 무렵엔 엄마의 적극적인 가사 활동이 어쩌면 자기 방식대로 존재감을 증명하는 것일지도 모르겠다고 생각했다. 연세가들어서 이젠 쉬엄쉬엄할 때가 됐다고 생각했을 때도 엄마는 평생몸에 밴 대로 곳곳의 먼지를 닦고 어질러진 곳을 청소했다.

집안일 외에 엄마가 열성을 보인 것은 교회였다. 엄마는 합창단이나 봉사 활동 멤버로 활발하게 활동하지는 않았다. 하지만 몸져눕는 상태가 아닌 한 일요일마다 꼬박꼬박 교회를 찾았다. 어렸을 때는 아빠가 차를 몰아 세 식구가 함께 교회에 가곤했다. 그때마다 엄마는 가진 옷 중에서 최고로 좋은 걸 골라 다림질을 하고 빳빳하게 깃을 세웠다. 아빠가 아예 집을 나가서 살게 됐을 무렵엔 갓 운전 면허를 딴 내가 이웃에게 헐값으로 산 구형 볼보에 의무적으로 엄마를 태우고 다녔다. 나중에 집으로부터 걸어서 20분 거리에 교회 근처로 가는 버스 차편이 생기면서부터 엄마는 내 도움 없이 혼자 교회에 가서 위안을 찾았다.

이런 단순한 사실들을 제외하면 내가 엄마에 대해서 아는 건얼마나 될까? 장미보다 백합을 좋아하고, 예민해서 쉽게 잠에서깨고, 가끔씩 우유를 먹으면 배탈이 난다는 것 정도? 가까운 관계만이 알 수 있는 소소한 정보이긴 하지만, 한 사람이 살아온 삶의모습을 그려볼 때 크게 도움이 되는 내용은 아니다.

엄마에겐 친구가 없었다. 내 또래 자녀를 둔 다른 이웃집에선 아이를 등교시킨 엄마들이 이따금씩 한집에 모여 커피를 마시며 수다를 떨곤 했다. 그 안에 엄마가 끼는 경우는 한 번도 없었다. 애초에 그들이 엄마를 초대하길 꺼렸는지, 엄마가 가진 특유의 수줍음 때문에 이웃의 초대를 거절했는지 그 여부는 알 수 없다. 아마도 그들은 한 번쯤은 교회에서도 옆에 앉은 사람과도 시선을 마주치지 않으려고 항상 눈을 내리깔고 있던 엄마를—썩 내키진 않았지만— 집에 초대하는 호의를 베풀었을 테고, 엄마가 그것을 거절했을 때는 살짝 안도의 한숨을 내쉬었을 것이다. 어차피 그들과 엄마의 관심사에서 공통점을 찾기는 어려웠을 테니까.

때로는 엄마의 그런 모습을 보며 안쓰러움을 느끼기도 했다. 어린 시절 백인들이 대다수를 차지하는 학교에서 내 존재는 이질적이었다. 흑인과 라틴계 혈통을 가진 아이들도 더러 보였지만 백인과 아시안의 혼혈은 나 하나밖에 없었다. 미국에서 태어나 영어를 모국어로 사용하는 나조차도 가끔씩 스스로가 이방인처럼 여겨졌다. 딱히 차별을 받진 않았지만 그렇다고 협동 조사를 하거나 여럿이 함께 과제물을 만들 때 내게 같이 하자고 먼저 다가오는 사람도 없었다. 마치 "너의 존재를 받아주긴 하겠지만 너는 우리의 일원이 될 수 없어"라고 말하는 것 같았다. 하물며 엄마는 오죽할까. 떠나온 고국의 말로 자유롭게 대화를 나눌 수 있는 사람이 있었다면 온종일 집 안에 인형처럼 오도카니 있는 엄마도 다른 사람이 될 수 있지 않았을까. 나는 엄마가 좀 더 말수가 많아지고, 좀 더 많이 웃을 수 있게 되길 바랐다. 그러면 나는 어쩌면 엄마를 조금 더 이해할 수 있었을지도 모른다.

///////////

어린 시절, 우리 가족이 다녔던 교회에 한국에서 온 젊은 부부가 나타난 건 내가 아직 초등학교에 입학하기 전이었던 것으로 기억한다. 인상이 좋은 사람들이었다. 서른 살 정도로 보이는 남편은 키가 크지 않은 마른 체형에 갈색 뿔테 안경을 끼고 있었다. 언뜻 눈에 들어온 하얀 손가락은 마치 백인 여자들의 것마냥 가늘고 고왔다. 손등에 금빛 털이 몇 올 나 있는 아빠의 큼직한 손이나, 학교에서 각종 자질구레한 수리를 도맡아 하는 보일스턴 씨의 마디가 불거진 거칠고 투박한 손과는 사뭇 달랐다.

예배를 마친 뒤 교회 앞 작은 뜰에서 신자들끼리 안부 인사를 나눌 때 그들이 주고받는 말소리가 먼발치에서 들렸다. 남자는 경제학 박사 과정을 밟기 위해 온 유학생이라고 자신을 소개했다. 나중에 알게 된 것이지만 1970년대 중반에 한국에서 미국으로 유학을 오는 것은 쉽지 않았다. 1970년대 후반까지 한국의 1인당 GDP는 겨우 1,000달러가 넘는 수준이었다. 그런 상황에서 미국으로 공부하러 온다는 것은 상당한 재력을 가진 가정의 출신임을 뜻했다. 먼 훗날 이 사실을 알게 된 뒤 나는 다시금 그 남자의 '노동'이라는 단어를 알지 못하는 하얀 손을 떠올렸다.

그의 아내는 사람들이 예의 바르다는 인상을 주려 할 때 흔히 짓는 친근한 미소를 지은 채 남자 곁에 바싹 붙어 있었다. 교회 안에서 그녀를 처음 본 순간, 나는 묘한 반가움으로 가슴이 설레었다. 그녀는 엄마를 제외하곤 처음으로 실물로 접하는 한국인 여성이었다. 내가 그동안 읽었던 동화책 어디에도 검은 머리칼에 피부가 노르스름한 아시안 여성은 없었다. 텔레비전에 가끔씩 등장하는 동양인들은 하나같이 표정이 없고 음흉하거나 영어가 서툴고 우스꽝스러운 행동을 했다. 그나마도 베트남, 일본, 중국인이었고 한국인은 절대로 등장하지 않았다. 내게 '한국'이라는 나라를 상상할 수 있도록 하는 유일한 통로는 엄마뿐이었다. 밤마다 화장대 앞에서 고데기로 둥글게 머리를 마는 엄마를 보면서 이따금씩 한국 여성들은 어떤 옷을 입고, 어떤 머리 스타일을 하는지 궁금해했다. 나는 예배를 하는 내내 두 자리 앞에 앉은 그녀를 몰래 훔쳐보았다. 그녀가 내가 바라보고 있다는 사실을 눈치챌까 봐 가슴 졸이면서.

아내는 남편보다 훨씬 앳된 얼굴이었다. 아시안의 나이를 잘 짐작하지 못하는 서양인들이 봤더라면 10대 중후반으로 착각할 수도 있을 법했다. 앳된 얼굴의 그녀는 흰색 스웨터와 무릎 길이까지 오는 짙은 녹색 스커트 위에 캐러멜색 모직 코트를 걸치고 있었다. 살짝 안으로 말린 그녀의 검은 단발머리는 목덜미 부근에서 가볍게 찰랑거렸다.

내 손을 잡고 아빠의 자동차가 주차돼 있는 곳으로 향하던 엄마의 시선도 잠깐 새로 온 젊은 부부에게 머물렀다. 그 순간 나는 엄마가 자신과 같은 나라에서 온 사람들과 반갑게 이야기를 나누기 위해 발걸음을 돌리지 않을까 하고 생각했다. 하지만 아니었다. 엄마는 여느 때처럼 낯익은 사람들에게 기계적으로 가볍게 목례를 하면서 그들을 스치고 지나갔다.

"수지! 제이드Jade!"

뒤에서 오스틴 목사님이 우리를 부르는 소리가 들렸다. 엄마가 발걸음을 딱 멈췄다. 성큼성큼 우리에게 다가온 목사님은 나를 보며 사람 좋아 보이는 함박웃음을 지었다.

"제이드, 오늘 아주 예쁜 구두를 신고 왔구나. 한 주 동안 잘 지냈니?"

그날 나는 아빠에게서 생일 선물로 받은 빨간색 에나멜 구두를 신었다. 사실을 말하자면 나는 그 구두가 별로 마음에 들지 않았다. 『빨간 구두』라는 동화의 내용을 연상시켰기 때문이다. 절대로 벗겨지지 않은 빨간 구두를 신고 죽을 때까지 쉬지 않고 춤을 춰야 했던 여자 주인공은 결국 구두에서 벗어나기 위해 도끼로 두 발목을 잘라내야 했다. 엄마도 그 구두를 별로 좋아하지 않는 것 같았다. 선물 상자에서 빨간 구두를 꺼냈을 때 엄마의 미간이 살짝 찌푸려지는 걸 봤기 때문이다. 엄마는 그 동화를 몰랐으니까 아마도 그저 빨간색이 싫었던 것이었을 수도 있다.

오스틴 목사님은 엄마에게 "수지, 오늘 새로운 형제자매들이 우리 교회에 왔어요. 그들도 한국에서 왔다고 하니 소개해줄게요. 서로 친하게 지내면 좋을 것 같아요"라고 말했다. 엄마는 젊은 부부가 서 있는 곳으로 잠자코 목사님을 따라갔다. 표정에 드러내진 않았지만 엄마가 그걸 썩 내키지 않아 한다는 사실은 알 수 있었다. 목사님이 새로 온 신자들에 대한 이야기를 할 때부터 내 손을 잡은 엄마의 손에 긴장한 듯 축축하게 땀이 뱄다. 아까 엄마가 그 부부 쪽으로 얼굴을 돌렸다가 다시 차로 걸어가기 시작했을 때, 어쩌면 그들을 보지 못하고 지나친 것일 수도 있다고 생각했다. 하지만 지금 엄마의 반응으로 미뤄볼 때 엄마는 그들을 봤고, 그럼에도 별로 엮이고 싶지 않다고 생각했을 게 분명하다고, 나는 직감적으로 느꼈다.

엄마와 나를 본 아내가 눈을 동그랗게 떴다. 아마도 우리 앞쪽에 앉아 있어서 같은 동양인이 있다는 사실을 몰랐었나 보다. 오스틴 목사님이 그들을 향해 "이쪽은 오랫동안 우리 교회에 다니고 있는 수지와 그녀의 딸 꼬마 숙녀 제이드예요. 제이드는 여기에서 태어났지만 수지는 당신들처럼 한국에서 왔어요"라고 말했다.

"수지, 이분들은 조셉 최 그리고 헬렌 최예요. 이런, 한국 이

025

름도 들었는데 벌써 잊어버렸네요. 나로선 발음하기 너무 어려 워서요. 하지만 아마 당신들은 쉽게 할 수 있겠죠?"

여자가 먼저 한국말로 "여기에서 같은 한국인을 보게 될 줄 몰랐어요"라고 인사말을 건넸다. 엄마도 그들에게 뭐라고 한국 말로 답했다.

지금보다는 좀 나았을지 몰라도 당시 내 한국어 실력은 아주 기초적인 수준이었다. 아빠는 엄마와 내가 한국말을 하는 걸 좋 아하지 않았다. 내가 조금 더 어렸을 때 엄마와 내가 한국말로 이 야기하는 걸 볼 때마다 "제이드는 앞으로 학교에서 영어만 써야 한다고"라고 못박았다. "얘가 다른 아이들보다 영어가 어눌해서 수업을 잘 따라가지 못하면 어쩌려고 그래." 이 말을 덧붙이는 것 도 잊지 않았다. 사실을 말하자면 엄마는 영어로 말할 때 자주 정 확하지 않은 문장으로 말했고, 발음도 원어민의 것과는 거리가 멀었기 때문에 엄마와 늘 영어로만 이야기했더라도 내 영어 실력 향상에 큰 도움은 되지 못했을 것이다. 본인도 그걸 의식하고 있 어서인지 엄마는 내가 텔레비전 앞에서 낮 시간을 다 보내도 별 다른 잔소리를 하지 않았다. 어느 날 그런 내 모습을 발견한 아빠 는 작게 혀를 차더니 주말마다 나를 옆에 앉혀놓고 알파벳을 가 르쳤다. 나는 글을 빨리 배우는 아이였다. 내 입에서 나오는 말들 이 하얀 종이 위에 스물여섯 개의 기호로 구성된 문자로 바뀌는 것이 마치 신기한 마법처럼 느껴졌다. 내가 글자 익히기에 재미를 붙이게 되자, 얼마 후 아빠는 어디에선가 어린이 동화책을 잔뜩 구해 한 상자 박스째 집으로 가져왔다. 책은 내게 멋진 상상의 세계를 선사해줬다. 내가 안데르센과 그림형제들의 동화에 푹 빠져 있는 동안 텔레비전은 점점 내 생활의 축에서 멀어져 갔고, 엄마와 한국어로 이야기하는 일도 줄면서 내 한국어 실력은 급속히 후퇴했다.

그런 이유로 나는 엄마가 그들과 한국어로 나눈 대화 내용을 이해하지 못했다. 하지만 그걸 알아들으려고 애쓰는 대신 나는 여기저기 보풀이 나 있는 엄마의 검은 모직 코트와 젊은 여성의 매끄러운 캐러멜색 코트를, 아무것도 바르지 않은 엄마의 손톱과 연한 핑크색 매니큐어를 바른 그녀의 작은 조가비 같은 손가락을 속으로 가만히 비교하고 있었다. 이야기가 이어지는 동안 엄마의 얼굴에 불편한 기색이 점점 뚜렷하게 드러났다. 대답하기 난감한 질문을 받았을 때 곧잘 나오는 반응이었다. 마주한 부부에게도 그게 전해졌는지 그들의 얼굴에서도 처음 우리를 봤을 때 떠올랐던 반가움이 썰물이 빠지듯 서서히 사라지고 있었다. 엄마는 어딘가 묘한 표정을 짓고 있는 부부를 떨치고 나오고 싶은 듯, 서둘러 대화를 마무리하고 그 자리를 떠났다. 차가 서 있는 곳으로 향하는 엄마의 발걸음이 아까보다 빨라진 것을 느끼며, 나는 엄마가 기다리고 있을 아빠를 짜증나게 하고 싶지 않은 것이리라 생각했다. 아닌 게 아니라 운전석에 앉아 있는 아빠는 부루퉁한 모습이었다.

"차 빼려고 조금 빨리 나왔더니 왜 이렇게 꾸물거리는 거야?"

"미안해, 나오는데 오스틴 목사님이 새로 온 한국인 부부를 소개해주는 바람에."

'목사님'이라는 말이 나오자 아빠는 더 이상 토를 달지 않았다. 엄마는 아침부터 일찍 외출 준비를 하느라 피곤했는지 의자에 앉자마자 좌석에 몸을 깊이 파묻고 눈을 감았다. 그날 집으로 돌아오는 동안 차 안에 있는 누구도 말을 하지 않았다.

엄마가 젊은 한국인 부부에게 좋은 인상을 주지 못했다는 건 확실한 사실인 것 같았다. 그다음 주 교회에서 만났을 때 그들은 엄마와 마주치자 어색하게 고개 숙여 인사한 뒤, 우리에게서 멀찍이 떨어진 곳에 자리를 잡았다. 찰나였지만 남편의 눈에서 경멸과 비슷한 감정이 스쳤다 지나가는 것을 나는 놓치지 않았다. 1년 뒤 그들이 다른 교회로 옮기기까지 엄마와 그들이 다시 이야기를 나눈 적은 없었다.

////////////

엄마와 한국인 부부의 짧은 만남은 내게 제법 강렬한 기억으로 남았다. 나는 엄마가 자신의 고향을 그리워할 거라고 막연하게 짐작했었다. 하지만 그 일이 있은 뒤, 처음으로 어쩌면 엄마가 떠나온 나라를 되도록 떠올리고 싶어 하지 않을지도 모른다는 생각이 들었다. 그곳은 엄마에게 많은 상처를 안겨줬으니까. 이미 지혈을 마치고 붕대로 꼭꼭 동여맨 상처를 다시 열어보고 싶어 하는 사람은 아무도 없다. 피가 멈추고 딱지가 앉았다고 생각했더라도, 잘못 건드렸다가 꿰매놓은 곳이 다시 터져 피가 흐를지도 모른다. 엄마는 내게 한국에서 자신이 어떻게 살았는지 구체적으로 얘기해준 적이 없었다. 하지만 전쟁 때문에 어린 나이에 부모님을 모두 잃고 혼자 힘으로 살아가야 했던 소녀가 안락하고 행복한 생활을 했을 리는 없다.

엄마는 한국 전쟁이 낳은 약 10만 명의 전쟁 고아 가운데 한 사람이었다. 내가 엄마의 과거에 대해 아는 게 너무 적은 이유 가운데 상당 부분은 엄마가 전쟁 고아라는 사실에 기인했다. 너무 어린 나이에 부모님이 세상을 떠났기 때문에 엄마 스스로도 자신이 태어난 곳이 정확히 어디인지, 부모님이 어떤 사람이었는지 몰랐다. 내가 이 사실을 알게 된 것은 다섯 살 되던 해 처음으로 아빠의 부모님 집에서 추수감사절을 보낸 직후였다.

///////////////

"제이드, 빨리 손 씻고 아침 먹어야지."

주방에서 나를 부르는 아빠의 목소리가 들렸다. 출발을 앞둔 아빠는 오랜만에 고향으로 돌아간다고 생각해서인지 들떠 있었다. 그렇지 않아도 아침잠이 없는 아빠는 그날은 평소보다도 더 일찍 일어나 자신이 입고 갈 옷을 손수 다렸다. 군대에서 터득한 기술이었다. 나는 식탁에 얌전히 앉아 아빠가 토스터기에서 갓 구워낸 빵 두 조각을 내 접시 위에 올려놓고 시리얼 그릇에 우유를 붓는 모습을 지켜보고 있었다.

"엄마는 왜 아직 안 내려와?"

"엄마는 오늘 몸이 안 좋아서 아직 침대에 누워 있어."

"어디가 아파?"

"글쎄…… 이따 엄마한테 직접 가서 물어보렴."

"그럼 엄마는 같이 안 가는 거야?"

"응, 이번엔 둘이서 가고 엄마는 집에서 쉴 수 있도록 하자."

"그럼 다음 번엔 언제 다 같이 가는데?"

아빠는 내 질문에 대답하지 않고 빵에 나이프로 버터를 바르며 "토스트 좀 더 먹겠니?"라고 물었다. 엄마와 아빠는 내가 답하기 난감한 질문을 할 때면 느닷없이 다른 화제를 꺼내며 내 질문을 피하는 습성이 있었다. 나는 잠자코 고개를 가로로 저었다.

아빠가 시키는 대로 다 먹은 접시와 그릇을 싱크대에 가져다 놓은 뒤 침실로 가 보니, 침대 위에 누워 있을 거라 생각했던 엄마는 화장대 앞에 멍한 표정으로 앉아 있었다. 화장기가 하나도 없는 얼굴은 평소보다 조금 더 창백해 보였다. 엄마는 눈을 뜨고 있었지만 초점 없는 시선은 내가 방에 들어오는 것도 의식하지 못한 듯했다. 살금살금 엄마 곁으로 다가가 무릎에 손을 얹자 그제야 엄마는 나를 의식한 듯 희미하게 미소 지었다.

"엄마, 많이 아파?"

"머리가 조금 아플 뿐이야. 쉬면 괜찮아질 것 같아."

"엄마도 같이 가면 좋을 텐데."

엄마는 말없이 내 머리를 쓰다듬더니 "이제 옷 갈아 입어야지. 그곳은 벌써부터 많이 추울 테니 든든하게 입어야겠다"라면서 한 손을 무릎에 짚고 몸을 일으켰다. 엄마가 옷장에서 올이 굵은 실로 짠 밤색 양모 스웨터와 옅은 하늘색 스웨터를 꺼내 번갈아 내 몸에 대보는 동안, 나는 엄마를 향해 "할아버지, 할머니는 어떤 분들이야?"라고 말을 걸었다. 엄마가 대답을 하기까지는 몇 초간 침묵이 흘렀다.

"좋은 분들이야, 제이드를 아주 사랑하신단다."

"그런데 왜 이제까지 할아버지, 할머니를 만난 적이 없어?"

"없긴 왜 없어, 네가 아기 때 엄마랑 아빠가 널 데려가서 기억에 없는 거야."

"할아버지랑 할머니가 우리를 만나러 올 수도 있잖아?"

"노인들은 몸이 약해서 먼 곳으로 비행기를 타고 이동하기 힘들어."

"내가 아기 때 엄마, 아빠가 나를 데려갔으면 엄마도 할아버지, 할머니를 만난 적이 있는 거네?"

"응."

"그럼 엄마가 못 가서 할아버지, 할머니도 서운하겠다."

"하지만 대신 네가 가잖아. 그분들도 며느리보다는 손녀를 훨씬 더 반가워하실 거야."

말을 마친 엄마는 또다시 이 옷 저 옷을 내게 대보다가 마침내 결심한 듯 밤색 스웨터와 검은색 코듀로이 바지를 골라 입힌 뒤, 모자가 달린 검정색 더플코트의 단추를 공들여 잠그고 귀에 보송보송한 토끼털 같은 핑크색 귀마개를 씌워줬다.

"자, 이제 됐다. 첫 대면인데 할아버지, 할머니에게 예쁘게 보여야지."

"내가 아기 때 몇 번이나 봤다면서?"

"그러니까 제이드가 이렇게 크고 나서는 처음이란 말이지."

내게 옷을 다 입혀준 뒤 엄마는 나를 자신을 향해 돌려세웠다. 매번 내가 외출하기 전마다 빠진 것이 없는지, 입고 있는 옷이 춥거나 덥지 않을지 점검하는 게 엄마의 습관이었다. 엄마의 시선이 평소보다 내게 오래 머무른다고 느낀 순간, 엄마는 갑자기 나를 꽉 끌어안았다. 엄마는 포옹을 좋아하는 편이 아니었다. 교회 사람들이 인사를 하며 가볍게 끌어안을 때마다 엄마의 몸은 긴장으로 뻣뻣해졌다. 내가 착한 일을 했을 때도 엄마는 끌어안는 대신 웃어주거나 머리를 쓰다듬어주는 걸로 칭찬을 대신했다. 엄마의 갑작스러운 포옹에 어리둥절해서 나는 내가 무슨 칭찬받을 일을 했는지 속으로 궁금해하고 있었다. 하지만 무슨 이유였든 간에 나는 엄마의 따뜻한 품이 좋았다. 엄마의 두 팔과 목덜미에선 은은한 라벤더향과 포근한 비누향이 섞인 냄새가 났다. 엄마는 그렇게 나를 품에 안은 채 작은 목소리로 속삭였다. 알아들을 수 없는 한국어였지만 그것이 "사랑한다"는 말과 같은 뜻이라는 것을 나는 직감적으로 느낄 수 있었다.

///////////////

캐나다와 국경이 인접한 미네소타의 인터내셔널 폴스Inter national Falls는 11월에도 벌써부터 눈발이 흩날리고 있었다. 내가 사는 텍사스에선 한겨울에도 눈을 볼 수 없었다. 하늘에서 솜사탕가루처럼 떨어지는 흰 눈이 신기해 할아버지네 정원에서 양손을 접시처럼 오목하게 괴고 떨어지는 눈송이를 받았다. 만지면 폭신한 밀가루처럼 부드럽고 보송보송할 것 같은 하얀 눈은 실제로는 차가웠다. 먼지처럼 가벼운 눈은 손안에 머물러 있는 순간을 제대로 음미하기도 전에 순식간에 녹아내려 사라져버렸다. 세상의 모든 아름다운 것들이 그렇듯이. 서둘러 공기 중으로 사라지는 눈송이가 아쉬워, 몇 번이고 눈송이 채집을 계속하다 보니 얼마 지나지 않아 차가운 공기에 노출된 손가락 마디마디가 추위로 인해 빨갛게 변했다. 결국 나를 살피러 온 할머니가 "저러다 감기 들겠다"라며 내게 두꺼운 담요를 씌우고 서둘러 집 안으로 데리고 들어왔다.

아빠가 태어나 살던 집은 작지만 따뜻했다. 실내에는 자질구레한 물건을 늘어놓는 걸 싫어하는 엄마와 달리 할머니는 아기자기한 물건들로 치장하는 걸 좋아하는 듯했다. 집 안 곳곳에 컵 받침처럼 할머니가 손수 뜨개질한 작은 장식품들이 눈에 띄었고, 외관은 그럴 듯해 보였지만 막상 태엽을 감으니 소리가 나지 않은 오래된 오르골이라든지 반쯤 타다 남은 캔들 같은 소품들도 많았다. 하지만 가장 눈에 띄는 것은 사진이었다. 거실 벽면과 장식장 위엔 지금보다 더 젊어 보이는 할아버지, 할머니, 아빠 그리고 아빠보다 다섯 살 어리다는 여동생 레이철의 사진이 빼곡히 자리 잡고 있었다. 아빠는 지금과 크게 변한 게 없었다. 할아버지와 함께 낚시를 갔다가 찍은 것인지 커다란 생선을 들고 활짝 웃음 짓고 있는 소년 시절의 아빠는 지금처럼 턱에 각이 지고 숱이 짙은 눈썹을 하고 있었다.

"아빠의 어린 시절을 보니까 신기하지? 나도 바로 얼마 전 일인 것 같은데 세월이 참 빨리 가는구나."

사진을 유심히 들여다보고 있는 나를 본 할머니가 싱긋 웃었다. 거기에 토를 달진 않았지만 정작 내가 신기하게 여겼던 것은 아빠의 사진이 아니라 그곳에 있는 사진 자체가 많다는 사실이었

다. 성별에 구분이 잘 가지 않아 아빠인지 아닌지 정확히 모르겠
지만 기저귀를 차고 뒤뚱거리며 걸음마를 하고 있는 아기, 세발
자전거를 타고 있는 어린 소녀, 제법 성장해 10대처럼 보이는 남
매, 그 남매와 눈매나 입가가 묘하게 닮아 있는 중년의 부부……
크고 작은 액자 속에 담긴 수십 장의 사진은 한 가족이 탄생해서
성장해온 과정을 고스란히 보여주고 있는 것 같았다.

　　반면 내가 살고 있는 집에는 액자에 넣어 장식한 사진이 없
었다. 언젠가 엄마는 내가 태어나 얼마 지나지 않았을 때 찍었다
는 사진이 담긴 앨범을 보여준 적이 있었다. 얼굴에 자글자글 주
름이 잡힌 못생긴 아기를 나라고 생각하기 싫어서 내가 아니라고
떼를 썼던 기억이 난다. 이따금 아빠의 모습이 보이기도 했지만
별로 두껍지 않은 앨범 속은 거의 다 나를 찍은 사진들이 차지하
고 있었다. 군복 차림의 아빠와 스무 살 무렵의 엄마가 함께 찍은
사진도 한 장 있었다. 엄마는 그게 결혼 사진이라고 했다. 그 밖
에 엄마가 나온 사진은 한 장도 없었다. 그러나 그걸 이상하게 생
각했던 적은 이제껏 한 번도 없었다. 나만이 엄마와 아빠가 관심
을 가지는 피사체라는 사실에 우쭐해져서 다른 것은 그냥 무심히
넘겼을 뿐이다. 아빠가 어린 시절을 보낸 이 집에서, 나는 아빠
역시 한때는 자신의 부모님이 카메라에 가장 담고 싶어 했던, 그
어떤 존재보다 사랑스러운 피사체였다는 사실을 알게 됐다. 내
가 몰랐던 아빠의 어린 시절은 흑백 사진으로 남아 내가 사는 곳

에서 수백 킬로미터나 떨어진 이 집에 고스란히 보관돼 있었다. 그렇다면 엄마의 어린 시절은 어디에 보관돼 있는 것일까? 나는 문득 궁금해졌다.

///////////

할머니는 상냥한 사람이었다. 할머니의 새하얀 머리칼은 하얀 눈송이 색깔 같았다. 그 이유 하나만으로도 나는 할머니에게 꽤 호감을 느꼈다. 반면 할아버지는 어딘가 대하기 어려운 구석이 있었다. 할아버지의 모습은 수십 년 뒤 아빠의 모습을 연상케 했다. 할아버지를 보니 아빠의 각진 턱이 할아버지에게서 물려받은 것이라는 걸 알 수 있었다. 굵고 저음인 할아버지의 목소리도 아빠와 비슷했지만 노인 특유의 갈라짐이 있었다. 할아버지가 그 목소리로 나를 보고 처음 꺼낸 말은 "우리말은 잘할 줄 아나?"였다. 그것도 마주한 내가 아니라 내 옆에 서 있는 아빠를 향해서. 나는 할아버지가 하는 말의 의미를 제대로 이해할 수 없어서 눈을 동그랗게 떴다. 아빠가 내 어깨를 감싸며 "제이드는 이곳에서 태어나 자란 아이예요"라고 말했다.

"그렇지, 하지만 외국인 어미랑 많은 시간을 보내지 않느냐. 그런 아이들은 으레 언어 발달이 늦다고들 하더라."

"제이드는 아무런 문제가 없어요. 오히려 비슷한 나이 아이들보다 더 조숙한 편인 걸요."

"그걸 네가 어떻게 아니? 얘는 아직 학교도 안 들어갔고, 그 여자가 이 아이 또래 자녀를 둔 엄마들과 교류를 하고 지낼 것 같지도 않은데."

아빠는 뭐라고 대꾸를 하려다가 이내 포기한 듯 작게 한숨을 쉬었다.

"이제 그만하시죠. 어린애 앞에서 그런 말을 할 필요까진 없잖아요. 얘도 다 알아듣는다구요."

할아버지는 내가 옆에 있다는 걸 그제야 깨달은 듯 내 얼굴을 뚫어져라 응시했다. 나는 눈길을 피하지 않고 할아버지의 얼굴을 할퀴고 간 세월의 흔적들을, 차갑게 빛나는 그의 시선을 마주했다.

엄마는 내게 할아버지와 할머니는 좋은 분들이라고 했다. 내가 아기일 때 만나서 기억에 남아 있지는 않지만 나를 무척 사랑했다고, 멀리 살고 있는 나를 항상 보고 싶어 했다고. 하지만 지금 내 앞에 있는 할아버지를 보면서 그가 아기인 나를 품에 안고 미소 짓는 모습을 상상하기란 쉽지 않았다. 할아버지는 마치 나를 처음 본, 그리 달갑지 않은 존재인 것처럼 대하고 있었으니까.

"애가 자기 엄마를 쏙 빼닮았구나."

한동안 나를 물끄러미 바라보던 할아버지는 이 한마디만 남긴 채 자리에서 일어나 방 안으로 들어갔다.

할머니가 만들어준 코코아에는 작은 마시멜로가 한 조각 떠 있었다. 하얗고 폭신한 마시멜로 덩어리는 서서히 크기가 줄어 들다가 마침내 사라졌고, 마시멜로가 녹아든 코코아는 짙은 커피 빛에서 연한 갈색빛으로 바뀌었다. 한 모금 마셔 보니 따뜻하고 달콤한 기운이 온몸으로 퍼지는 것 같았다. 등 뒤에서 "마음에 드니? 네 아빠가 어릴 때 좋아하던 거란다"라는 할머니의 목소리가 들렸다.

할아버지와의 짧은 만남 직후, 할머니는 나를 주방으로 데려 갔다. 우리가 하는 말을 다 듣진 못했지만, 얼굴이 벌게진 아빠와 그 옆에서 울 것 같은 표정으로 서 있었던 나를 보고 방금 무슨 일이 일어났었는지 대충 짐작한 것 같았다. 할머니는 아빠에게 나가서 머리나 좀 식히고 오라면서 내게는 "할머니가 잘 만드는 코코아 한번 맛보지 않겠니?"라고 말을 건넸다. 그다지 코코아를 마시고 싶은 기분은 아니었지만, 할머니의 얼굴이 할아버지처럼 화난 모습이 아니었기 때문에 잠자코 고개를 끄덕였다.

할머니는 작은 프라이팬에 우유를 데워 코코아 가루를 푼 다음, 마시멜로 조각을 띄워 파란색 장미 무늬가 그려진 잔에 부었다. 내가 그 잔에 호호 입김을 불어 열을 식혀가며 홀짝홀짝 코코아를 마시는 모습을 흡족하게 바라보던 할머니는 내 옆에 있는 의자를 끌어당겨 앉았다.

"할아버지가 무슨 말을 했는지는 모르겠지만 너무 신경 쓰지 말아라. 처음 보는 손녀 앞에서 어떻게 행동해야 할지 몰라 어색했던 걸 테니까."

나는 할머니를 똑바로 쳐다봤다.

"엄마가 내가 아기였을 때 할아버지, 할머니를 만난 적이 있다고 하던데요?"

할머니의 얼굴엔 잠깐 의아한 듯한 표정이 떠올랐다가 이내 미소로 바뀌었다.

"아, 그렇지. 깜빡 잊어버렸네. 나이가 들면 중요한 일을 자꾸만 깜빡깜빡하게 되는구나."

할머니의 해명으로도 어딘지 모르게 찜찜하다는 느낌이 완전히 가시지는 않았지만 어른의 실수를 바로잡았다는 어린애다운 자만심에 도취돼 나는 그 찜찜함을 옆으로 밀쳐놓았다. 대신 아까부터 계속 머릿속에 맴돌았던 질문을 던져보기로 했다.

"할머니도 엄마가 싫어요?"

"왜 그런 질문을 하는 거니?"

"할아버지가 엄마를 싫어하는 것 같아서요. 나도 엄마를 닮았다고 싫어하는 것 같아요."

할머니는 한참 동안 말없이 고개를 돌려 창밖을 바라봤다. 해서는 안 되는 질문을 한 걸까, 불안해져서 몸이 점점 움츠러드는 것 같았다. 반쯤 마신 코코아가 거의 바닥을 보일 무렵, 할머니가 마침내 입을 열었다.

"나는 제이드도, 제이드의 엄마도 싫어하지 않아. 제이드는 내 소중한 손녀인걸. 할아버지도 마찬가지야. 다만 받아들일 수 없는 거지. 너도 크면 알게 되겠지만, 시간이 오래 걸려도 좀처럼 받아들이기 힘든 일들이란 게 있단다."

///////////////

다소 무겁게 가라앉으려던 집 안 분위기를 한순간에 바꾼 사람은 아빠의 여동생, 레이철 고모였다. 나를 사이에 둔 어색한 대화를 마친 뒤, 아빠와 할아버지는 거실에 간격을 두고 앉아서 텔레비전에 시선을 고정시키고 있었다. 나는 부엌에서 할머니가 삶은 감자를 으깨 버터와 마늘, 우유를 넣고 부드럽게 휘저어 매시트포테이토를 만들고 있는 걸 구경했다. 집에 있을 때도 나는 엄마의 요리를 지켜보는 걸 좋아했다. 평범한 식재료가 엄마 손을 거쳐 엄마가 잘하는 요리로 변화하는 과정이 마법인 양 신기하게 느껴졌다. 할머니와 엄마가 요리하는 모습은 마치 리듬감이 다른 음악을 듣는 것처럼 서로 다른 느낌이었다. 엄마가 물 흐르듯 조용히 움직인다면, 할머니는 각각의 음표가 통통 밝은 소리를 내며 울려 퍼지는 경쾌한 음악처럼 즐거워 보였다. 할머니가 오븐에 있는 칠면조를 포크로 살짝 찔러 익은 정도를 확인하고 있을 때 현관 벨이 울렸다. 할머니는 의아하다는 듯 부엌에서는 시선이 닿지도 않는 현관 쪽으로 고개를 쑥 내밀었다.

"누구지? 오늘 같은 날 올 사람도 없는데."

현관에선 젊은 여자의 호들갑스러운 감탄사가 들렸다.

"오 마이 갓, 이게 대체 얼마만이야? 그동안 어떻게 지냈어?"

여자가 소프라노 음성으로 빠르게 말을 쏟아내는 중간중간에 아빠의 목소리가 섞여서 들렸다. 거리가 멀어서 내용까지는 잘 들리지 않았지만 아빠 역시 기분 좋게 흥분했다는 게 느껴졌다. 할머니는 "아무래도 레이철이 왔나 보구나"라고 하며 나를 데리고 현관으로 나갔다.

문 앞에 서 있는 여자는 20대 중반 정도로 보였다. 작은 키에 다소 통통한 체구, 명랑한 분위기는 할머니의 젊은 시절을 연상시켰다. 머리 색깔은 할머니와 같은 하얀색이 아니라 군데군데 갈색이 섞인 더티 블론드였지만. 발치엔 딸로 보이는 나보다 어린 여자애가 엄마에게 매달리듯 두 손으로 여자의 다리를 감고 서 있었다. 두껍게 눌러쓴 털모자 밑으로 나온 곱슬곱슬한 벌꿀색 머리칼이 어깨에 닿아 있었다. 자기에게 관심을 쏟지 않는 엄마에게 심술이 난 듯, 아이가 칭얼대기 시작하자 여자 옆에 서 있던 젊은 남자가 엄마에게 착 달라붙어 떨어지지 않는 아이를 안아 올렸다. 어두운 금발에 보통 체격을 가진, 거리나 마트에서 얼마든지 마주칠 수 있는 지극히 평범한 인상의 남자였다.

"예고 없이 불쑥 찾아와서 곤란한 건 아니죠? 아시다시피 제임스 부모님 집에서 추수감사절 저녁을 먹기로 했지만, 어차피 지나가는 길이니까 잠깐 들르자고 생각했어요. 이곳에서 차로 30분 정도 걸리니까 몸 좀 녹이고 가도 저녁 시간은 충분히 맞춰서 갈 수 있고, 오빠도 온다고 해서 인사라도 하려고⋯⋯ 와우, 그런데 애는 오빠 딸이야?"

'레이철'이라고 불린 여자는 할머니와 아빠에게서 내 쪽으로 시선을 옮겼다. 눈빛에 차가움이나 적대감은 느껴지지 않았다. 혹시 내가 아기였을 때 이 사람도 만난 적이 있을까, 라고 생각하며 나는 "제이드예요"라고 자기소개를 했다.

"제이드? 예쁜 이름이구나, 저 아이는 네 사촌 매들린^{Madelyn}이야. 이제 두 살 밖에 안 돼서 너를 귀찮게 할지도 모르지만 언니니까 좀 참아주렴."

레이철 고모는 남편이 안고 있던 여자아이를 받아서 인사라도 시키듯 내 앞에 세웠다. 가까이에서 보니 아이의 보드라운 두 뺨은 바깥의 차가운 공기 때문인지 빨갛게 상기돼 있었다. 매들린은 파란 눈동자로 물끄러미 나를 쳐다보다가 작고 통통한 손가락을 뻗어 내 검은 머리칼을 살짝 잡아당겼다. 나는 아이의 손에서 머리칼을 빼내고 말랑말랑한 밀가루 반죽 같은 부드럽고 작은 손을 바라봤다. 나보다 더 어린아이를 그렇게 가까이에서 자세히 본 것은 그때가 처음이었다. 할머니는 "추운데 그렇게 서 있지들 말고 어서 안으로 들어가자. 곧 저녁을 먹을 테니 배를 많이 채울 수는 없겠지만 간단하게 뭔가 들겠니?"라며 레이철 고모 가족을 거실로 인도했다.

소파에 앉아 텔레비전에 시선을 고정시키고 있던 할아버지가 방문객을 보고 딱딱하게 굳은 표정을 누그러뜨렸다. 할머니가 "제임스 부모님네 가는 길에 잠시 들렀대요"라는 말을 남기고 종종걸음으로 부엌으로 돌아갔고, 나머지는 각각 자리를 잡고 앉았다. 나는 어른들과 조금 떨어진 곳에서 그들이 나누는 대화를 들었다. 레이철 고모는 고등학교를 졸업하고 친구의 주선으로 친구 오빠인 제임스와 결혼했다고 했다. 제임스는 이 지역 제지 공장에서 근무하고, 이어서 매들린은 부부 사이에 생긴 첫아이라는 말, 양쪽 가족 모두 멀지 않은 곳에 살아서 자주 방문하니 좋다는 말도 이어졌다. 별로 말수가 없는 아빠는 고개를 끄덕이며 여동생 부부가 하는 말을 주로 듣는 역할을 하고 있었다. 자기 얘기를 늘어놓기 바쁜 레이철 고모 역시 우리 가족에 대한 질문은 일절 꺼내지 않았다. 가끔씩 레이철 고모는 내 쪽을 바라봤는데 그때마다 "제이드가 듣고 있기엔 따분한 이야기일 텐데"라면서 미안하다는 표정을 지었다.

하지만 사실 나는 이야기의 절반은 귓등으로 흘리고 있었다. 내 주의를 끌었던 것은 별로 궁금하지도 않은 어른들 사이의 대화가 아니라 할아버지 품에 안겨 있는 매들린이었다. 할아버지는 여러 차례 해본 듯 익숙한 자세로 매들린을 무릎에 앉혔다. 처음엔 얌전히 안겨 있던 매들린은 시간이 흐르자 지겨워졌는지 몸을 꿈틀대며 할아버지가 입고 있는 녹색 카디건의 단추를 만지작거리거나 수염을 잡아당기려고 장난을 쳤다. 그때마다 할아버지의 눈가에 세 가닥의 주름이 잡히며 얼굴 전체에 환한 미소가 번졌다. 내게는 한 번도 보여주지 않던 온화한 미소였다. 나는 언젠가 백화점에서 본 밝은 금발 곱슬머리에 푸른 눈동자를 한 아기 천사 인형과 똑같이 생긴 매들린과, 매들린에게 상냥한 할아버지를 번갈아 바라보면서 태어나서 처음으로, 당시에는 알지 못했던 '소외감'이라는 단어의 의미를 마음으로 이해할 수 있었다.

///////////

할아버지 집에서 하룻밤을 잔 뒤, 저녁 늦게 집으로 돌아왔을 때 나는 묘한 안도감을 느꼈다. 단순히 집을 떠난 게 처음이라서 엄마가 보고 싶었다든지, 낯선 장소에 적응이 되지 않아 힘들었다든지 하는 것과는 조금 다른 감정이었다. 우리를 맞이하러 현관에 나온 엄마, 거실에 장식된 불투명한 파란 색조의 꽃병과 흐트러짐 없이 가지런히 정리된 실내 등 익숙한 환경을 다시 접하자 여기야말로 내가 속한 세계라는 생각이 들었다.

할아버지네 집에서의 추수감사절 만찬은 그럭저럭 별 문제 없이 지나갔다. 레이철 고모와 매들린의 짧은 방문이 갑작스럽게 분위기를 고조시켜서인지 할아버지와 아빠 사이에 감돌던 서먹한 냉기류도 처음보다는 훨씬 누그러졌다. 저녁 식사 동안 둘은 슈퍼볼과 미네소타 트윈스의 경기 실적에 대한 이야기를 나누며 조금 전 어색했던 시간을 무마하려고 애쓰는 것 같았다. 내 옆에서 접시에 음식을 덜어주고 입가에 묻은 그레이비 소스를 닦아주느라 바쁜 할머니도 고질적인 허리 통증이 최근 들어 심해졌다는 둥, 이웃집 누군가 뇌졸중에 걸려 아예 바깥 거동을 못하게 됐다는 둥 하는 화제로 간간이 부자의 대화에 끼어들었다. 나는 얌전히 칠면조를 써는 데 집중했지만 이따금씩 할아버지가 테이블 너머로 나를 쳐다본다는 걸 느낄 수 있었다. 마주한 그의 눈빛에서 또다시 차가운 거부감을 읽게 될까 두려워 나는 되도록이면 모르는 척 그걸 피하려고 했다. 그랬기에 할아버지가 내 이름을 부르기 전까지 그가 나에게 말을 걸었다는 사실조차 깨닫지 못했다.

"제이드, 음식은 마음에 드니?"

나는 어쩐지 온몸이 움츠러드는 것을 느끼며 조그맣게 "네" 하고 대답했다. 할아버지는 고개를 끄덕이며 "다행이구나"라고 말했다. 그것이 할아버지와 내가 나눈 처음이자 마지막 대화였다. 그날 우리 네 사람은 모두 같은 공간에 있었지만 나 혼자만 그 장소에 완전히 속해 있지 않다는 느낌을 떨쳐버릴 수 없었다.

잠자리에 들 때 엄마가 잘 자라는 인사를 하기 위해 내 방에 들어왔다. 엄마의 안색은 떠나기 전보다 훨씬 좋았다. 아빠와 내가 없어서 모처럼 마음 편하게 쉬어서 그런 건지도 모르겠다. 엄마는 내 머리를 부드럽게 쓰다듬었다.

"할아버지 집에선 재미있게 보냈니?"

"응…… 레이철 고모가 아기를 데리고 왔어. 인형처럼 생겼는데 걷기도 하고 말도 해서 신기했어."

할아버지가 그 아이를 대할 때의 태도가 나를 대할 때와는 사뭇 달랐다는 이야기는 꺼내지 않았다. 어쩐지 엄마가 슬퍼할 것 같아서.

"그랬구나, 할아버지, 할머니는 상냥하게 대해 주셨지?"

"응, 할머니는 좋았어. 그런데 할아버지는 조금 무서웠어."

엄마는 말없이 계속 내 머리를 쓰다듬었다. 엄마의 손길을 느끼고 기분이 좋아진 내 입에서 전날부터 궁금하게 여겼던 것이 불쑥 튀어나왔다.

"그런데 엄마 부모님은 어떤 사람들이야?"

"그건 갑자기 왜?"

"아빠의 아빠, 엄마를 보고 나니까 엄마의 아빠, 엄마도 궁금해져서."

엄마는 잠깐 동안 생각하다가 "그건 엄마도 잘 몰라. 아주 어렸을 때 부모님이 돌아가셨거든" 하고 말했다. 나는 나도 모르게 침대에서 벌떡 몸을 일으키며 "그럼 엄마는 고아야?"라고 큰 소리로 물었다. 내 상상 속에서 고아는 동화 속 주인공 올리버 트위스트처럼 너덜너덜해진 옷을 입고, 자주 밥을 굶고, 나쁜 사람들한테 붙잡혀 소매치기 일까지 해야 하는 불쌍한 아이였다. 엄마가 그런 아이였다는 게 머릿속에서 잘 그려지지 않았다. 엄마는 "지금은 어른이 됐으니 아무도 고아라고 부르지 않겠지만" 하고 가볍게 웃더니 "어린 시절엔 고아원에서 자랐어"라고 말했다.

엄마가 아주 어린 아기였을 때 고향인 한국에선 전쟁이 터졌다. 북한이 먼저 공격을 감행하면서 시작된 전쟁이었다. 전국 각지에 총탄이 빗발쳤고, 간신히 살아남아 동굴 같은 곳에 피신해 있던 사람들도 폭격에 사망하곤 했다. 총검과 폭격에, 혹은 굶주림에 졸지에 부모를 잃어버린 아이들은 잔혹한 현실에 무방비 상태로 노출됐다. 엄마도 그중 하나였다. 사망자와 피투성이 부상자 사이에 섞여 울어 대는 걸 누군가 발견해 고아원에 맡겼다고 했다.

"한국엔 나 같은 아이들이 아주 많았어. 그 아이들은 먹을 것, 입을 것도 부족하고 학교에 가고 싶어도 돈이 없어서 학교를 다닐 수도 없었어. 그러니까 제이드는 따뜻한 집에서 밥 굶지 않고 엄마, 아빠뿐만 아니라 할아버지, 할머니까지 살아 계신 걸 감사하게 생각해야 해."

나는 가만히 고개를 끄덕였다. 엄마가 이마에 입을 맞추고 방을 나간 뒤에도 나는 한동안 폐허 더미 위에서 울면서 엄마를 찾고 있었을 어린 시절의 엄마를 상상해보려 했다. 하지만 잘 그려지지 않았다. 전쟁이라는 말도, 고아라는 말도 너무나 생소한 것이었다. 다만 엄마의 남다른 성장 환경은 내게 묵직한 충격으로 다가왔다.

엄마는 부모님이 보고 싶어서 남몰래 운 적은 없을까, 올리버 트위스트처럼 멀건 죽으로 허기를 달래곤 했을까. 동화 말미에서 올리버는 사실은 부자 할아버지가 잃어버린 손자였다는 사실이 밝혀져 행복한 삶을 살게 된다. 나는 고아 소녀였던 엄마도 아빠를 만나 미국이라는 새로운 곳에 정착한 것에 대해 행복하다고 느끼고 있을지 궁금했다.

제이드 3

할아버지, 할머니를 만난 것은 그때 그 추수감사절이 마지막이었다. 몇 달 뒤 두 분은 교통사고로 갑작스럽게 세상을 떠났다. 캐나다에 사는 친구 내외를 만나고 차로 돌아오던 중 고속도로에서 마주 오던 화물 트럭과 충돌한 것이 원인이었다. 비가 내려서 주변은 어두웠고 도로는 미끄러웠다. 아마도 트럭 운전사가 잠깐 졸음운전을 했던 듯 중앙선을 침범했고, 할아버지는 즉각적으로 트럭을 피하지 못했다. 트럭 운전사와 할아버지, 할머니는 모두 현장에서 사망했다. 만약 사고가 없었더라면, 두 분이 좀 더 오래 살고 내가 그들을 좀 더 자주 만날 수 있었다면 할아버지는 매들린에게 그랬던 것처럼 내게도 따뜻한 눈길을 보내줬을까? 알 수 없는 일이다. '만약'이라는 가정은 두 사람의 죽음과 함께 영원히 땅속에 묻히게 됐다.

할아버지, 할머니의 입관식에 참석한 사람들은 많지 않았다. 내가 모르는 먼 친척과 오랜 지인 몇 명 그리고 레이철 고모와 우리 가족이 전부였다. 장례식장에서 만난 레이철 고모에게서 몇 달 전 첫 만남에서 느꼈던 쾌활함과 생동감은 찾아볼 수 없었다. 창백한 얼굴은 핏기가 완전히 가신 것 같았다. 두 분의 관이 천천히 땅 밑으로 내려갈 때는 온몸이 떨릴 정도로 격렬하게 울어서 고모가 행여나 쓰러지지 않도록 제임스 고모부가 두 팔로 꽉 붙잡고 지지하고 있어야 할 정도였다. 여기저기서 들리는 흐느낌과 훌쩍임을 들으며 나는 묘한 죄책감이 들었다. 넓지는 않지만 따뜻하고 아늑했던 할아버지네 집, 할머니가 만들어준 마시멜로가 들어간 달콤한 코코아를 떠올리면 슬픈 감정이 올라왔지만 이상하게도 눈물은 한 방울도 흐르지 않았다.

눈물이 나지 않는다는 사실에 괜히 머쓱해서 푸릇푸릇 잡초가 올라온 땅바닥에 시선을 고정시키고 있는데, 옆에 서 있던 아빠의 울음소리가 들렸다. 나는 놀라서 고개를 들었다. 아빠도 울 수 있다는 걸 이제까지 한 번도 상상하지 못했다. 아빠는 키가 크고 체구가 건장한 군인이었다. 평소에 감정을 잘 드러내는 편도 아니었다. 소식을 듣고 미네소타로 향하는 비행기 안에서도 아빠는 내내 아무 말없이 굳은 표정으로 눈을 감고 있었다. 그랬던 아빠가 지금 얼굴을 일그러뜨리고 고개를 떨군 채 오열하고 있었다. 그러자 조금 전까지 혼자서 서 있는 것조차 힘들어 보였던 레이철 고모가 비척비척 걸어와 아빠를 꼭 감싸안았다. 두 남매는 한동안 그렇게 부둥켜안고 서로의 슬픔을 위로했다. '고아'라는 말이 반드시 어린아이만을 가리키는 건 아니라는 것을, 나이에 상관없이 부모를 잃은 모든 사람이 고아라는 사실을, 그날 나는 깨달았다.

////////////

돌이켜 보면, 아빠가 엄마에게서 서서히 멀어지기 시작한 것은 그 무렵부터였다. 하지만 당시엔 조짐을 빨리 알아차릴 수가 없었다. 내가 기억하는 한, 아빠는 원래부터 엄마를 그리 살갑게 대하지 않았다. 아내의 생일날 꽃을 한아름 안겨주거나, 가끔씩 부부만의 데이트를 계획하는 영화 속 로맨틱한 남편과는 거리가 멀었다. 그 때문에 아빠가 엄마로부터, 더 나아가서 우리 셋이 함께 쌓아 올린 가정으로부터 멀어지려 한다는 사실을 내가 깨달은 것은 그로부터 한참 뒤였다.

그 변화는 해변가에까지 밀려온 바닷물이 한꺼번에 빠져나가는 것처럼 어느 한순간에 일어난 것이 아니라, 여름철 저녁에 어둠이 내려앉는 것과 비슷했다. 어둠이 서서히 내려앉고 있지만 아직까지는 주변이 환해서 해가 지려면 멀었다고 생각했는데,

정신을 차리고 나니 어느새 밤이 된 걸 발견하는 것처럼 내가 뭔가 이상하다고 알아차렸을 때 아빠의 마음은 완전히 엄마에게서 떠난 뒤였다.

할아버지, 할머니가 돌아가신 뒤 아빠는 한동안 술을 엄청나게 많이 마셨다. 그 전에도 가끔씩 밖에서 술을 마시기는 했지만 몸을 가누지 못할 정도로 폭음을 한 적은 단 한 번도 없었다. 그러다가 마치 누군가가 그때까지 팽팽하게 당기고 있던 줄을 그대로 놓아버린 것처럼 아빠는 술에 대한 자제력을 잃어버렸다. 집에 돌아올 때면 아빠에게선 항상 코를 찌르는 듯한 강한 술 냄새가 났다. 동료들이 축 늘어진 아빠를 부축해 집까지 데리고 온 적도 있었다. 엄마는 그런 아빠를 질책하지 않았다. 언제나 그래왔다는 듯 잠자코 아빠의 몸을 일으켜 조심조심 침실로 데려갈 뿐이었다. 어쩌면 엄마는 아빠가 그렇게 해서라도 스스로 깊은 상실감을 극복하기를 바랐던 것인지도 모르겠다.

언젠가 아빠가 새벽녘까지 돌아오지 않은 날이 있었다. 엄마는 여느 때처럼 내게 식사를 차려주고 먼저 잠자리에 들라고 했다. 그날 나는 밤중에 일어나 화장실에 가다가 막 집에 돌아온 듯한 아빠와 엄마가 현관에서 실랑이를 벌이는 모습을 발견했다. 실내가 어두컴컴한 탓에 그들은 나를 보지 못한 것 같았다. 어김없이 술에 취해서 온 아빠는 균형감을 잃은 듯 휘청거리다 바닥에 털썩 주저앉았다. 체구가 가냘픈 엄마는 몇 번이고 아빠를 일으켜 세우려다 실패하자 혼잣말하듯 "무슨 술을 이렇게 마셔서는……" 하고 중얼거렸다. 그러자 아빠가 이글거리는 시선으로 엄마를 쏘아봤다.

"술을 많이 마신다고? 네가 그걸로 나를 책망할 자격이 있어? 예전에 항상 술에 절어 있다시피 했던 사람은 바로 너였던 것 같은데."

술기운에 취해 온전한 정신이 아닌 아빠는 술을 전혀 입에도 대지 않는 엄마를 자신이 아는 다른 누군가와 착각한 모양이었다. 엄마는 그런 아빠를 더 이상 자극하지 않으려는 듯 아무런 대꾸도 하지 않고 묵묵히 아빠의 눈빛을 받아냈다. 아빠는 엄마가 맞받아치지 않자 엄마를 향했던 잔뜩 날이 선 시선을 거두어들였지만 그 대신 기어이 다른 무언가에게 화풀이를 하겠다는 듯 비틀거리며 일어나 두 손으로 쾅 하고 벽을 쳤다. 아빠의 공격적인 모습에 놀란 나는 나도 모르게 숨을 들이키며 한 걸음 뒤로 물러섰다.

"그토록 빨리…… 그토록 갑자기…….'

띄엄띄엄 단어를 내뱉는 아빠의 음성은 목이 멘 것처럼 꽉 잠겨 있었다. 엄마가 아빠의 어깨에 가만히 손을 얹었다.

"이미 지나간 일을 후회해 봐야 소용없어."

순간, 아빠는 깜짝 놀랄 정도로 거칠게 엄마의 손을 뿌리쳤다. 아빠가 주먹으로 벽을 내리칠 때조차 침착했던 엄마도 그때만은 예상하지 못했던 일인지 흠칫 몸을 움츠렸다.

"너와 결혼하지 않았다면 지금처럼 후회할 일도 없었을 거야."

깜짝 놀랄 정도로 차가운 목소리로 말을 마친 아빠는 천천히 몸을 일으켜 방으로 걸어 들어갔다.

////////////

그 일이 있고 나서부터 아빠가 며칠씩 집에 돌아오지 않는 날들이 서서히 늘어갔다. 예전에도 아빠는 훈련 때문에 가끔 집을 떠나 있곤 했다. 그래서 처음엔 아빠가 집에 오지 않는 게 걱정해야 할 일이라고 생각하지 않았다. 하지만 엄마가 밤새 잠을 제대로 못 잔 듯한 퀭한 눈으로 내 아침 식사를 챙겨주거나, 늦게까지 불안한 표정으로 초조하게 거실을 서성거리는 걸 보면서 뭔가 이상한 낌새를 눈치채기 시작했다. 혹시 아빠는 일 때문에 집에 못 오는 것이 아니라 그저 집에 돌아오기 싫은 걸까. 그건 엄마와 내가 보기 싫다는 뜻일까. 엄마에게 물어보고 싶은 게 많았지만 그걸 입 밖으로 꺼내지 않았다. 생각을 말로 표현하는 순간 막연하게 의심하고 있는 것들이 전부 현실이 될까 봐 두려웠다.

가끔씩 아빠가 이대로 영영 우리를 떠나는 게 아닐까 하는 상상도 해보았다. 그럴 때 처음 느끼는 감정은 슬픔이었다. 엄마에게 다정한 남편이 되어주지는 못했지만 내게는 제법 좋은 아빠였다. 생일이나 크리스마스엔 내가 갖고 싶어 하던 인형이나 구두를 선물해줬고, 휴일 아침이면 가끔씩 피넛버터 샌드위치를 만들어 둘이서 함께 나눠 먹기도 했고, 내게 글 읽는 법도 가르쳐줬다. 자전거 타는 법을 알려준 사람도 아빠였다. 처음으로 세발자전거에서 보조 바퀴를 떼고 달렸을 때, 넘어질까 봐 가슴 졸이며 선뜻 자전거 위에 올라 앉지 못하는 내게 아빠는 "넘어지려 하면 언제든 잡아줄 테니 걱정 마라" 하고 말했다. 그제야 안심하고 페달을 밟을 수 있었다. 그때 나는 위험한 상황에 처하면 언제든 아빠가 뒤에서 지켜줄 것이라고, 앞으로도 아빠는 내게 든든한 지지대가 되어줄 것이라고 생각했다.

하지만 마음 한구석으로는 아빠의 부재에 다소 안도감을 느꼈고, 그러한 나 스스로에게 조금 놀라기도 했다. 아빠는 지난 몇 달간 완전히 달라졌다. 어느새 술은 아빠의 일상에서 분리할 수 없는 존재가 됐다. 만취한 상태로 집에 돌아오는 건 흔한 일이었고, 어쩌다 집에 있을 때면 밤늦게까지 부엌에서 혼자 술을 마시곤 했다. 그럴 때 아빠는 아주 무서운 눈빛을 하고 있어서 나는 내 방에 틀어박혀 되도록이면 아빠 근처에 가지 않으려고 했다. 이따금 엄마가 말릴 때면 아빠는 옆에 있는 술잔을 깨부수는 폭력적인 행동을 하거나, 엄마를 향해 소리를 지르곤 했다. "너 같은 여자가 뭘 안다고 그래!" 아빠가 자주 하는 말이었다.

그럴 때마다 나는 속으로 '엄마에게 그렇게 말하지 마! 엄마를 무시하지 마'라고 항변했지만 실제로 아빠와 맞서기엔 너무 어렸고 겁이 많았다. 대신 나는 집에서 벌어지고 있는 일들을 모른 척하기로 했다. 아빠가 점차 폭력적으로 변해 가는 것을, 엄마의 눈 밑에 생긴 검은 그늘이 점점 짙어지는 것을 못 본 척했다. 아빠와 나의 사이가 전과 같지 않다는 사실, 서로가 서로를 불편한 이웃처럼 어색하게 피하고 있다는 사실 역시 깨닫지 못한 척했다. 언젠가 사냥꾼에게서 도망치는 꿩이 땅에 얼굴을 처박는 바람에 붙잡히곤 한다는 이야기를 들은 적이 있다. 그렇게 하면 꿩의 눈엔 아무것도 안 보이니까 사냥꾼도 마찬가지일 것이라고 생각해서 하는 행동이라는 것이다. 내가 선택한 방식은 꿩이 땅에 얼굴을 묻는 것과 똑같았다. 일시적이긴 했지만 내 마음에 얼마간의 위안을 안겨줬다. 결국 사냥꾼에게 발견돼 어쩔 수 없이 잔혹한 현실을 마주하게 되기 전까지.

열 살 무렵, 학교에서 미술관으로 단체로 필드 트립[Field trip](일종의 현장학습)을 다녀온 적이 있었다. 그날따라 말썽을 부리는 아이들이 없어서 일정이 순조롭게 진행된 덕분에 스쿨버스가 내가 사는 동네에 도착한 시각은 원래 예정 시간보다 한 시간 이상이나 빨랐다. 현관문을 열고 집 안으로 들어서는데 심상치 않은 기운이 느껴졌다. 그때 내 시야에 제일 먼저 들어온 것은 한 손으로 엄마의 멱살을 움켜쥐고 다른 한 손은 높이 치켜들고 서 있는 아빠의 모습이었다. 아빠의 큼직한 손은 곧 엄마의 얼굴이나 배에 내려 꽂힐 것 같았다. 엄마는 그런 아빠에게서 최대한 멀어지려는 듯, 멱살이 잡힌 채 발버둥 치고 있었다. 두 사람 주변에는 깨진 유리 조각 파편이 여기저기 나뒹굴었다.

아빠의 폭력성을 처음 목격한 건 아니었지만 설마 아빠가 엄마에게 손찌검까지 할 것이라고 상상해본 적은 없었다. 적어도 그때까지는. 하지만 눈앞에 있는 광경은 그 어떤 변명을 갖다 대더라도 다른 식의 해석은 불가능했다.

"그만둬!"

나도 모르는 사이에 입에서 새된 비명이 터져 나왔다. 아빠와 엄마가 일제히 내 쪽으로 고개를 돌렸다. 순간 두 사람의 동작이 그대로 얼어붙었다. 나는 분노와 경멸이 가득 찬 시선으로 아빠를 노려봤다. 그때까지 마음속에 남아 있던, 내가 아는 과거의 아빠는 완전히 사라졌다. 나는 그 순간 내 앞에 서 있는 남자를 있는 힘을 다해 증오했다. 그런 나를 마주 보는 아빠의 파란 두 눈동자에선 아무런 감정이 읽히지 않았다. 공허한 시선은 텅빈 동굴을 연상시켰다. 아내를 때리는 남자의 눈에서 발견한 것이 상대를 향한 지독한 증오가 아닌 허무함이라는 사실을, 당시의 나는 온전히 이해할 수 없었다.

먼저 시선을 돌린 사람은 아빠였다. 아빠가 멱살을 쥐고 있던 손을 놓자, 엄마는 끈을 조종하는 사람이 손을 놓아버린 꼭두각시 인형마냥 바닥에 힘없이 털썩 주저앉았다. 아빠는 그런 엄마와 나를 번갈아 보더니, 관객들이 지켜보는 무대 위에서 어처구니없는 실수를 저질러놓고 뒤늦게 그것을 깨달은 배우가 허둥지둥 퇴장할 때처럼 황망한 동작으로 겉옷을 집어 들고 밖으로 나갔다. 조금 뒤 아빠의 차가 시동을 걸고 출발하는 소리가 들렸다. 아마도 그는 오늘 집에 돌아오지 않을 것이다.

엄마와 나는 어색한 분위기 속에 단 둘이 남겨졌다. 엄마를 어떤 식으로 대해야 할지 알 수 없었다. 만약 엄마가 그 자리에서 눈물을 보이기라도 했다면 나는 엄마에게 달려가 어깨를 감싸안았을 것이다. 더 이상 저런 남편과 살 수 없다며 아빠의 옷가지와 물건을 전부 박스에 담아 문밖에 내놓았더라도 엄마를 이해할 수 있었다. 하지만 엄마는 넋이 나간 표정으로 잠시 나를 물끄러미 쳐다보더니, 힘없이 몸을 일으켜 바닥에 널려 있는 깨진 유리 조각을 하나씩 줍기 시작했다. 조금 전에 벌어진 일이 아무것도 아니라는 듯이.

"엄마……."

엄마를 향해 한 발짝 다가가자 엄마는 고개를 들었다.

"잘못하다 유리 밟겠다. 네 방에 들어가서 숙제부터 해."

착 가라앉은 엄마의 목소리는 조용했지만 그 안에는 더 이상 다가오지 말라는 경고가 담겨 있었다. 나는 어찌할 바를 모르고 머뭇거렸다.

"내 말 못 들었니?"

좀 더 강한 어조였다. 나는 어쩔 수 없이 엄마에게 등을 돌리고 내 방으로 들어갔다. 하지만 책상에 숙제 노트를 펼쳐놓고서도 모든 것을 체념한 듯한 엄마의 표정이 좀처럼 머릿속에서 떠나지 않았다. 아빠에게 멱살을 잡혔을 때 드러난 목덜미와 어깨의 검붉은 멍 자국도. 이제껏 내가 눈치채지 못했지만 어쩌면 엄마는 제법 오랜 시간 동안 아빠의 폭력을 감내하고 있었던 것인지도 모른다는 생각이 머리를 스쳤다.

///////////

내가 대학에 진학하기까지 약 10년간 우리 가족 구성원은 공동의 공간을 함께 사용하고 있는 세 명의 타인 같은 생활을 계속했다. 아빠는 잦은 음주와 외박을 그만두지 않았다. 더 이상 내가 보는 앞에서 엄마에게 폭력을 휘두르지는 않았지만 둘만 있을 때도 그랬을지까지는 확신할 수 없었다. 엄마는 늘 그랬듯 겉으로는 아무런 문제가 없다는 식으로 행동했다. 아빠가 집에 있을 때면 아빠가 즐겨 먹는 음식을 만들고 옷을 다렸다.

나는 아빠를 이해할 수 없는 것과 마찬가지로 그런 엄마 역시 이해할 수 없었다. 부당한 대우를 받으면서도 내색하지 않고 순종적인 아내 역할을 하는 엄마를 보면서 그런 엄마의 맹목적 참을성이 자신이 자란 환경과 교육으로부터 영향을 받은 것인지,

타고난 성격에서 기인한 것인지, 그렇지 않으면 자립에 대한 자신감이 부족한 것이 원인인지 궁금했다. 하지만 굳이 그것을 캐내려 하지 않았다. 나는 엄마가 세상을 향해 '보이지 않는 벽'을 세워 놨다는 사실을 서서히 깨닫게 됐다. 엄마는 그 누구도, 심지어는 딸인 나조차 그 벽을 넘어가도록 허락하지 않았다. 세월이 흐르면서 나는 그 벽의 존재에 익숙해졌고 그곳에 접근하지 않으려 했다.

그리고 나 역시 나만의 세계에 적응하느라 바빴다. 학년이 올라가자 하나둘 가까운 친구들이 생겼다. 사람이 사는 어느 곳에서나 마찬가지로 학교라는 사회에도 나름의 서열이 존재했다. 또래 사이에서 인기가 많은 아이 혹은 만능 스포츠맨이 그 피라미드식 서열 체계의 제일 꼭짓점에 위치했다. 그 둘엔 해당 사항이 없었지만 성실한 모범생이었던 나는 서열 체계 안에서 나름의 독자적 입지를 확보했다. 나와 같이 수업을 듣는 아이들은 시험 직전엔 앞다퉈 내 노트를 빌려갔다. 그 답례로 이따금씩 집으로 초대받기도 했다. 대개의 경우는 일회성 이벤트로 끝났지만 운이 좋은 경우엔 새 친구를 만들 수도 있었다. 학년이 올라가 수업 시간이 길어지고 서클 활동까지 하게 되자 내 생활에서 집과 학교가 차지하는 비중이 역전됐다. 예전만큼 엄마나 아빠에 대한 일로 고민하고 가슴 아파하지도 않게 됐다. 아니, 나는 거기에서 아예 눈을 돌리고 입지를 다진 새로운 세계에 충실하고자 했다.

돌이켜 보면 당시 아빠, 엄마, 나 세 사람은 각각 자신만의 궤도를 충실히 도는 세 개의 행성과 닮아 있었다. 어쩌다 교차점을 지나치긴 하지만 기본적으로 자신의 궤도를 벗어나지 않는. 갑작스러운 외부 충격 때문에 그 궤도에 차질이 생기는 일이 없었더라면, 아마도 우리 가족은 껍데기에 지나지 않는 형태로나마 좀 더 오래 유지됐을지도 몰랐다.

///////////////

아빠의 외도를 처음 목격한 곳은 금요일 저녁 영화관에서였다. 아빠에게 여자, 어쩌면 여자들이 있었을 거라는 사실은 조금만 생각해보면 쉽게 알 수 있는 일이었다. 그렇지 않으면 아빠가 집에 돌아오지 않았던 수많은 밤을 어디서 보냈을지 설명할 길이 없었다. 하지만 머릿속으로 이해하고 있다 하더라도 막상 눈으로 현실을 확인했을 때 내가 받은 충격은 컸다. 우리 모두 부모가 섹스를 해서 자신이 세상에 존재한다는 사실을 인지하고는 있지만 어쩌다 그 장면을 목격하게 되면 정신적 충격을 입는 것처럼.

아빠의 불륜 사실을 확인했을 때, 나는 첫 데이트 상대인 알렉스와 함께 있었다. 그는 고등학교 때 나와 가장 친한 친구였던 에이미의 오빠였다. 내성적인 나와 달리 에이미는 활달하고 사교적인 성격이었다. 그래서 친구가 많지 않던 내게 먼저 다가와

주었다. 우리가 처음으로 말을 트게 된 계기는 1학년 미술 시간이었다. 우연히 에이미 옆자리에 앉게 됐는데, 복도에서 지나치면 인사 정도만 하고 지내는 사이였던 에이미가 그림에 뛰어난 소질이 있다는 사실을 그때 처음으로 알게 됐다. 에이미의 스케치에선 강렬한 힘과 개성이 느껴졌다. 연필로 조심스레 밑그림을 그렸다가 뭔가 석연치 않다는 듯 지우개로 지우길 반복하고 있는 아이들 사이에서 거침없는 태도로 캔버스에 선을 내리긋는 에이미의 모습은 두드러졌다. 나는 내 그림에 집중하는 척하고 있었지만 자꾸만 에이미의 그림에 눈길이 가는 걸 멈출 수가 없었다.

"어때? 마음에 들어?"

내가 보고 있다는 걸 눈치챘는지 에이미가 나를 향해 말을 붙였다. 고개를 끄덕였다.

"내가 본 사람들 중에서 네가 제일 그림을 잘 그리는 것 같아."

그 말은 사실이었다. 그저 바구니에 담긴 과일을 그린 평범한 정물화였지만 그대로 액자에 넣어 미술관에 걸어도 손색이 없겠다 싶을 정도로 어딘지 모르게 시선을 끄는 강렬한 매력이 있었다.

"고마워, 나는 미술대학에서 그림을 공부하고 싶거든. 언젠가는 화가가 돼서 내 전시회를 여는 게 꿈이야."

조금은 쑥스러운 듯 자신의 희망을 터놓는 에이미의 얼굴이 너무나 해맑고 즐거워 보여서 나도 에이미를 향해 미소를 지었다. 그 뒤로 에이미와 나는 종종 학교 식당에서 함께 점심 식사를 하면서 점차 가까워졌다. 에이미는 빵과 쿠키를 만드는 걸 좋아했다. 주말에 시험 삼아 구워 봤다며 라즈베리가 박힌 스콘과 진저브레드 같은 걸 들고 와서 수다를 떨며 같이 나눠 먹기도 했다. 그럴 때 에이미의 단골 화제는 같은 학년 혹은 한두 학년 위의 귀여운 남자애들이었다. 그녀가 속한 밝고 단순한 세계에선 자신이 좋아하는 남자애가 다른 여자에게 관심을 가지는 것 이상으로 큰 고민거리는 없는 것처럼 보였다. 에이미와 가깝게 지내면서 나는 내 이질적인 생김새나 가족 문제 같은 것을 되도록 생각하지 않으려고 노력했다. 그렇게 나는 평범한 고등학생의 일상에 서서히 익숙해져 갔다.

알렉스와 데이트를 할 수 있었던 것도 따지고 보면 에이미 덕분이었다. 나중에 안 사실이지만 에이미의 수학 성적은 형편없었다. 다른 과목도 성적이 그리 뛰어난 편은 아니었지만 수학은 낙제를 간신히 면하는 수준이었다. 수학 테스트를 며칠 앞둔 어느 날, 에이미는 내게 SOS 신호를 보냈다.

"이번 시험도 망치면 틀림없이 F를 받을 거야. 윌리엄스 선생님이 그렇게 경고했거든. F를 받으면 난 집에서 쫓겨날지도 몰라. 넌 수학을 잘하니까 우리 집에 같이 가서 날 좀 도와줘!"

그렇게 끌려오다시피 한 에이미의 집에는 예상과 달리 사람이 아무도 없었다.

"우리 엄마, 아빠는 둘이서 식당을 운영하거든. 항상 밤늦게 집에 오니까 여긴 우리 둘뿐이야. 대신 식당에서 남은 음식을 갖고 오니까 배가 고프면 언제든 데워 먹을 수 있어."

에이미가 주방 바닥에 책가방을 털썩 내려놓으며 말했다. 나는 교과서에서 시험에 나올 방정식 부분을 찾아 식탁 위에 펼쳤다. 수학 기호를 보자마자 에이미는 "으" 하고 앓는 소리를 냈다. 그런 에이미를 어르고 달래 억지로 첫 번째 문제를 풀라고 시킨 뒤 집 안을 찬찬히 둘러보았다. 안락한 느낌이 드는 집이었다. 우리 집처럼 모든 게 정갈하게 정리돼 있지는 않았지만 적당히 어수선한 모습에서 오히려 사람 사는 곳 같은 온기가 느껴졌다. 하얀 식탁보의 테두리에도, 주방 창문에 달린 레이스 커튼에도 자잘한 꽃무늬가 있는 걸 보니 에이미의 어머니는 꽃무늬를 좋아하는 모양이었다. 그런 생각을 하며 멍하니 앉아 있는데 뒤에서 누군가 다가오는 소리가 들렸다.

청바지에 검은 가죽 재킷을 입은 키가 훌쩍 큰 청년이 어리둥절한 표정으로 우리를 보고 있었다. 숱이 많은 짙은 밤색 머리와 다정해 보이는 밤색 눈동자가 에이미와 닮았다고 생각했다. 콧등에 살짝 주근깨가 내려앉긴 했지만 여자애들 사이에서 꽤 인기가 있을 법한 외모였다.

"아, 우리 오빠 알렉스야. 같은 학교에 다니는데 혹시 지나가

다 본 기억 없어? 그리고 얘는 내 친구 제이드, 수학 공부 도와달라고 내가 불렀어."

알렉스는 "골치 아픈 일을 맡았네"라며 나를 향해 안됐다는 듯한 표정을 지었다.

"어차피 친구들이랑 농구 하러 갈 거니까 너희들끼리 편하게 있어. 그럼 제이드, 나중에 학교에서 보자. 만나서 반가웠어."

알렉스는 우리를 향해 싱긋 웃어 보이고는 2층으로 뛰어올라갔다. 환한 미소는 에이미와 꼭 닮아 있었다. 그의 웃는 얼굴을 떠올리면서 나는 내 가슴이 두근거리고 있다는 사실을 깨달았다.

///////////////

그 뒤로 학교에서 알렉스를 보는 것은 내게 작은 기쁨이 됐다. 그가 친구들에 둘러싸여 복도를 걷거나, 교정 한구석에 설치된 작은 간이 농구대에서 공을 던지는 모습을 먼발치에서 지켜볼 때면 항상 가슴이 콩닥거렸다. 에이미가 귀여운 남자애들 이야기로 열을 올릴 때면 나는 혼자 머릿속으로 알렉스를 그려보다가 실실 웃곤 했다. 나를 향해 다정하게 웃어 보이는 알렉스, 그런 그와 팔짱을 끼고 나란히 걷는 나…… 그런 상상이 폭주할 때면 세상은 솜털로 둘러싸여 있고 하늘엔 핑크빛 구름이 떠다니는 것처럼 느껴졌다. 눈치 빠른 에이미가 내 변화를 눈치채지 못할

리가 없었다.

"너, 우리 오빠 좋아하지?"

우리가 자주 들르던 아이스크림 가게에서 어느 날 에이미가 불쑥 말을 꺼냈다. 아이스크림 플로트를 숟가락으로 떠먹고 있는 에이미의 입술은 자주색 포도 소다 때문에 보라색으로 물들어 있었다. 나는 사실을 인정해야 할지, 시치미를 뚝 떼야 할지 망설이다 마침내 그냥 사실을 인정해버리기로 결심했다. 어차피 제일 친한 친구에게 오랫동안 거짓말을 하기는 어려우니까. 그 거짓말에 친구의 오빠가 연관돼 있을 경우는 더욱 더.

"어떻게 알았어?"

"당연히 알지. 너, 복도에서 알렉스랑 마주칠 때마다 긴장해서 말도 더듬고 그랬잖아."

에이미의 말에 얼굴이 빨갛게 달아오르는 것을 느꼈다. 만약 알렉스도 에이미처럼 내 서투른 짝사랑을 눈치채고 있고 속으로 바보 같은 여자애라고 생각하고 있다면 차라리 죽는 게 나을 것 같았다.

"걱정 마, 알렉스는 몰라."

에이미가 내 마음을 읽은 것처럼 말했다.

"오빠는 워낙 둔해서 누가 자길 좋아해도 전혀 눈치 못 채. 아마 'I love you'라고 쓴 플래카드를 들고 앞에 가서 흔들어 대야 겨우 알 걸?"

나는 몰래 안도의 한숨을 쉬었다.

"그래서 말인데…… 내가 오빠랑 너한테 다리를 놔줄까 해."

"그게 무슨 말인데?"

"자연스럽게 둘이 데이트할 기회를 만들어주겠다고. 알렉스나 너나 가만히 놔두면 절대 아무 일도 안 생길 테니까. 그래 봬도 알렉스에게 호감을 갖는 여자애들이 꽤 많아. 짜증 나는 제니퍼도 그런 것 같더라고. 네가 머뭇거리고 있는 사이에 적극적인 여자가 먼저 알렉스한테 고백할지도 몰라. 그러면 알렉스는 거절하는 게 부담스러워서 웬만하면 다 받아줄걸? 나도 오빠가 제니퍼 같은 애랑 사귀는 것보다 내 베스트 프렌드랑 엮이는 게 훨씬 좋아."

에이미의 눈이 장난스럽게 반짝였다. 나는 뭐라고 말해야 할지 몰라 앞에 놓인 애꿎은 파란색 슬러시만 빨대로 휘저었다. 머릿속으로 자주 그려봤지만 막상 알렉스와 실제로 데이트할지도 모른다고 생각하니 두려움에 숨이 막힐 것 같았다. 하지만 에이미의 제안을 거부하는 건 모처럼 굴러온 행운을 내 손으로 밀치는 것과 마찬가지였다.

"어떻게 다리를 놓을 건데?"

내 물음에 에이미는 선생님을 깜짝 놀라게 만들 꿍꿍이를 꾸밀 때의 악동처럼 쿡쿡 웃었다.

"그건 나한테 맡겨 놔. 다 생각이 있으니까. 넌 그냥 알렉스

가 데이트 신청을 할 때 거절하지 말고 자연스럽게 승낙하기만
하면 돼."

////////////

알렉스로부터 데이트 신청을 받은 것은 그다음 주였다. 에
이미가 대체 중간에서 뭐라고 그럴 듯하게 이야기를 꾸몄는지는
모르겠지만 알렉스는 언제나 그랬던 것처럼 밝은 미소와 함께—
하지만 조금은 수줍어하는 태도로— 영화를 보지 않겠느냐고 했
다. "Yes"라고 대답할 때 나는 최대한 태연한 표정을 지으려고 노
력했지만 가슴이 너무나 쿵쾅거려서 알렉스에게도 그 소리가 들
리지 않을지 걱정이 될 정도였다.

데이트 전날 밤, 나는 태어나서 처음으로 옷장 속의 옷을 모
조리 꺼내 침대 위에 펼쳐놓고 어떤 옷을 입고 갈지 고민했다. 전
혀 신경 쓰지 않았다는 느낌을 주긴 싫었지만 그렇다고 너무 고
심하고 나간 듯한 인상을 주고 싶지도 않았다. 결국 진 스커트에
하얀 레이스 칼라가 달린 얇은 블라우스를 입고 나가기로 결심
한 뒤에도 시험지에 자신 없는 답을 적어놓고 지울지 말지 고민
할 때처럼 불안했다. 그 때문에 알렉스가 빈말이었을지라도 "오
늘 예쁘네"라고 칭찬해줬을 때 전혀 기대하지 않은 시험에서 만
점을 받은 것처럼 기뻤다.

알렉스의 차로 영화관에 도착해 자리를 잡고 앉을 때까지 데이트는 비교적 순조롭게 흘러갔다. 농구광인 알렉스와 책벌레인 나 사이에 공통점은 별로 없었다. 그러나 알렉스는 어색한 분위기를 풀기 위해 우스꽝스러운 이야기를 늘어놓았고 그때마다 나는 웃음을 터뜨렸다. 이야기 자체가 재미있다기보다는 알렉스가 나를 위해 노력하고 있다는 사실이 기뻐서였다. 근처 델리에서 간단하게 저녁을 먹은 뒤 팝콘과 콜라를 사서 영화관 안으로 들어가 앉았을 때 내 가슴은 또다시 두근거리기 시작했다. 환하게 불빛이 켜진 곳에서 마주 앉아 있는 것과 어두운 극장 안에서 팔꿈치가 닿을 정도로 가까운 곳에 나란히 앉는 것은 느낌이 또 달랐다. 둘 사이에 놓아둔 팝콘을 집어 먹으려다 서로의 손이 닿거나, 자세를 고쳐 앉다가 다리가 부딪치는 상황을 상상하자 귓불이 발갛게 달아오르는 게 느껴졌다. 이미 극장 안이 어두워서 알렉스가 눈치채지 못해 다행이었다.

"넌 별로 말을 많이 안 하는 것 같아. 그렇지? 아까도 거의 내가 하는 말을 듣기만 했잖아."

오른쪽에 앉은 알렉스가 나를 돌아보며 말했다. 그저 객관적 사실을 말하는 건지, 아니면 내가 대화에 적극적으로 참여하지 않았다고 생각해 에둘러 불만을 표시하는 건지 몰라 불안했던 나는 그저 "그랬나?" 하고 되물었다.

"응, 에이미는 같이 있으면 하루 종일 떠들어대서 여자애들은 전부 그런 줄 알았어. 그런데 넌 좀 다른 것 같아. 혼자만의 세계가 되게 강한 것 같다고 해야 하나? 어쩌면 네가 형제가 없어서 그런지도 모르겠다. 형제가 없다는 건 대체 어떤 느낌일까? 상상이 잘 안 가지만 부럽기도 해. 여동생은 어릴 땐 귀여웠는데 크고 나선 가끔씩 굉장히 귀찮게 굴 때가 있거든. 아, 에이미한테 이런 말은 하지 말고."

하지만 나는 오히려 알렉스와 에이미가 부러웠다. 만약 내게 오빠나 여동생이 있었더라면 훨씬 덜 외로웠을 것이다. 나는 다른 사람에게, 심지어 에이미에게조차 어딘가 일그러진 우리 가족에 대한 이야기를 터놓고 하지 못했다. 그들이 나를 불쌍하게 바라볼까 봐 두렵거나 창피해서가 아니었다. 나조차도 완전히 이해가 가거나 수긍이 되지 않는 상황에 대한 이야기를 어디서부터 어떤 식으로 꺼내야 할지 엄두가 나지 않아서였다. 만일 내게 형제나 자매가 있었더라면, 아무런 설명도 필요 없이 아빠의 무책임함에 대한 분노나 엄마의 무조건적 순종에서 오는 갑갑함을 공유할 수 있었을 것이다. 하지만 내 곁에는 그런 고민을 같이 나눌 사람이 아무도 없었다. 그렇다고 알렉스에게 이런 이야기를 구구절절 전할 수는 없었다. 나는 알렉스의 말에 수긍하듯 애매하게 웃으면서 오른쪽으로 몸을 돌려 팝콘을 향해 손을 뻗었다.

그때 대각선 방향으로 몇 좌석 앞에 앉은 한 쌍의 남녀가 보였다. 영화관이 한산해서 주변 좌석이 비었기 때문에 시야를 가리는 방해물 없이 둘의 모습을 분명하게 볼 수 있었다. 순간 강한 전류에 감전된 것처럼 짜릿한 충격이 느껴졌다. 아빠였다. 어둠 속에서도 아빠의 옆모습을 단번에 알아볼 수 있었다. 각진 턱선과 약간 휘어진 우뚝한 콧날을 잘못 볼 리가 없었다. 아빠는 처음 보는 여자와 다정하게 어깨를 기대고 앉아 있었다. 불빛이 없어서 나이를 가늠하긴 어려웠지만 여자는 20대 후반쯤 된 것처럼 보였다. 아빠 쪽으로 고개를 돌릴 때 보니 한껏 속눈썹을 치켜세우고 짙게 화장을 한 모습이었다. 영화 속에서만 보던 '매춘부'라는 단어가 머리를 스쳤다.

　잠시 뒤 대형 스크린에 불이 들어오고 영화가 시작된 후에도 나는 그들에게서 눈을 뗄 수가 없었다. 영화 내용은 머리에 들어오지 않았다. 아니, 영화 따위엔 이미 흥미가 없었다. 심지어 옆에 앉은 알렉스의 존재조차도 더는 내 주의를 끌 수 없었다. 나의 온 신경이 아빠와 여자에게만 쏠렸다. 그들이 뒤를 돌아보고 내 존재를 눈치챌까 봐 두려웠기 때문에 시선을 그들에게 고정시킨 채 나는 의자 속 깊이 몸을 파묻었다. 하지만 둘은 서로에게 너무나 정신이 팔려 뒷좌석에 앉은 관객 따위에게는 전혀 주의를 기울이지 않는 것 같았다. 여자의 한쪽 어깨를 감싸안은 아빠의 손이 스르르 가슴 쪽으로 내려갔다가 다시 다리 사이로 향했다. 여자도 슬그머니 손을 뻗어 아빠의 무릎을 어루만졌다.

속이 메슥거렸다. 두 사람이 내가 보는 앞에서 저런 행동을 한다는 것을, 아빠가 완벽한 가정주부 역할을 하고 있는 엄마를 집에 두고서 저런 여자를 안고 있다는 사실을 용납할 수 없었다. 당장 영화관 밖으로 뛰어나가고 싶었지만 한편으로는 계속 그들을 지켜보고 싶다는 야릇한 호기심을 떨치기도 어려웠다. 머릿속이 하얗게 변해 스스로 무엇을 원하는지 판단할 수도 없게 된 것 같았다.

"괜찮아? 꼭 토할 것 같은 표정이야. 속이 안 좋은 거야?"

옆에서 알렉스의 목소리가 들렸다. 그가 걱정스러운 표정으로 나를 바라보고 있었다. 갑자기 어지럽게 얽혔던 실타래가 툭 하고 끊어지듯 머리가 맑아지면서 강렬하게 그곳에서 벗어나고 싶은 충동을 느꼈다. 나는 행여나 아빠가 눈치챌까 봐 최대한 목소리를 낮춰 말했다.

"응, 저녁 먹은 게 잘못됐나 봐. 빨리 집에 가는 게 좋을 것 같아."

집까지 바래다주는 차 안에서 알렉스는 내게 몇 차례 괜찮은지 말을 건넸다. 나는 건성으로 대답하면서 창문을 열어 바깥 공기를 들이켰다. 서늘한 밤공기가 내 머리와 가슴을 조금씩 식혀주는 것 같았다. 집 앞에서 헤어지는 인사를 나눌 때 우리는 둘 다 이것이 처음이자 마지막 데이트가 될 것이라는 사실을 직감했다. 그와 더 이상 가까워질 수 없다고 생각하면 슬펐지만 만약 우리가 계속 만난다면 알렉스를 볼 때마다 아빠와 그 여자의 모습이 연상될 것 같아 참을 수 없었다. 첫 데이트 상대와 함께한 자리에서 아빠의 외도를 확인했다는 건 끔찍할 정도로 수치스러웠다. 그 수치심을 지우기 위해, 그리고 수치심으로부터 내 알량한 자존심을 지키기 위해 나는 차라리 알렉스를 내 삶에서 지워버리는 쪽을 택했다.

///////////////

영화관에서 아빠를 목격한 이후 나는 되도록 아빠와 마주치지 않으려고 했다. 아빠를 생각할 때마다 영화관에서 느꼈던 강렬한 거부감이 되살아나서 막상 얼굴을 마주하면 스스로도 어떻게 반응할지 예측할 수 없었다. 그 무렵 내 감정선은 가장자리까지 물이 가득 차 있는 컵 같았다. 아주 작은 흔들림에도 컵에 든 물이 흘러넘칠 수 있는 것처럼, 내가 억누르고 있던 불만과 분노도 이미 한계선까지 차올라 살짝만 건드려도 터져 나올 것 같았다. 다행히 아빠를 피하는 건 그리 어려운 일은 아니었다. 아빠는 자주 집을 비우거나 밤늦게 집에 오는 일이 많았다. 그 무렵 나는 집에 오면 곧바로 내 방에 틀어박혔고, 주말이면 아침부터 늦은 밤까지 작은 델리에서 웨이트리스로 아르바이트를 하며 시간을 보냈다. 되도록이면 아빠의 주머니에서 나오는 돈을 쓰고 싶지 않아서 시작한 일이었지만 집에 있는 시간을 줄일 수 있다는 점에서도 탁월한 선택이었다. 이러한 표면적 평화 상태가 언제까지나 유지될 것이라고 기대하지는 않았다. 그러나 파국은 내 예상보다 훨씬 더 일찍 찾아왔다.

영화관을 다녀오고 한 주가 지난 주말 아침이었다. 아르바이트를 하는 주말이면 아침 식사를 거르고 곧장 일터인 델리로 가서 식사를 하는 일이 잦았다. 주방에서 일하는 제프 아저씨는 손님이 없을 때 아침 메뉴인 잉글리시 브렉퍼스트를 만들어 내게 슬쩍 건네곤 했다. "어차피 한 사람 몫 정도 더 만드는 건 그리 어려운 일도 아니야. 게다가 넌 하도 말라서 잘 먹이지 않으면 접시도 제대로 못 나를 것처럼 보이는구나"라고 하면서. 그런데 그날따라 유달리 허기가 져서 가는 길에 먹으려고 냉장고에서 사과를 꺼내고 있는 와중에 아빠와 마주쳤다. '이 시간쯤 아빠가 주방으로 오는 일은 좀처럼 없는데 운이 나쁘군' 하고 생각하며 그대로 등을 돌려 현관으로 향하려고 하는데 뒤에서 아빠의 목소리가 들렸다.

"넌 이제 나한테 아는 척도 하지 않기로 한 거냐."

나는 걸음을 멈추고 잠시 아빠 쪽을 쳐다보았다. 그럼 어떻게 행동해야 하지? 오늘은 집에 있어 줘서 감사하다고 반갑게 웃으며 인사라도 해야 하나? 밖에선 다른 여자를 만나고 다니면서 어떻게 저렇게 아무렇지도 않을 수 있지? 저 사람은 엄마와 나를 어떻게 생각하는 걸까? 자신은 좋을 대로 행동하더라도 우리는 집에서 순종적인 아내, 말 잘 듣는 딸 노릇을 해야 한다고 믿고는 걸까? 머릿속에 온갖 생각들이 떠올랐지만 대꾸하기조차 싫어서 묵묵히 현관 쪽으로 발걸음을 옮겼다. 그러자 아빠가 성큼 다가와 뒤에서 내 손목을 잡았다.

"대체 어디서 배운 버르장머리냐. 내가 그렇게 함부로 무시해도 될 사람으로 보여? 이 집에서 돈을 벌어오는 사람은 나다. 네 교육비를 대고, 너와 네 엄마를 먹여 살리고 있는 사람은 나라고!"

순간 치미는 화를 억누를 수가 없었다. 가슴속에 찰랑찰랑 넘칠 듯이 고여 있던 감정은 자극을 받자 둑이 터진 듯 한꺼번에 쏟아져 나와 흐르기 시작했다.

"그래서 아빠는 그렇게 당당한 거예요? 돈만 벌어오면 술을 마시고 난동을 피워도, 아내를 때려도 다 합리화가 되나 보죠? 그래서 창녀 같은 여자랑 보란 듯이 바람도 피운 건가요?"

그 말에 아빠는 예상치 못하고 복부를 강타당한 복서처럼 움찔했다. 곁에 있던 엄마가 달려와 자기 몸으로 아빠와 나 사이를 가로막았다.

"제이드, 아르바이트에 늦겠다. 준비 다했으면 빨리 출발하렴. 그리고 당신은 제이드에게 할 말이 있으면 나중에 조용히 해. 무작정 애한테 소리부터 지르지 말고."

하지만 엄마의 노력은 오히려 아빠의 분노를 더 부채질한 듯했다. 아빠는 나한테서 입은 타격을 엄마를 통해 풀겠다는 듯 이글거리는 눈동자로 엄마를 노려봤다.

"애 교육을 어떻게 시켰기에 얘가 이 모양이 된 거야? 대체네가 집에서 하는 일이 뭐가 있어? 하나밖에 없는 자식도 망나니로 만들고."

"제이드는 10대잖아, 한창 예민한 나이라고. 저 정도 반항은어느 집 아이나 다 해."

"어느 집 아이나 다 하는지 네가 어떻게 알아? 다른 사람들이랑 제대로 어울리지도 못하는 네가 어떻게 그런 걸 아냐고."

잘못을 저지른 사람이 나라는 양 핏대를 세우는 아빠에게도화가 났지만, 아빠의 행동은 전혀 비난하지 않고 문제아 감싸듯나를 변호하기 바쁜 엄마를 보면서 갑갑함을 억누를 수 없었다.엄마의 저런 태도가 아빠의 뻔뻔함을 더욱 부추긴다는 생각에 나역시 엄마를 향해 감정을 쏟아냈다.

"엄마, 왜 내게 문제가 있는 것처럼 말해요? 왜 아빠에게는아무런 말도 하지 않는 거예요? 내가 하는 말 제대로 들었어요?아빠는 다른 여자를 만나고 있다고요. 영화관에서 직접 내 눈으로 봤어요. 창녀처럼 천박하게 화장한 여자와 영화관에서 시시덕거리는 모습을요."

엄마의 반응은 내 예상과 완전히 달랐다. 엄마는 아빠의 시선을 피한 채 "제이드, 아빠에게 그런 말투를 쓰면 안 돼"라고 조용한 목소리로 나를 타일렀다. 마치 아빠가 비난을 살 만한 행동을 전혀 하지 않았다는 듯이. 그때까지 나를 간신히 지탱해주고 있던 이성의 끈이 툭 하고 끊어져 나간 것 같았다. 마침내 나는 자제력을 잃어버리고 폭발했다.

"엄마는 아빠가 아무 여자와 자고 다녀도 상관없어요? 역겨워! 아빠도 역겹지만 엄마도 역겨워! 둘 다 역겹다고요!"

'짝' 하는 소리가 나는가 싶더니 한쪽 뺨이 화끈거렸다. 엄마가 내 뺨을 후려친 것이었다. 엄마가 나를 때렸다는 사실에, 내게 폭력을 가한 이가 아빠가 아닌 엄마라는 사실에, 엄마가 그런 상황에서도 내가 아닌 아빠 편을 들었다는 사실에 나는 망연자실했다. 엄마 역시 스스로의 행동에 놀란 모양이었다. 잠시 어리둥절하며 서 있던 엄마는 허둥지둥 내게 손을 뻗어 뺨을 어루만지려 했다. 내 눈에 눈물이 가득 괴었다.

"제이드!"

엄마가 내 이름을 부르는 걸 무시하고 밖으로 달려갔다. 할수만 있다면 그대로 엄마와 아빠로부터 멀리 달아나고 싶었다. 이렇게 비정상적인 부모와 비정상적인 집에서 벗어나 영영 돌아가지 않을 수 있길 바랐다. 하지만 나보다 아빠 쪽이 빨랐다. 그날 저녁 아빠는 짐을 싸서 아예 집을 나갔다. 그 뒤로 매달 부쳐주는 생활비를 제외하면 아빠의 소식을 들을 수 없었다. 아빠가 몸이 망가져 다시 엄마 곁으로 돌아온 것은 꽤 오랜 세월이 흐른 뒤였다.

제이드 4

엄마가 나를 때린 그날 이후 나와 엄마의 관계는 예전보다 훨씬 더 소원해졌다. 아빠가 떠나고 난 집엔 엄마와 나, 둘만 남았지만 나는 할 수 있는 한 엄마를 외면했다. 어린 시절을 제외하곤 원래도 나는 엄마와 얘기를 많이 하는 편이 아니었다. 엄마의 서투른 영어와 나의 서투른 한국어는 서로가 서로를 온전히 이해할 수 없게 만드는 장애물이었다. 학년이 올라갈수록 우리 사이의 언어 장벽은 더 높아졌고, 엄마가 자신과 나를 포함한 다른 사람 사이에 쳐놓은 보이지 않는 탄탄한 벽과 더불어 새로 만들어진 장벽은 우리 사이를 더욱 더 멀어지게 했다. 엄마에게 털어놓지 못하는 소소한 이야기들이 쌓여가는 것과 동시에 엄마와 내가 공유할 수 있는 것들은 점점 줄어들었고, 엄마는 그렇게 조금씩 낯선 사람이 되어 갔다.

그래도 돌이켜 보면 엄마는 나름대로 나와의 거리를 좁히기 위해 노력했던 것 같다. 내가 학교에서 돌아올 때마다 능숙지 못한 영어로 그날 있었던 일, 수업 중 배웠던 것을 꼬치꼬치 물으며 대화하려 했고, 때로는 엄마가 가장 자신 있어 하는 한국 요리로 내 관심을 끌려 했다. 하지만 사춘기에 접어든 나는 그런 엄마의 행동을 성가신 간섭으로 받아들였다. 반항기에 접어든 어느 10대처럼 내게 다가오려는 엄마를 밀어내기에 바빴다.

게다가 입 밖으로 내진 않았지만 그 무렵 엄마를 향한 내 감정은 다소 복잡했다. 아빠에게 당한 학대와 푸대접을 생각하면 엄마가 안쓰럽고 불쌍했지만 한편으론 한심하기도 했다. 왜 엄마는 저러고도 아빠를 떠나지 않는 걸까, 자존심도 없는 걸까. 어쩌면 엄마가 아빠를 끊어내지 못하는 건 경제적 이유 때문일지도 몰랐다. 하지만 그것 역시 엄마의 무력함을 부각시킬 뿐이었다. 내 눈에 비친 엄마는 심리적으로 나약하거나, 경제적으로 무능력했다. 나는 어느 쪽도 마음에 들지 않았고 그게 내가 엄마를 밀어낸 또다른 이유였다.

엄마가 내 뺨을 때린 사건은 서먹서먹하던 우리 관계를 급격히 얼어붙게 만든 결정타나 마찬가지였다. 그 일로 이제껏 엄마와 나 사이에 연결돼 있던 가느다란 심리적 유대마저 툭 끊어져 버린 것 같았다. 내가 엄마에게 느낀 감정은 처음엔 배신감이었다. 비록 엄마와 내가 돈독한 모녀 관계는 아니었지만 나는 특별히 엄마 속을 썩인 적이 없었다. 또래 아이들이 저지를 만한 자잘한 사고 한 번 친 적 없었고 학교에선 언제나 우등생이었다. 그런데도 엄마는 결정적 순간에 내가 아닌 아빠를 감쌌다.

배신감 뒤로 찾아온 건 일종의 경멸이었다. 그래도 그동안은 엄마와 아빠의 관계에서 엄마는 일방적인 피해자라 여겼다. 하지만 그날 이후 아빠를 무조건 감싸는 엄마의 태도가 아빠의 방종을 부추기고 있다는 사실을 깨달았다. 아빠는 엄마의 대책 없는 관용을 철저히 이용하는 악질이다. 그리고 엄마는 딱하긴 하지만 자신의 한심함 때문에 이런 상황을 자초한 거나 마찬가지라는 생각이 들었다. 나는 엄마에게 마음의 문을 닫아걸었고, 어느 순간부터 엄마와 나는 같은 공간을 공유하는 이방인이 돼버렸다. 이따금 나를 바라보는 엄마의 슬픈 표정에 죄책감을 느낄 때도 있었지만 나는 닫아버린 마음의 문을 열지 않았다.

얼마 후 나는 지원한 대학 몇 군데에서 장학생으로 합격했다. 그중에서 가능한 집에서 멀리 떨어진 곳을 골랐다. 지리적 거리는 집에 오지 않아도 되는 좋은 핑곗거리가 될 테니까. 엄마는 내가 굳이 그렇게 멀리 떨어진 곳을 택한 게 서운한 눈치였지만 그보다는 딸이 괜찮은 대학에 합격한 기쁨이 더 큰 모양이었다.

"네가 정말 자랑스러워." 학교로 떠나는 날, 나를 배웅하며 엄마는 그렇게 말했다.

엄마가 내게 자랑스럽다고 한 게 언제였더라. 기억이 잘 나지 않았다. 걸핏하면 "네가 참 자랑스러워"라는 말을 입에 달고 다니는 다른 친구 엄마들과 달리 엄마는 칭찬에 인색한 편이었다. 우리 관계가 지금처럼 서먹해지기 전에도 주로 내가 잘못한 것을 지적하는 엄마와의 대화는 엄마의 일방적인 잔소리나 말다툼으로 끝나기 일쑤였다. 어쩌면 엄마가 "네가 자랑스러워"라는 말을 입 밖에 낸 건 그때가 처음이었는지도 몰랐다.

대학에 입학하고 나니 눈코 뜰 새 없이 바쁜 생활이 시작됐다. 수준이 비슷비슷한 학생들이 모인 그곳에서 나는 더 이상 우수하지 않았고 '우수한 학생'이란 평판을 되찾기 위해 고군분투해야 했다. 그 와중에 아르바이트까지 병행했다. 식당 웨이트리스로 일할 때도 있었고, SAT 시험을 준비하는 학생들에게 튜터링을 하기도 했다. 가정을 버린 아빠와 경제적으로 무능력한 엄마에게 생활비를 요구하고 싶지 않아서였다.

추수감사절과 크리스마스가 올 때마다 엄마는 내게 집에 올 거냐고 물었고 그때마다 나는 안 된다고 했다. 실망한 기색이 역력한 엄마의 목소리가 마음에 걸리긴 했지만 공부와 일만으로도 충분히 바빴고, 친구들과 술을 마시며 와자지껄하게 어울리거나 데이트를 하는 것이 엄마와 단 둘이서 어색한 시간을 보내는 것보다 훨씬 매력적인 선택지였다.

졸업 후엔 별 어려움 없이 고등학교 영어 교사 자리를 얻었다. 보수는 많지 않지만 보람 있는 일이었다. 원래 꿈꾸던 목표가 아니라는 점만 빼면 크게 불만이 없었다. 내 꿈은 소설가였지만 전업 작가가 되기엔 앞날이 너무나 불투명했다. 결국 현실과 타협해 교사 일을 하면서 틈틈이 글을 쓰기로 마음먹었다. 비록 내 계획과는 달리 단 한 번도 원고를 완성할 순 없었지만.

직장 생활을 한 뒤로도 엄마와 내 관계는 예전과 똑같았다. 나는 여전히 바빴고, 여전히 명절에도 엄마를 보러 갈 시간을 낼 수 없었다. 아니, 냉정하게 얘기하면 그럴 시간을 만들지 않았다는 게 더 정확했다. 너무 오랫동안 엄마를 만나지 않았고, 이젠 내가 속한 세상에서 한껏 멀어진 엄마와 다시 가까워지는 건 불가능해 보였다. 엄마를 만나도 무슨 말을 해야 할지 알 수조차 없었다. 우린 대화다운 대화를 하지 않은 지 너무 오래 됐으니까.

그렇게 멀어져가던 엄마를 다시 만나게 된 계기는 바로 내 결혼이었다.

///////////

마크와 나는 대학에서 만났다. 아르바이트에 늦지 않으려고 허둥지둥 뛰어가다가 한 손에 테이크아웃 커피를 들고 걸어오던 남학생과 부딪쳤고 그 바람에 그의 옷에 커피가 쏟아졌다. 그는 뜨거워 쩔쩔매면서도 당황해서 허둥지둥 사과하는 나를 책망하지 않았다. 시간이 없었던 나는 그에게 나중에 사과의 의미로 식사를 대접하기로 약속하고 전화번호를 교환했다. 며칠 뒤 우리는 한 중국 레스토랑에서 만났고, 그게 우리의 첫 번째 데이트가 됐다.

물리학을 전공하는 마크는 어릴 때 내게 잊을 수 없는 추억을 남긴 알렉스와는 완전히 반대되는 성향이었다. 사교적인 알렉스와 달리 그는 수줍음이 많고 사교성 없는 '너드^{nerd}'에 가까웠다. 짙은 갈색 머리는 항상 어수선하게 흐트러져 있었고 알이 두꺼운 안경을 끼고 다녔다. 하지만 그와 보낸 시간이 길어지면서 나는 두꺼운 안경과 흐트러진 머리 뒤에 다정한 갈색 눈과 소년처럼 싱그러운 미소가 숨겨져 있다는 사실을 알게 됐다.

마크는 믿을 수 없을 만큼 똑똑하고 성실했지만 내가 가장 끌린 건 그의 상냥함과 배려심이었다. 우리는 할 수 있는 한 항상 붙어 다녔고, 나는 언젠가 그가 내게 프러포즈할 것이라는 걸 직감적으로 알고 있었다. 예상대로 그는 박사 과정에 합격한 뒤 내게 프러포즈했고, 나는 기다리고 있었다는 듯이 즉각 "Yes"라고 답했다. 당시의 나는 우리 둘 앞엔 밝고 아름다운 미래가 기다리고 있을 거라고 믿어 의심치 않았다.

우리는 거창한 결혼식을 올릴 생각이 없었다. 마크 부모님의 집 정원에서 가까운 사람들만 초대해 다 같이 식사를 하는 걸로 충분했다. 내겐 마크와 앞으로 남은 생을 함께한다는 사실만이 중요했고, 화려한 결혼식을 올리기엔 우리 둘 다 가진 돈이 부족했다.

"자기 부모님을 만나고 싶어."

결혼 이야기가 나온 지 얼마 안 된 어느 날, 마크가 불쑥 말을 꺼냈다. 파스타를 먹고 있던 나는 그 순간 음식이 목에 탁 걸린 것만 같았다.

"누굴 만나고 싶다고?"

당황하는 내게 마크는 이해한다는 듯 너그러운 미소를 지어 보였다.

"자기랑 부모님 사이가 좋지 않다는 건 알아. 하지만 자기 부모님도 딸이 결혼한다는 사실은 알아야 하잖아."

"그건 그렇지만……."

"설마 초대도 안 할 생각이었어?"

나는 고개를 저었다. 그 정도로 부모를 미워하는 건 아니지만 사실 마크가 얘기를 꺼내기 전까지 아예 그 문제를 생각해본 적도 없었다. 그 정도로 가족은 이미 내 마음속에서 중요한 위치를 차지하고 있지 않았다.

"내가 자기 부모님을 결혼식에서 처음 만나면 얼마나 어색하겠어? 자기도 부모님 안 만난 지 오래됐다며. 그러니까 식 올리기 전에 함께 인사 드리러 가자."

나는 마지못해 그러자고 했고 다음 날인 휴일 하루 종일 집에서 전화기를 들었다 놨다 했다. 더는 미룰 수 없다는 생각이 들었을 때야 마침내 수화기를 들고 오랫동안 누르지 않은 번호를 눌렀다. 신호음이 한참 울리고 나서 상대방이 전화를 받았다.

"여보세요?"

엄마였다. 언제나 그랬듯 조심스럽고 경계하는 듯한 엄마의 목소리.

"……엄마."

내가 입을 열자 엄마는 갑자기 숨을 들이켰다.

"제이드! 혹시 사고라도 당했니?"

겁에 질린 엄마의 목소리를 듣자 마음이 불편해졌다. 나는 집을 떠난 이후 엄마에게 전화를 건 적이 없었다. 언제나 전화를 거는 쪽은 엄마였다. 하지만 내가 달가워하지 않는 기색을 드러내자 엄마는 조금씩 전화하는 횟수를 줄였고, 어느 순간부터는 내 생일과 명절을 제외하곤 연락을 하지 않았다. 그런데 내 쪽에서 먼저 전화를 걸었으니 엄마로선 내게 무슨 일이 벌어졌다고 생각해도 무리는 아니었다.

"아뇨, 난 괜찮아요."

서둘러 엄마를 안심시킨 뒤 잠시 뜸을 들이다 말을 꺼냈다.

"사실은 저…… 결혼해요."

상대편에선 아무 말이 없었다.

"남자친구가 엄마를 만나고 싶다는데 다음 주말에 찾아가도 될까요?"

여전히 아무런 소리가 들리지 않았다.

"……엄마?"

혹시 전화가 끊어졌나 싶었는데 그제야 엄마가 대답했다.

"물론이지."

엄마는 목이 멘 목소리로 말했다.

"세상에! 네가 결혼을 한다니, 정말 축하해."

금방이라도 울음을 터뜨릴 것처럼 엄마는 울먹이고 있었다.

전화를 끊고 나자 후련함일지, 죄책감일지, 불안일지 모를 감정들이 한꺼번에 밀물처럼 밀려왔다. 어쩌면 그 모든 것들이 조금씩 뒤섞였을 수도 있지만. 힘든 일을 해치웠다는 후련함과 엄마를 향한 죄책감과 곧 있을 10년만의 만남에 대한 불안감이 뒤죽박죽 섞인 가운데, 나는 내 마음속에서 전혀 예상하지 못했던 무언가를 발견하고 흠칫 놀랐다. 그건 설렘이었다. 나 자신은 미처 몰랐지만, 아니, 인정하지 않으려 했지만 어쩌면 나 역시 가슴속 깊은 곳에선 엄마를 그리워하고 있었는지도 몰랐다.

///////////////

오랜만에 만난 엄마는 훨씬 나이 든 모습이었다. 그렇지 않아도 가녀린 체구가 살이 빠져서 그런지 훨씬 왜소해 보였다. 집을 떠날 때만 해도 보지 못했던 흰머리가 이젠 검은 머리와 비슷하게 많았고 곱던 피부 이곳저곳엔 잔주름이 자리 잡고 있었다.

"제이드!"

엄마는 나를 보자마자 꽉 껴안았다. 절대 다시 놓지 않겠다는 것처럼 한참 동안 엄마는 나를 부둥켜안고 있었다.

"오랜만이구나."

엄마 곁에 서 있던 남자가 말했다. 그가 아빠라는 사실을 인식하기까지 몇 초 정도 시간이 필요했다. 마지막으로 봤을 땐 아직 풋풋한 젊음이 남아 있었는데 눈앞에 서 있는 아빠는 어느새 초로의 남성으로 변해 있었다.

"네 엄마가 연락했다. 결혼한다며?"

아무 대꾸도 하지 않았다. 이곳에서 엄마와 나를 버린 아빠를 다시 볼 줄은 몰랐다. 엄마는 몰라도 나는 아빠를 받아들일 마음의 준비가 돼 있지 않았다. 이제 와서 아빠 행세를 하려는 건가 생각하니 오히려 눈앞에 있는 남자에게 반가움은커녕 강렬한 반감마저 들었다.

"처음 뵙겠습니다."

아빠와 나 사이의 어색한 분위기를 눈치챘는지 마크가 아빠와 엄마에게 먼저 인사를 건넸다. 그 바람에 집 안을 가득 채우던 서먹함이 조금 풀어졌고 우리는 모두 거실로 향했다.

이곳에 사는 사람과 달리 집은 세월이 흘렀어도 그대로였다.

깨끗한 걸 좋아하는 엄마가 늘 깔끔하게 쓸고 닦고 관리해서였을 것이다. 장식장 한쪽에 이전엔 못 보던 것이 있어 자세히 보니 내 사진을 넣은 크고 작은 액자들이 죽 줄지어 있었다. 엄마 품에 안겨 웃고 있는 아기일 때의 나, 무릎이 까져 울고 있는 어린 시절의 나, 학교에서 받은 상장을 들고 있는 자랑스러운 표정의 나……내 삶의 여러 과정을 성실하게 기록한 흔적은 고등학교 졸업식 이후로 뚝 끊겼다. 내 삶에서 엄마가 추방됐던 기간이었다.

아빠와 마크는 엄마가 주방에서 요리를 하는 동안 거실 소파에 앉아 이야기를 나눴다. 무슨 일을 하는지, 나와 사귄 지 얼마나 됐는지 등에 대한 질문과 대답이 오가고 나자 화제는 금방 바닥이 났다. 아빠는 좋아하는 야구팀과 스포츠 얘기를 꺼냈지만 마크는 그쪽으론 영 관심이 없었다. 그러자 아빠는 서먹함을 누그러뜨릴 생각이었는지 술을 권했다. 그러나 안타깝게도 마크는 캔맥주 하나에 취해 곯아떨어지는 사람이었다. 마크가 정중히 거절하자 둘 사이엔 다시 침묵이 흘렀다. 뭘 해야 좋을지 몰라 잠시 우두커니 앉아 있던 아빠는 텔레비전을 켰다. 텔레비전 소리로 어색한 침묵을 메우겠다는 듯이. 두 남자는 한동안 아무 말없이 텔레비전 화면만 멀거니 바라보고 있었다. 이따금 마크가 내게 도움을 요청하는 듯한 시선을 보냈지만 나도 도와줄 순 없었다. 그나 나나 이곳이 그리고 이 상황이 낯선 건 마찬가지였다.

어색하기 짝이 없는 분위기를 누그러뜨린 사람은 다름 아닌

엄마였다. 식사를 하러 오라는 엄마의 말에 우리 셋은 다들 내심
안도한 얼굴로 주방으로 향했다. 식탁 위엔 넷이 다 먹고도 남을
정도로 풍성한 음식이 차려져 있었다. 양갈비 스테이크, 샐러드,
파스타, 불고기, 잡채, 김치전까지.

"미국식과 한국식 함께 준비했어요. 혹시나 좋아할 수도 있
을 것 같아서……."

처음 보는 한국 음식을 호기심 어린 눈초리로 쳐다보는 마크
에게 엄마는 잘못을 저지르고 변명하는 사람처럼 말했다.

다들 식사를 시작했고 마크는 예상외로 한국 음식을 좋아했
다. 번갈아 가며 한 입씩 먹을 때마다 감탄하며 음식 이름을 물으
며 엄마의 솜씨를 칭찬했다. 딸이 데려온 낯선 사람 앞에서 잔뜩
긴장했던 엄마는 마크가 좋아하는 모습을 보고 안심했는지 마크
에게 이것저것 묻기 시작했다. 대개는 조금 전 아빠가 물었던 것
과 같은 질문이었지만 마크는 다시 성실하게 대답했다.

엄마는 세상에서 가장 중요한 걸 듣는 표정으로 마크 말에
귀를 기울였고 자신이 나서서 나에 대한 이야기를 꺼내기도 했
다. 내가 어릴 때 핑크색 곰 인형 없이는 절대 잠들지 않았다는
이야기, 산타가 없다는 사실을 알고 펑펑 울었던 이야기, 주사 맞
는 걸 지독히 싫어해서 병원에 갈 때마다 엄마가 평소엔 허락하
지 않던 초콜릿칩 쿠키를 사줬던 이야기…… 전부 내 기억 속에
선 흐릿하거나 사라진 추억이었다. 잊고 있던 기억이 엄마의 입

에서 되살아나는 것도 놀라웠지만, 그보다 더 놀라운 건 엄마의 태도였다. 내가 기억하는 한 엄마가 낯선 사람과 이렇게 적극적으로 이야기를 하는 건 처음이었다.

"제이드는 항상 우등생이었어요. 책을 좋아해서 늘 끼고 살았죠."

엄마가 말했다.

갑작스런 칭찬에 무안해진 나는 잠자코 샐러드를 덜어 내 접시로 가져갔다. 곁눈질로 보니 아빠도 묵묵히 스테이크를 썰고 있었다. 마크와 엄마의 열띤 대화에서 소외된 아빠와 나는 그저 그들의 대화를 들으며 식사를 하고 있을 수밖에 없었다.

"제이드는 글도 잘 써요."

마크가 자랑스러운 목소리로 말했다.

"제인 에어를 주제로 쓴 대학 졸업 논문을 읽어봤는데 정말 훌륭했어요."

"제인 에어라고요?"

엄마는 놀란 표정을 지었다.

"엄마가 제인 에어를 알아요?"

나는 엄마의 반응에 무심코 말을 내뱉었다가 곧장 후회했다. 엄마를 무시하는 것처럼 들릴 수 있는 무신경한 발언이었다. 하지만 엄마는 개의치 않는 모습이었다.

"알다 마다, 불쌍한 소녀가 끔찍한 기숙학교에서 친한 친구도 잃고 지독하게 고생하다가 결국엔 행복해지는 이야기잖니."

쎄나 압축적인 소개이긴 했지만 딱히 틀린 말도 아니었다.

"제이드, 네가 정말 자랑스럽구나."

엄마가 감격스러운 얼굴로 말했다. 엄마가 내가 자랑스럽다는 말을 입 밖에 낸 건 아마 이번이 두 번째일 것이다. 남들 다 쓰는 대학 졸업 논문을 흔히들 선택하는 작품으로 쓴 게 뭐가 그리 대단하다고. 어쩌면 엄마는 딸인 내가, 본인 자신이 그리고 아빠도 가 보지 못한 대학이란 곳에 갔다는 사실 자체가 자랑스러운 건지도 몰랐다. 그런 생각을 하며 나는 묵묵히 입안에 든 샐러드를 씹어 삼켰다.

///////////////

저녁 식사를 마친 마크와 나는 다시 돌아갈 채비를 했다. 엄마는 자고 가라며 우리를 붙들었지만 나도, 마크도 그럴 생각은 없었다. 비행기표를 미리 예매해놨다는 말에 엄마는 잠시 낙담한 표정을 지었지만 내가 결혼식에 참석해달라고 하자 다시 얼굴이 환하게 밝아졌다.

"그럼, 물론이지. 가고 말고."

마크와 내가 인사를 하고 뒤돌아서려는데 엄마가 갑자기 마크의 손을 덥석 잡았다.

"제이드를 꼭, 꼭, 행복하게 해줘야 해요."

마크가 어안이 벙벙한 얼굴로 알았다고 하자 그제야 엄마는 마크의 손을 놔주었다.

마크와 내가 탄 택시가 출발하기 시작했다. 엄마와 그 곁에 어정쩡하게 선 아빠는 멀어지는 차를 향해 손을 흔들었다. 백미러로 점점 작아지는 엄마의 모습이 마침내 사라진 순간 내 목에선 뭔지 모를 뜨거운 것이 울컥 솟구쳤다. 돌아오는 내내 그것의 정체가 무엇일까 생각했지만 결국 답을 알아낼 수 없었다.

////////////

야외 저녁 식사를 겸한 조촐한 결혼식은 주로 마크와 내 친구들 그리고 마크 부모님이 주도했다. 대학에서 만나 가장 친한 친구가 된 카일라와 마크의 연구실 동료인 제프가 각각 우리와 얽힌 추억을 늘어놓았고, 마크의 아버지가 일어서서 건배사를 했다. 건배사가 길어지자 마크의 어머니가 애정 어린 말투로 핀잔을 줬고 테이블에선 폭소가 터졌다.

그동안 아빠와 엄마는 초대받지 않은 불청객처럼 어색한 태도로 나란히 앉아 있었다. 그래도 아빠는 얼마 뒤 자리를 떠 다른 사람들과 어울리며 시끌벅적한 배경에 녹아들었지만, 엄마는 와자지껄한 웃음소리와 잡담에 주눅이 들었는지 그렇지 않아도 작은 몸을 잔뜩 움츠리고 있었다. 주위 사람들이 예의상 몇 번 말을 건넨 뒤로 더는 엄마와 대화를 이어가려 하지 않는 모양이었다. 언제나 그랬던 것처럼 그 자리에서도 엄마는 주변으로부터 소외돼 있었다.

보다 못한 내가 엄마 곁에 있으려 해도, 나와 마찬가지로 이 자리의 주인공인 마크와 신부를 축하하러 온 사람들에 에워싸여 좀처럼 짬을 낼 수가 없었다. 마침내 내가 엄마에게 다가갔을 때 엄마는 내 모습을 보고 눈물을 글썽였다.

"정말 예쁘구나, 정말 예뻐."

베일을 쓴 내 머리를 몇 차례 쓰다듬던 엄마가 갑자기 와락 울음을 터뜨렸다. 나도 당황했지만 엄마는 더 당황한 것 같았다. 허둥지둥 품 안에서 손수건을 꺼내 얼굴을 닦았다. 화장이 번진 엄마의 얼굴에서 눈물기는 사라졌지만 여전히 주름진 눈가는 빨갛게 물들어 있었다.

"결혼 축하한다."

엄마가 우는지 웃는지 모를 표정으로 울먹이며 말했다. 그 모습을 보자 갑자기 나도 목구멍에 뜨거운 것이 울컥 솟아올랐다. 지난번 엄마를 보고 돌아오는 길에서 느꼈던 것과 똑같은 감정이었다.

엄마는 내 화장이 번질까 봐 걱정됐는지 서둘러 손수건으로 눈물을 닦아줬다. 본인도 눈물을 흘리며 내 눈물을 닦는 엄마 모

습이 우스워서 나는 웃음을 터뜨렸고 엄마도 따라 웃었다. 성인
이 된 후 처음으로 엄마와 함께 울고 웃으면서 나는 오랫동안 끊
어져 있던 엄마와의 감정적 유대가 다시 살아나는 것을 느꼈다.

///////////////

그 뒤로 서먹했던 엄마와 나 사이도 서서히 회복하기 시작했
다. 하지만 우리가 소통하지 않고 지냈던 시간은 길었고 그만큼
이나 지리적 거리도 멀었다. 1년에 한두 번씩 엄마를 만나러 가
고 이따금 전화로 서로의 안부를 묻는 게 고작이었다. 물론 지난
10년간에 비하면 그것도 큰 발전이지만 긴 세월의 골을 메우기
엔 부족했다. 그렇게 엄마와 내가 아기 걸음마 속도로 관계를 회
복해 나가는 동안 나도 어느새 엄마가 됐다.

내가 케이트를 낳은 건 서른여덟 살 때였다. 첫 출산 치고는
꽤 늦은 나이였다. 처음에 마크와 나는 아기 갖는 걸 일부러 미뤘
다. 마크가 박사 학위를 딸 동안 내가 가족의 생계를 책임져야 했
기 때문이다. 교사의 빠듯한 수입으로는 우리 둘이 생활하기도
벅찼다. 거기다 부양해야 할 사람이 늘고, 출산 때문에 휴직을 해
야 할 상황을 생각하니 도저히 경제적 부담을 감당할 수 없을 것
같았다.

나중에 공부를 끝낸 마크가 대학에 자리 잡고 나자 우리는

본격적으로 아기를 갖기 위해 노력했다. 하지만 어쩐 일인지 계획대로 임신이 되지 않았다. 아직은 나이가 많지 않으니 원하면 바로 임신이 가능하리라 믿었던 나는 적잖이 당황했다. 몇 년간 노력했지만 계속 실패했고, 두 번이나 유산하면서 내 마음은 상처로 너덜너덜해졌다. 이제 인공수정과 입양 중 하나를 골라야겠다고 생각할 무렵 생각지도 않게 아기가 들어섰다. 그 사실을 알아차린 나는 기쁘기보다 오히려 두려웠다. 이번에도 아기를 품에 안지 못하면 어떡하나 하는 걱정에 다섯 달이 넘도록 마크를 제외한 다른 사람들에게 알리지도 않았다. 출산이 임박해 배가 축구공처럼 둥글게 부풀어 올랐을 때야 비로소 나는 이 아기가 세상에 나올 수 있으리라는 사실에 안도했다.

아기는 예상보다 빨리 세상에 나왔다. 출산 예정일이 꽤 남았는데 진통이 와서 병원에 갔더니 의사는 놀라면서 곧장 입원하라고 했다. 그 뒤 열두 시간의 진통 끝에 케이트를 낳았다. 아직 눈도 못 뜨고 꼬물거리는 작고 연약한 생명체를 처음으로 내 품에 안고서 나는 울음을 터뜨렸다. 아기를 만나기 전부터 나는 이미 아기를 사랑하고 있었다. 그런데 막상 얼굴을 보고 나니 이제껏 느꼈던 것과는 완전히 다른, 또다른 차원의 사랑이 샘솟았다. 이 아이에게 뭐든 해주고 싶다는, 이 아이를 위해선 못 할 일이 없겠다는 생각이 들었다.

드디어 소원대로 아기를 품에 안은 나는 충만함과 기쁨과 피

로감이 뒤범벅된 채로 깊은 잠에 빠져 들었다.

///////////////

누군가 노크하는 소리에 눈을 뜨니 엄마가 커다란 가방을 안고 병실 안으로 들어서고 있었다.

"엄마! 여기까지 어떻게 왔어요?"

내가 놀라서 소리쳤다.

"어떻게 오긴, 비행기 타고 왔지."

엄마는 너무나 당연한 걸 묻는다는 듯이 대답했다.

내가 아는 한 엄마는 혼자서 비행기를 타본 적이 없었다. 세상 밖으로 나오길 두려워하는 엄마가 보호자 없이 익숙하지 않은 비행기를 타고 집에서 이렇게 먼 곳까지 날아오는 모험을 한 이유는 바로 나를 보기 위해서였다. 갑자기 코끝이 시큰해졌다.

"몸은 좀 괜찮니? 고생했지?"

걱정스럽게 묻는 엄마에게 나는 고개를 끄덕였다. 아기를 낳아 보면 엄마에게 감사하게 된다는 진부한 말이 무슨 뜻인지 비로소 이해가 됐다.

엄마는 땀 때문에 얼굴에 엉망진창으로 들러붙은 내 머리칼을 가만히 떼주다가 갑자기 생각난 듯 물었다.

"혹시 여기서 냄비를 빌릴 수 있을까?"

"냄비라니? 왜요?"

"저걸 끓여서 국을 만들려고."

엄마가 갖고 온 가방을 가리켰다. 말린 미역 묶음 한 다발이 가방 밖으로 삐죽 솟아나와 있었다.

"생일도 아닌데 대체 저걸 왜 갖고 왔어요?"

미역국은 어릴 때 생일마다 엄마가 곧잘 끓여주곤 하던 거였다.

"아기를 낳으면 미역국을 먹어야 해."

마치 지구가 둥글다고 선언하는 어조로 엄마가 말했다.

"관둬요, 여기엔 냄비 같은 건 없어요. 주방도 없고."

"하지만 의사와 간호사도 여기서 뭔가 먹고 마시긴 할 거 아니니."

엄마는 좀처럼 단념할 생각이 없어 보였다.

"엄마, 아기는 봤어요?"

미역국에 대한 엄마의 관심을 다른 곳으로 돌리기 위해 물었다. 엄마의 표정이 순식간에 환하게 밝아졌다.

"그럼, 봤지. 이름표 없이도 금방 알아봤어. 그곳에 있는 아기 중에 제일 예쁘더라."

엄마의 말에 나는 웃을 수밖에 없었다. 막 태어난 아기들은 쪼글쪼글 주름지고 눈도 못 떠서 피부색을 제외하면 다들 비슷비슷하게 보였고 특별히 우열을 가릴 수도 없었다.

"너랑 꼭 닮았어."

엄마가 감격스러운 목소리로 말했다.

"마크네 부모님은 마크랑 똑같다던데요."

"무슨 그런 말도 안 되는 소리가 있니!"

엄마가 드물게 화난 목소리를 냈다.

"코도, 입도, 눈도 어릴 적 너 판박이던데."

아직 뜨지도 않은 눈이 나랑 닮았다는 걸 어떻게 알까 궁금
해하며 그저 엄마에게 장단을 맞추기 위해 고개를 끄덕이는데,
엄마가 별안간 내 눈을 똑바로 쳐다봤다.

"아기를 낳으면 모든 게 바뀐단다. 앞으로 걔는 네 전부가 될
거야."

엄마의 말은 가슴에 묵직하게 내려앉았다. 엄마에게도 나는
'엄마의 전부'였을까. 한순간이라도 그랬던 적이 있을까. 그런 생
각과 동시에 엄마가 내 전부가 될 거라고 한 저 약하고 무방비한
생명을 책임져야 한다는 의무감이 새삼스럽게 마음을 무겁게 짓
눌렀다.

"사실 두려워요. 엄마가 된다는 게."

"넌 잘할 거야. 그리고…… 만일 네가 원한다면……."

엄마가 내 눈치를 보면서 말꼬리를 흐렸다. 좀처럼 말을 꺼
내기 어려운 모양이었다. 그러다 마침내 결심한듯 입을 열었다.

"내가 곁에서 지내면서 아기 보는 걸 도와주면 안 되겠니?"

갑작스러운 제안에 이번엔 내 말문이 막혔다. 그만큼 엄마의 말은 너무나 뜻밖이었다.

"음…… 사실은…… 마크 부모님이 도와주시기로 했어요."

마크의 부모님은 어렵게 얻은 첫 손주의 탄생을 뛸듯이 기뻐하며 도움이 필요하면 언제든 얘기하라고 했다. 마크와 사귈 무렵부터 자주 봐 왔던 마크의 부모님과 나는 친근한 사이였고, 나랑 가까운 곳에 사는 그들은 나라 반대편에 있는 엄마보다 의지하기 쉬운 상대였다. 게다가 마크도 엄마와 같이 사는 걸 그리 반기지는 않을 것 같았다.

"그래……."

내 대답에 엄마는 낙담한 표정을 지었다. 어린 시절 종종 봐왔던 표정이었다. 자신의 딸이 자신을 밀어내는 것 같다고 느끼는 엄마의 표정.

문득 엄마의 흰머리가 더 늘어난 것 같다는 생각이 들었다. 얼굴에 자리 잡은 잔주름도 더 깊어지고 등도 약간 굽어 보였다. 나이 든 엄마를 보니 어쩐지 가슴이 짠했다. 어쩌면 엄마는 지금사는 곳을 정리하고 내 곁으로 오고 싶은 걸까.

"엄마, 혹시……."

막 입 밖으로 내려던 내 말은 병실 안으로 들어서는 간호사와 마크 때문에 다시 쑥 들어가고 말았다.

케이트가 태어난 뒤로 시간은 쏜살같이 지나갔다. 나는 일과 육아를 병행하느라 정신이 없었고, 밤에 잠을 잘 자지 않는 케이트는 초보 엄마가 다루기 어려운 아이였다. 거의 눈을 붙이지 못하고 출근했다 집으로 돌아와 다시 칭얼대는 아이를 안을 때면 온몸이 흐물흐물 녹아내리는 것 같았다.

게다가 나는 생각지 못했던 또다른 골칫거리와 싸워야 했다. 골칫거리란 삐걱거리기 시작한 마크와의 관계였다. 사실 아이를 가질 때부터 둘 사이의 갈등은 시작됐다. 아기를 간절히 원했던 나와 달리 마크는 비협조적이었고 때로는 내 노력을 이해하지 못했다. 아기가 태어난 뒤에도 그는 항상 일이 먼저였다. 둘이 똑같이 직업이 있는 데도 마크는 케이트를 돌보는 건 나 혼자만의 책임이라 생각하는 것 같았다. 몸과 마음이 지친 나는 마크를 비난했고, 처음엔 미안하다고 사과하던 그도 다툼이 계속되자 목소리를 높이기 시작했다. 어느 시점부터는 마크와 으르렁대지 않고 지나가는 날이 없었다.

그런 상황이 몇 년씩이나 지속됐기에 엄마는 늘 내 우선순위 밖에 있었다. 출퇴근을 반복하고, 집안일을 하고, 케이트 수발을 들고, 마크와 싸운 뒤 우는 케이트를 달래다 문득문득 '엄마는 이런 상황을 어떻게 버텼을까' 하는 생각이 들었지만, 당장 눈앞에 있는 여러가지 문제들 때문에 홀로 지내는 엄마에게 관심을 돌릴 겨를이 없었다. 그저 예전처럼 이따금 연락하고 추수감사절에 찾아가는 게 고작이었다.

딸 케이트가 학교에 입학한 뒤 추수감사절을 앞두고 있던 어느 날, 엄마에게서 전화가 걸려왔다. 엄마는 머뭇머뭇 망설이면서 선불리 말을 꺼내지 못했다. 내가 무슨 일이냐고 재촉하자 엄마는 수화기 저편에서도 내 눈치를 보는 것처럼 어렵게 입을 열었다.

"네 아빠가 돌아왔다."

"네?"

전혀 예상치 못했던 말에 한순간 할 말을 잃었다. 하지만 바로 화가 솟구쳤다. 아빠는 내 결혼식 이후 다시 엄마와 내 삶에서 사라졌다. 결혼식에 참석했던 당시에도 어떤 여자와 동거하고 있었으니 핏줄이란 의무감에 얼굴만 비추고 본래 생활로 되돌아간 것이다. 그 뒤로 아빠는 엄마를 찾아가지 않았고 나 역시 그런 아빠에게 다시 연락할 생각이 없었다.

"이제 와서 새삼스럽게 왜요?"

나도 모르는 사이 내 목소리는 잔뜩 날이 서 있었다.

"제이드……."

엄마가 달래듯 내 이름을 불렀다.

"무슨 염치로 다시 돌아오냐고요? 그리고 엄마는 그런 사람을 왜 받아주는 거예요? 자존심도 없어요?"

나는 엄마를 몰아붙였다. 엄마는 한참 말이 없었다.

"……네 아빠는 아파, 아마 얼마 못 살 거야."

또다시 귓전으로 날아온 뜻밖의 말에 머리를 한 대 얻어맞은
것 같았다. 아빠가 죽어간다는 건 충격적이었다. 하지만 안쓰러
운 마음보다 괘씸한 마음이 앞섰다. 그렇게 제멋대로 살아놓고
죽을 때가 되니 이제 와서 엄마를 찾는다고? 재미는 다른 사람이
랑 보고 궂은 일은 엄마에게 죄다 맡기겠다는 건가?

"그래서 어쩌라고요. 같이 살던 여자한테 돌봐달라고 하지,
왜 돌아왔대요."

"그 여자랑은 이미 헤어졌어. 네 아빠를 돌봐줄 사람은 나밖
에 없어."

엄마의 목소리는 차분했다. 오랜 세월 밖으로만 떠돌던 남
편이 병들어 다시 돌아왔는데, 앞으로 환자 병 수발이나 들어야
할 텐데, 그러고도 아무 불만 없이 그걸 받아들이는 엄마의 차분
함이 내 신경을 사정없이 긁었다.

"그래서 엄마는 그게 괜찮아요? 아빠한테 이용만 당하는 게?
대체 왜 그렇게 희생하고 사는 건데요!"

아빠를 향한 분노에 마크를 향해 겹겹이 쌓였던 불만까지 더
해져 내 말투는 훨씬 신랄해졌다. 수화기 저쪽에서 오랜 침묵이
이어졌다.

"네 아빠도 나 때문에 포기한 게 많아."

"아빠가 도대체 뭘 포기했는데요? 자기 가족이요? 그건 자기 좋을 대로 살려고 포기한 거 아니었던가요?"

"……제이드."

엄마가 낮은 한숨을 쉬며 내 이름을 불렀다.

"그래요, 엄마가 알아서 해요. 어차피 엄마 인생이니까요. 하지만 난 아빠만큼이나 엄마도 이해하지 못하겠어요."

그렇게 한바탕 퍼부은 뒤 엄마가 뭐라고 변명하기도 전에 전화를 끊었다. 오랫동안 느끼지 않았던 아빠에 대한 증오와 이해하지 못할 엄마에 대한 실망감이 다시 가슴 밑바닥에서 끓어올랐다. 그토록 오랜 세월이 흐른 뒤에도 엄마는 예전과 달라진 게 없었고 거기서 오는 갑갑함이 내 목을 죄는 것 같았다.

그해 추수감사절에 나는 엄마를 보러가지 않았다.

//////////////

몇 달 뒤 엄마를 다시 만난 곳은 아빠가 입원한 병원이었다. 엄마는 떨리는 목소리로 내게 전화를 걸어 아빠의 병세가 위중하니 병원으로 와달라고 했다. 아빠에 대한 연민보다 엄마 혼자 아빠의 임종을 지키게 할 순 없단 생각에 짐을 싸서 병원으로 왔다.

아빠는 한눈에도 한쪽 발을 죽음에 걸치고 있는 사람처럼 보였다. 두 뺨이 쾡하게 패고 당당했던 체구는 몰라볼 만큼 바싹 말라 있었다.

"네가 온 걸 보니 죽을 때가 가까워진 것 같구나."

내 얼굴을 본 아빠는 높낮이 없는 어조로 그렇게 말했다.

"맞아요, 그러니 마음의 준비를 단단히 하셔야겠네요. 어차피 죽어서 좋은 곳에는 못 갈 테니까요."

나는 뾰족하게 쏘아붙였다. 그러자 엄마가 황급히 내 팔을 끌고 병실 밖으로 나왔다.

"내내 의식이 없다가 지금 반짝 돌아온 거야. 네가 온다고 하니 아빠가 얼마나 좋아했는지 몰라."

"아, 그러셨대요?"

내가 비아냥거렸다.

"함께 보낼 시간도 얼마 없는데 아빠한테 친절하게 해주면 안 되겠니?"

"나한테 너무 무리한 걸 요구하지 말아요."

나는 그렇게 대꾸했고 엄마는 낮게 한숨을 쉬었다.

엄마가 잠시 쉬러 간 사이 병실엔 아빠와 나, 단 둘만 남았다. 이따금 누구 한 명이 입을 열 때도 있었지만 대답은 길게 이어지지 않았다. 방 안엔 어색한 침묵이 감돌았다.

하지만 그 침묵 역시 오래 가진 못했다. 아빠는 다시 혼수상태에 빠졌고 그게 마지막이었다.

아빠를 떠나보낸 뒤 엄마는 의외로 의연했다. 담담하게 아빠의 죽음을 받아들이는 것 같았다. 엄마가 줄곧 슬픔에 빠져 지낼 거라 예상했던 나는 그런 모습의 엄마가 낯설었다. 어쩌면 엄마 역시 아빠가 가버림으로써 버거웠던 짐을 내려놓은 걸 수 있겠다는 생각이 들었다.

아빠의 장례를 치르고 나서 엄마가 사는 집으로 둘이 함께 돌아왔을 때 엄마는 문득 생각났다는 듯 내게 물었다.

"술 한잔할래?"

"술요?"

"그래, 마크랑 케이트가 돌아오려면 아직 멀었는데."

장례를 마친 뒤 마크는 난생처음 죽음을 접해 우울해하는 케이트를 달래기 위해 함께 영화관으로 갔다. 엄마를 위로하는 건 내 몫으로 맡기고서.

"엄마, 술 마실 줄도 알아요?"

내 기억 속에서 엄마는 단 한 번도 술을 마신 적이 없었다. 엄마는 내 놀라움엔 아무런 반응을 보이지 않고 묵묵히 벽장에서 위스키 병을 가져왔다. 예전에 아빠와 같이 살 때 아빠가 벽장에서 위스키를 꺼내 텔레비전을 보며 한 모금씩 마시곤 했던 기억이 났다. 엄마는 그런 아빠 모습이 생각나서 술을 꺼내 온 것일까.

"네가 크면 함께 술을 마셔보고 싶었어."

내 생각을 읽은 것처럼 엄마가 말했다. 자신의 잔에 술을 반쯤 따른 엄마는 그대로 쭉 잔을 들이켰다. 제법 술이 센 것 같았다. 내가 술이 센 것이 어쩌면 아빠가 아닌 엄마에게서 물려받은 것인지도 모르겠다는 생각이 들었다. 나 역시 엄마에게 장단을 맞추듯 내 앞에 있는 잔에 술을 따라 한 모금 삼켰다. 독한 술이 내려가는 동안 목구멍이 화끈거렸다. 하지만 결코 싫지 않은 느낌이었다.

"엄마는 아빠를 사랑했어요?"

아직 취하기엔 한참 일렀지만 눈앞에 있는 술을 핑계로 엄마에게 물어봤다.

"사랑? 글쎄……."

엄마가 고개를 갸웃했다.

"사랑하지도 않으면서 왜 아빠를 받아줬어요?"

대답은 금방 돌아오지 않았다. 숫자 열을 셀 정도 만큼 시간이 흐른 뒤 엄마가 낮은 목소리로 대답했다.

"사랑보다 '정'이 더 무서우니까."

"정이 뭐예요?"

엄마 입에서 나온 '정'이라는 생소한 한국어는 내가 처음 들어보는 말이었다. 엄마는 영어로 정을 어떻게 설명해야 할지 몰

107

라 망설이다 결국엔 포기한 눈치였다.

"정이건 뭐건 간에 난 엄마가 이해가 안 돼요."

내가 다시 입에 술을 털어넣으며 말했다. 엄마는 벌써 잔을
다 비우고 다시 자기 잔에 술을 따랐다.

"나는 너랑 살아온 세계가 달라."

"엄마랑 내가 세대도, 자라온 문화도 달랐던 건 알아요. 하지
만 같은 여자로서 엄마를 이해하기 어려워요."

엄마는 다시 한동안 말이 없었다. 어딘가 먼 곳을 향하고 있
는 엄마의 시선이 쓸쓸하고 서글퍼 보였다.

"네가 모르는 게 있어."

"그게 뭔데요?"

"사실은……."

나는 잠자코 엄마가 말을 잇길 기다렸다. 하지만 엄마의 입
에선 말이 나오질 않았다. 할 말을 고르는 동안 엄마의 가느다란
몸이 바들바들 떨리더니 갑자기 감정이 북받친 듯 엄마가 와락
울음을 터뜨렸다. 한번 터져 나온 울음은 좀처럼 멈추지 않았다.
그렇게 오열하는 엄마를 본 건 그게 처음이자 마지막이었다.

"엄마, 엄마, 왜 그래."

당황한 내가 서둘러 엄마를 달랬다. 아빠의 장례를 마친 직
후란 걸 생각하면 엄마가 갑자기 감정이 격해진 것도 무리는 아
니었다. 아마도 아빠와 엄마, 둘만이 공유하고 있던 추억이 엄마

의 머릿속에 불현듯 되살아난 모양이었다.

"됐어요, 말 안 해도 돼요. 그러니 그만 울어요."

나는 계속 그 말을 되뇌며 엄마의 등을 쓸어내렸다. 엄마의
울음이 잦아들 무렵 마크와 케이트가 예정보다 일찍 집으로 돌아
왔다. 케이트가 보고 싶다던 만화영화가 일찍 막을 내린 바람에
헛걸음치고 돌아왔다고 했다. 엄마는 서둘러 눈물을 닦고 마음
을 가라앉혔다. 잠시 후 케이트에게 간식을 먹을 거냐고 물어보
는 엄마는 평상시의 차분한 모습으로 돌아가 있었다.

그리고 뭐였는지 몰라도 엄마가 하려 했던 말은 다시 엄마의
가슴속 깊숙한 곳에 묻혀버렸다.

///////////////

흔히들 불행은 함께 찾아온다고 한다. 내 경우도 예외는 아
니었다. 아빠가 세상을 떠나고 몇 개월 뒤 마크가 바람을 피고 있
다는 사실을 알게 됐다. 진부하기 짝이 없는 영화에서처럼 마크
의 목에 난 키스 자국을 보고서. 마크를 추궁하자 그는 딱히 감추
려는 기색도 없이 순순히 사실을 인정했다. 만난 지 2년 됐고, 그
녀를 사랑하고 있다고. 우리 결혼 생활은 이미 예전에 끝난 게 아
니었냐고 되물으며 모든 걸 털어놨다. 불륜 상대는 나보다 열다
섯 살이나 어린 대학 조교였다. 마크의 학교로 찾아갔을 때 나도

몇 번 본 적이 있는 에일린. 특별히 예쁜 얼굴은 아니지만 에일린은 내가 이미 잃어버린 싱그러운 젊음을 아직 그대로 간직하고 있었다.

내게 별다른 상처를 남기지 않은 아빠의 죽음과 달리, 마크의 불륜은 내 마음을 갈갈이 찢어놓았다. 그를 비난하고 욕을 퍼부으면서도 마음 한구석으론 그가 잘못했다고, 두 번 다시는 이런 일이 없을 거라고 무릎 꿇고 빌어주길 바랐다. 문득 자신에게 상처 준 남자를 쉽사리 떨쳐내지 못하는 건 엄마에게서 대물림받은 건가, 하는 생각이 들었다.

마크는 잘못을 빌긴커녕 내게 생각할 시간을 주겠다며 그 길로 짐을 싸서 나가버렸다. 마크가 떠나고 나자 갑자기 집이 견딜 수 없이 썰렁한 것처럼 느껴졌다. 집 안 곳곳에 남아 있는 그의 흔적이 그의 부재와 똑같은 무게로 내 심장을 짓누르는 것 같았다. 견딜 수 없어진 나는 겁에 질린 채 제 방 문틈 사이로 부모의 싸움을 지켜보고 있던 케이트의 손을 잡고 곧장 엄마에게로 향했다.

내 마음이 무너진 순간, 가장 먼저 생각난 얼굴이 왜 엄마였는지 그 이유는 알 수 없었다. 엄마랑 나는 그렇게 살뜰한 모녀 관계는 아닌데, 연락하고 얼굴을 보는 횟수로는 대학교 때부터 알던 친구 카일라나 친한 동료 교사 클레어가 엄마를 훨씬 앞서는데. 질문에 대한 답을 얻지 못한 채로 나는 케이트와 함께 비행기에 탔다.

엄마는 한밤중에 예고도 없이 찾아온 나와 케이트를 보고 놀란 눈치였지만 뭔가 심상찮다는 걸 알아챘는지 아무것도 묻지 않았다. 나 역시 엄마에게 아무런 설명도 하지 않고서 케이트를 재우고 벽장의 위스키를 꺼내 연거푸 몇 잔을 들이킨 뒤 마치 죽은 것처럼 잠이 들었다.

눈을 떴을 땐 이미 아침이었다. 케이트는 피곤했던지 아직도 단잠을 즐기는 모양이었다. 주방에선 엄마가 팬케이크와 베이컨을 굽고 있었다.

"식욕이 없어요."

"마음이 아플 땐 배를 채워야 해."

엄마는 내 항의를 가볍게 무시하며 접시 한가득 음식을 담아 앞에 내밀었다.

나는 마지못해 기계적으로 포크와 나이프를 움직였고 썰어놓은 음식을 꾹꾹 씹어 목구멍으로 삼켰다. 한 입, 두 입…… 엄마는 여전히 아무것도 묻지 않고 내게 따뜻한 커피를 부은 잔을 건넸다.

"마크가 집을 나갔어요. 다른 여자가 생겼대요."

커피를 한 모금 마신 뒤, 나는 마치 금방 생각이 떠오른 것처럼 불쑥 말했다. 엄마는 아무 말없이 다가와 어릴 적 내가 아플 때 그랬던 것처럼 부드럽게 등을 쓸어줬다. 엄마의 따뜻한 손길에 갑자기 봇물 터진 듯 눈물이 쏟아졌다.

"엄마나 나나 남편 복은 꽝인가 봐요."

한참 울다 겸연쩍어진 내가 손등으로 눈물을 훔치며 농담처럼 말했다. 엄마가 흠칫하는 걸 보니 내 딴엔 분위기를 가볍게 하려고 내뱉은 말이 엄마의 상처를 건드린 모양이었다.

"넌 나랑 달라, 제이드."

엄마가 나지막한 목소리로 말했다.

"글쎄, 그럴까요. 나도 엄마처럼 못난 남편한테 이렇게 연연하는데요."

나는 다시 눈물을 닦으며 코를 훌쩍였다.

"내 결혼 생활은 실패작이에요. 결혼 생활뿐 아니라 내 인생 자체가 그냥 실패 같아요."

"절대 아니다!"

엄마는 세차게 고개를 흔들었다.

"네가 실패라니 그건 절대, 절대, 절대 아냐."

엄마는 '절대'라는 말을 몇 번이고 반복했다.

"마크가 꼴도 보기 싫지만 헤어지긴 싫어요. 우리 사이가 회복되기 어렵단 걸 알지만 혼자 케이트를 키울 자신이 없어요. 엄마, 난 앞으로 어떻게 해야 해요?"

엄마는 대답 대신 나를 꼭 끌어안고 머리를 쓰다듬었다.

"다 괜찮아질 거다, 다 괜찮아질 거야."

엄마의 품에 안긴 채 나는 다시 영영 크게 울음을 터뜨리고
말았다.

제이드 5

마크와 나는 결국 갈라섰다. 케이트는 내가 키우는 대신 마크는 한 달에 한 번씩 딸을 만나고 양육비를 주기로 했다. 이혼 과정은 비교적 순탄했지만 결혼 생활의 실패는 내 마음에 큰 상처로 남았다. 하긴 '원만한 이혼' 따위는 그냥 하는 말일뿐 이 세상엔 결코 존재하지 않는 거였다.

엄마는 집을 팔고 내가 사는 곳 근처로 이사 왔다. 차로 30분이 걸리긴 하지만 비행기로 몇 개의 주州를 넘어가야 했던 예전에 비하면 비교할 수 없이 가까운 거리였다. 엄마는 싱글맘이 된 내 곁에서 케이트를 보살펴주고 싶어 했고, 나 역시 나이 든 엄마가 먼 곳에서 홀로 사는 게 계속 마음이 켕기던 차라 엄마의 이사에 흔쾌히 동의했다.

엄마가 이사 온 후 나는 예전보다 훨씬 자주 엄마를 찾아갔고, 엄마는 그럴 때마다 반가워하며 나와 케이트를 맞았다. 엄마는 케이트를 몹시 아꼈다. 어떨 땐 좀 과하게 응석을 받아주는 게 아닌가 싶을 만큼. 케이트도 빠른 속도로 외할머니와 가까워졌다. 이젠 더 이상 내 귀에 대고 "할머니가 말을 이상하게 해" 같은 말 따위를 속삭이지 않았다.

한마디로 엄마와 내 관계는 전에 없이 순조로웠다. 엄마는 행복해 보였고 현재의 삶에 만족하는 것 같았다. 하지만 그러는 동안에도 엄마는 자신과 다른 사람들 사이에 쳐놓은 마음의 벽을 완전히 허물지 않았고 그건 나에게도 마찬가지였다. 그럼에도 나는 비관적으로 생각하지 않기로 했다. 지금 같은 상태가 계속된다면 언젠가 엄마는 자기 손으로 세운, 자신을 세상으로부터 격리시킨 마음의 벽을 허물어버릴 거라고 믿었다. 그러면 엄마와 나는 비로소 서로 온전히 마음을 터놓는 사이가 될 거라고.

하지만 시간은 우리의 편이 아니었다.

////////////

엄마의 기억력이 예전 같지 않다는 걸 제일 먼저 발견한 사람은 나였다. 당연한 일이었다. 엄마는 나와 케이트 말고는 교류하는 사람이 거의 없었으니까.

처음엔 별로 걱정할 필요 없는 단순한 건망증이라고 생각했다. 오늘 날짜를 잊어버린다든지, 간단한 덧셈 뺄셈을 틀린다든지 하는 건 누구나 할 수 있는 실수니까. 하지만 엄마의 건망증은 거기서 조금씩 더 발전하기 시작했다. 과거와 현재를 헷갈려 하고 방금 일어난 일을 또다시 물어보곤 했다. 걱정스러웠지만 이게 큰 문제는 아닐 거라고 스스로를 다독였다. 나이 많은 사람들이 깜빡깜빡하는 건 자주 있는 일이야, 그냥 단순한 노화 과정이라고 보면 돼.

하지만 케이트의 말을 듣고 나자 엄마의 건망증이 그저 단순한 노화가 아닐지도 모른다는 불안감이 엄습했다.

"할머니가 좀 이상해."

어느 날 케이트가 심각한 얼굴로 내게 고했다.

"이상하다니, 뭐가?"

"나더러 제이드라고 했어."

"실수로 이름을 잘못 부른 거겠지."

"아냐, 내 이름은 케이트라고 하니까 케이트가 누구냐고 묻던데."

나는 설거지를 하던 손을 멈추고 딸의 얼굴을 바라봤다.

"할머니가 진짜 그랬다고?"

"응, 그리고 나서 얼마 후에 내 이름을 바로 부르길래 처음엔 날 놀리는 건 줄 알았는데……"

케이트가 불안한 얼굴로 말꼬리를 흐렸다.

"그랬는데?"

내가 케이트를 다그쳤다.

"조금 전에 나를 제이드라고 부른 걸 까맣게 잊어버린 것 같았어."

가슴이 철렁 내려앉았다. 엄마의 건망증이 사실은 건망증이 아니라 치매였던 걸까.

하지만 다음 날 엄마를 찾아갔을 땐 엄마에게서 이상한 흔적은 전혀 찾아볼 수 없었다. 엄마는 오히려 평상시보다 정신이 더 또렷해 보였다.

"엄마, 얘가 누구예요?"

내가 케이트를 가리키며 물었다.

"내 손녀 케이트지."

엄마가 무슨 그런 엉뚱한 걸 묻냐는 듯이 대답했다.

"그럼 나는요?"

"너 갑자기 왜 그래?"

엄마는 경계심을 드러냈다.

"대답해 봐요, 내 이름이 뭐예요?"

"아니, 얘가 진짜."

"내 이름이 뭐냐니까요!"

"제이드, 내 딸 제이드!"

엄마 말에 나는 속으로 안도의 한숨을 내쉬었다.

"지금 대통령이 누구예요? 3 더하기 4는요?"

"나 아직 안 미쳤다."

엄마가 노골적으로 불쾌한 표정을 지었다.

"엄마, 제발요."

내가 매달리자 엄마는 여전히 언짢은 얼굴로 질문에 대한 정답을 얘기했다.

"대체 아까부터 왜 이러는 건데?"

나는 머뭇거리며 케이트가 했던 얘기를 전했다. 엄마는 어이없다는 듯 너털웃음을 터뜨렸다.

"겨우 그것 때문에 이 법석을 떤 거니? 애가 잠시 낮잠 자면서 꿈이라도 꿨나 보지."

그랬으면 좋을 테지만 어쩐지 석연치 않았다.

"엄마, 나랑 병원에 가서 정식으로 검사해보지 않을래요?"

"난 괜찮다니까!"

엄마가 짜증 섞인 음성으로 말했다.

"내 나이쯤 되면 다들 깜빡깜빡해. 내 또래의 다른 사람들에 비하면 난 기억력이 좋은 편이라고."

사람들과 교류도 안 하는 엄마가 또래보다 기억력이 좋은지 어떤지 어떻게 아냐고 묻고 싶었지만 엄마가 기분이 상한 것처럼 보여 나는 목구멍까지 차오르는 말을 애써 삼켰다.

그 뒤로 엄마의 기억력은 하루는 좋아졌다, 하루는 나빠졌다를 반복하며 전체적으로는 제자리걸음을 하고 있는 듯 보였다. 하지만 나빠진 것처럼 보일 때도 '그저 노화의 일환'이라는 말로 납득할 수 있는 수준이었다. 적어도 나와 케이트를 헷갈릴 정도의 치명적인 기억 오류를 일으키진 않았다. 나는 엄마의 상태가 더는 나빠지지 않은 걸 감사하게 생각하기로 했다.

하지만 사실 엄마의 뇌는 줄곧 엄마를 배신하고 있었다. 엄마의 이웃인 셰릴로부터 엄마 집에서 큰 사고가 일어날 뻔했다는 연락을 듣고 허둥지둥 달려오면서 어쩌면 엄마가 자신의 증세가 심각해지는 걸 일부러 숨기고 있었던 게 아닌가 하는 생각이 들었다. 셰릴은 엄마 집에서 연기가 피어오르는 걸 보고 달려왔고, 서둘러 불을 끈 다음 메모장에 적힌 내 전화번호로 전화를 걸었다고 했다. 그러면서 그 난리 내내 엄마는 뭔가에 홀린 것처럼 멍하니 서 있었노라고 덧붙였다.

내가 집에 도착했을 때 엄마는 마치 꾸중을 들은 어린애마냥 몸을 둥글게 만 채 무릎 사이에 얼굴을 파묻고 있었다. 곁으로 다가가 어깨를 흔들자 엄마가 얼굴을 들어 나를 바라봤다. 엄마의 얼굴에 환한 미소가 떠올랐다.

"경아구나!"

숨이 턱 멎는 것 같았다. 엄마가 나를 못 알아보다니. 아니, 그럴 리 없어. 엄마는 지금 사고 때문에 혼이 빠져서 잠시 제정신이 아닌 거야.

하지만 그렇게라도 믿고 싶은 내 마음은 아랑곳하지 않고 엄마는 눈을 반짝이며 내게 계속 말을 걸었다.

"어디 갔다 이제 온 거야? 경아 너 보고 싶어서 죽는 줄 알았다고."

나를 경아라는 낯선 이름으로 부르는 엄마를 망연자실해서 쳐다봤다. 내가 그러거나 말거나 엄마는 신이 나서 내 손을 잡아끌고 방으로 들어갔다.

"엄마, 대체 왜 이러는 거예요!"

엄마의 손을 뿌리치며 나는 버럭 소리를 질렀다. 엄마가 놀란 얼굴로 주위를 살폈다.

"쉿! 그러다 마마한테 들키겠어."

엄마는 알 수 없는 말을 하며 다시 내 손을 잡아끌었다. 반항할 의욕마저 잃어버린 채 묵묵히 엄마가 하자는 대로 따라갔다.

주위를 둘러본 엄마는 나와 자신 말고는 아무도 지켜보는 사람이 없다고 판단했는지 침대 밑에서 슬며시 무언가를 꺼냈다. 앙증맞은 분홍색 아기 신발이었다. 어디선가 본 적이 있는 신발, 아기 때 내 모습을 찍은 사진 속에서 내가 신고 있던 신발이었다.

"예쁘지?"

엄마가 소중하다는 듯 아기 신발을 쓰다듬었다.

"내가 비밀 하나 말해줄까?"

엄마는 목소리를 낮추고서 내게 소곤거리더니 내 대답도 듣지 않고 기쁜 얼굴로 선언했다.

"나, 아기 생겼어. 우리 아기가 태어나면 이걸 신길 거야."

방금 소중하게 신발을 쓰다듬던 손으로 엄마는 이번엔 자신의 배를 소중히 쓰다듬으며 내게 더없이 해맑은 미소를 지어 보였다. 나는 더 이상 참을 수 없었다.

"엄마, 대체 왜 이러는 거야! 난 경아가 아니야! 제이드라고! 엄마 딸 제이드! 이 신발을 신었던 제이드라고!"

나는 눈앞에 있는 빌어먹을 신발을 옆으로 밀치고 흐느껴 울기 시작했다. 내가 알고 있던 엄마는 이제 사라지고 없었다. 앞으로 영영 만날 수 없을지도 모른다. 그런데…… 내가 엄마를 온전히 안 적이 있긴 있었을까.

엄마가 조심조심 내 곁으로 다가왔다. 따뜻한 손이 내 등을 어루만졌다. 내가 속상해할 때면 언제나 그랬던 것처럼.

"……엄마?"

내가 머뭇거리며 고개를 들어 엄마를 바라봤다. 엄마는 슬픈 눈을 하고 있었다. 순간 나는 엄마가 정신이 돌아온 거라고 생각했다.

"경아야, 왜 그렇게 화를 내고 그래? 무슨 일 있어?"

하지만 엄마는 내 희망을 무참히 짓밟았다. 대체 이게 무슨 코미디 같은 상황인가. 그런데도 내가 누군지 알아보지도 못하는 엄마의 얼굴은 진지하기 짝이 없었다. 경아가 걱정스러워 견딜 수 없는 것처럼.

"엄마! 엄마!"

걱정 가득한 얼굴로 나를 쳐다보는 엄마가, 영문도 모른 채 나를 따라 같이 눈물을 흘리기 시작한 엄마의 삶이 너무 안타깝고 불쌍해서 나는 눈앞에 있는 엄마를 부르며 엄마와 함께 엉엉 울고 말았다.

영숙 1 : 1971년 4월

머리 위에서 벚꽃 잎이 하늘하늘 날아와 살포시 어깨에 내려앉았다. 아기 속살처럼 부드럽고 연약한 잎이었다. 떨어진 꽃잎을 손바닥에 올려놓고 지긋이 쳐다보는데, 때마침 불어온 봄바람에 땅바닥에 수북이 쌓여 있던 벚꽃 잎들이 일제히 공중에 흩날렸다. 구름 한 점 없이 투명한 파란 하늘과 선명하게 대비되는 연한 핑크색 꽃잎이 공중에서 가볍게 춤추는 걸 보고 있으니 마치 핑크색 눈꽃이 내리는 것 같았다. 벚꽃은 내가 제일 좋아하는 꽃이다. 일본을 연상시킨다는 이유로 그리 탐탁지 않게 여기는 사람들도 있는 모양이지만 화사하게 피었다가 시들기 전 가장 아름다운 모습으로 세상과 작별하는 벚꽃이 나는 좋았다.

"야야, 빨리 안 오고 또 머한다꼬 그래 멍하게 서 있노."

경산댁 아줌마가 부르는 소리에 나는 몽환적 분위기에서 벗어나 칙칙한 물감으로 칠한 듯한 어두운 현실 세계로 돌아왔다. 장 본 물건을 양손에 가득 쥐고 종종걸음으로 앞서가던 아줌마는 벚나무 아래 우두커니 서 있는 나를 돌아보고선 낮게 혀를 끌끌 찼다.

"니는 참 속도 편하다. 살던 데서 쫓겨나게 생겼구만 새색시처럼 들떠서 꽃구경할 기분이 들더나."

나는 고개를 푹 떨궜다. 꽃을 보면서 잠시나마 가벼워졌던 마음이 다시 깊은 낭떠러지 속으로 가라앉은 것 같았다. 나는 아무런 걱정 없이 가볍게 공중을 날아다니는 꽃잎 같은 팔자가 못 됐다. 굳이 비유하자면 나는 저 나풀거리는 꽃잎들보다는 끊임없이 먹이를 찾아다녀야 하는 길고양이에 더 가까웠다. 더욱이 조만간 밥줄이 끊어져 그것마저 못하게 될지도 모른다는 두려움이 쇳덩이처럼 무겁게 가슴을 내리눌렀다. 풀이 죽은 내가 안쓰러웠던지 경산댁 아줌마는 질책이 섞인 어조를 부드럽게 누그러뜨렸다.

"괜찮다. 너무 축 처져 있지 마라. 설마하니 젊은 아가 마른 입에 거미줄 치겠나. 그래도 다행히 파주댁이 자리 알아봐준다 카니까 잘되면 그냥 눈 딱 감고 거기 가 일해라. 김 사장님 댁 멘치로 점잖은 양반들이 잘 있겠냐만 우리가 뜨신 데, 차운 데 가릴 형편도 아니고. 이 악물고 살다 보면 또 좋은 일이 생길 끼다."

"……그렇겠죠?"

"하모, 카니까 죽상하지 말그라. 밥 잘 먹어서 살도 좀 찌우고. 그래 삐쩍 여위 갖꼬 어디 가서 힘이라도 제대로 쓰겠나."

"아줌마, 저 이래 봬도 그리 약하지 않아요. 이제껏 집에서 팔로 힘을 쓰는 일은 다 제가 했는데요."

내 반박엔 아랑곳없이 경산댁 아줌마는 혼잣말처럼 중얼거렸다.

"니를 보니 얼굴 반반한 것도 죄다. 니도 박 변호사님 댁 경순이처럼 피부가 까맣고 펑퍼짐하믄 이런 일도 없었을 텐데 쓸데없이 와 그리 곱상하게 생겨 갖꼬…… 카고 보니 여자 팔자는 참말로 억울하데이. 못생기면 못생겼다고 남편이 툭하면 밖으로 나돌고 잘생기면 또 잘생겨서 남자들이 집적거리는 바람에 자칫하믄 인생이 꼬이고……."

아줌마의 말이 점차 넋두리로 바뀌는 것을 들으며 나는 조만간 떠나야 할 집을 향해 발걸음을 옮겼다. 아줌마와 마찬가지로 양손에 가득 쥔 장바구니가 어쩐지 이제까지 그랬던 것보다 더 무겁게 느껴졌다.

///////////

사모님이 내게 집을 나가라고 이른 것은 이틀 전이었다. 그 말을 할 때 사모님의 눈빛은 겨울의 싸늘한 밤공기처럼 차가웠다.

"그렇게 안 봤는데 아주 앙큼한 구석이 있구나. 넘볼 걸 넘봐야지 주제 파악도 못하고 어떻게 주인집 아들한테 꼬리를 치니?"

정훈 오빠 방에서 나를 우악스럽게 끌어낸 뒤 사모님은 그렇게 말했다. 한마디 한마디가 날카로운 유리 조각이 되어 가슴에 박혔다. "그런 게 아니에요, 오해하시는 거예요"라고 수없이 항변했지만 내 말은 사모님의 귀에까지 닿지 않는 것 같았다. 먼저 내 허리를 끌어안고 치마 속으로 손을 집어넣은 사람은 정훈 오빠였다. 뿌리치고 방에서 도망쳐 나오려 하는 나를 막무가내로 바닥에 쓰러뜨린 사람도 정훈 오빠였다. 비명 소리에 달려온 사모님이 방문을 열었을 때 내 위에 올라탄 정훈 오빠는 내 옷을 벗기려 하고 있었다. 그런데도 사모님은 내가 "꼬리를 쳤다"라고 했다.

정훈 오빠는 재작년 명문 법대를 졸업하고 절에서 사법 고시 공부를 하다가 절간의 찬바람에 몸이 안 좋아졌다면서 얼마 전 집으로 돌아왔다. 그는 나를 보더니 "못 보던 사이 많이 예뻐졌네?"라며 씩 웃었다. 3년 전 간장 공장을 운영하는 김 사장님 댁에 처음 식모살이를 하러 들어왔을 때 나는 열다섯 살 동갑내기들보다 훨씬 마르고 키가 작았다. 그랬던 것이 끼니 때마다 꼬박꼬박 쌀밥을 먹어서인지, 어느새 키도 쑥 자라고 두 뺨에도 발그스름하게 혈색이 올랐다. 이웃집에서 식모살이를 하는 경산댁 아줌마도 함께 장을 보러 갈 때마다 "요새 니 인물이 확 나네. 시집갈 때가 됐는 갑따"라고 했다. 하지만 아줌마가 호들갑스럽게 칭찬할 때와 달리 예뻐졌다는 정훈 오빠의 말은 끈적한 눈빛 때문인지 몰라도 어쩐지 뒷맛이 불쾌했다.

이유를 알 수 없는 막연한 거부감 때문에 나는 되도록이면 그를 멀리하려 했다. 하지만 한 지붕 아래 살면서 언제까지나 피해 다닐 수만은 없었다. 그날 연한 물빛 한복 치마저고리를 화사하게 차려입은 사모님이 미장원에 머리를 하러 간다며 집을 나서자, 정훈 오빠는 설거지를 하고 있는 내게 와서 졸리니까 커피를 타서 자기 방에 가져다 달라고 했다. 사모님이 놓고 온 물건을 가지러 다시 집에 돌아오지 않았더라면, 내 비명 소리를 듣고 도와줄 사람은 집 안에 아무도 없었다. 잠깐 동안 사모님이 구세주처럼 느껴졌지만 막상 나와 둘이 얼굴을 마주하자 사모님은 펄펄 뛰며 무섭게 화를 내기 시작했다.

"정훈이는 며칠간 이모 집에 가 있게 할 테니 너는 그사이 짐 싸서 이 집에서 나가거라. 파주댁한테 일자리를 알아보도록 부탁할 테니까 여길 나가더라도 당장 밥 굶는 일은 없을 게다."

무릎 꿇고 용서를 비는 나를 싸늘하게 내려보던 사모님은 최후의 통첩을 날리듯 한마디를 내뱉고서 부엌으로 가 벌컥벌컥 찬물을 들이켰다. 억울함 때문인지 분노 때문인지 눈에서 뜨거운 눈물이 솟구쳤다. 나는 뒤돌아서 손등으로 눈물을 훔치며 속으로 중얼거렸다.

'액땜했다고 생각하고 다른 집에서 열심히 일하면 돼. 경산 댁 아줌마 말처럼 시간이 지나면 다 잘 풀릴 거야.'

하지만 그날 이후에도 나는 숱한 눈물을 흘려야 했다. 내 인 생에 생각지도 못했던 수많은 불운이 기다리고 있다는 사실을, 그 불운이 시작된 날이 바로 그날이라는 사실을 당시의 나는 알 지 못했다.

//////////

사람들이 '파주댁'이라고 부르는 박씨 아줌마는 인근에서 일 종의 소개소 역할을 담당했다. 유복한 사모님들은 식모를 구할 때 파주댁을 찾았다. 일자리를 알아보는 사람들에게 어느 공장 이나 어디 밥집에서 사람을 구한다는 소식을 용케 알고 귀띔해 주는 이도 파주댁이었다. 죽은 남편이 운영하다 지금은 아들이 맡아 하는 '소망 복덕방'엔 사람이나 일자리를 구하는 이들이 매 일같이 드나들었다. 원래는 복덕방이라는 장소의 취지에 걸맞게 집과 상가의 정보를 얻으려고 이곳을 찾는 사람들이 대부분이었 다. 집을 알아보려고 복덕방으로 온 아주머니들은 싹싹하고 언 변이 좋은 파주댁과 세상 사는 이야기를 주고받다가 결국엔 한바 탕 수다판을 벌이고 일어서기 일쑤였다. 때로는 "누구네가 식모 를 구한다더라" 하는 이야기가 나오기도 했는데 파주댁은 결코 그걸 그냥 듣고 흘리지 않았다. 발과 오지랖이 동시에 넓은 파주댁은 적극적으로 나서서 자기가 아는 사람들을 소개했고 그 과정에서 짭짤한 중개료를 챙겼다. 이런 일이 몇 번 반복되자 소망 복덕방은 파주댁이 비공식적으로 운영하는 직업 소개소를 겸하게 됐다.

경산댁 아줌마는 자신과 연배가 비슷한 파주댁을 싫어했다. 아줌마의 표현대로라면 파주댁은 "돈이 된다 카믄 지 쓸개라도 떼다 팔 여편네"였다. 둘 다 같은 과부 처지에 파주댁은 아들 부부의 보살핌을 받으면서 비교적 유복한 생활을 하는 반면, 자신은 늘그막에 남의 집 식모살이를 하는 처지에서 비롯된 시샘이었는지도 모른다. 하지만 솔직히 말하자면 나 역시 파주댁을 그리 좋아하지 않았다. 언젠가 파주댁이 무슨 일로 김 사장님 댁에 온 적이 있었는데 사모님 앞에선 사근사근하기 그지없던 태도가 내 앞에선 갑자기 하녀를 대하듯 돌변했다. 그래도 어찌 됐거나 김 사장님 댁에서 쫓겨나 당장 먹고살 길이 막막한 내가 일자리를 찾은 것은 파주댁 덕분이었다.

사모님으로부터 나가란 말을 들은 뒤 파주댁을 찾아갔을 때 그는 이미 사정을 대충 다 전해 들은 것 같았다. 쭈뼛쭈뼛하며 복덕방 미닫이 문을 여는 나를 힐끗 쳐다보더니 "일자리 알아보러 온 사람이 뭘 그렇게 주저하니? 어서 들어와 앉아"라고 했다. 나는 사람들이 자주 앉아서 엉덩이 닿는 곳이 반들반들해진 인조

가죽 소파에 엉거주춤 걸터앉았다. 파주댁은 그런 나를 속을 읽을 수 없는 시선으로 바라보다가 주머니에서 담배를 꺼내 불을 붙였다.

"그래, 무슨 일을 할 생각인데?"

"혹시 식모 구하는 데가 없나요? 저, 집안일이라면 자신 있어요. 청소도 잘하고 사모님이 음식도 잘 만든다고……."

파주댁이 퉁명스러운 어조로 말을 중간에 툭 끊었다.

"다시 식모로 들어갈 곳을 찾긴 어려울 거야. 너, 아주 깜찍한 짓을 저질렀더구나."

나는 온몸이 화끈하게 달아오르는 것을 느꼈다.

"아니에요! 무슨 말을 들으셨는지 모르겠지만 그건 사실이 아니에요! 저는 아무런 잘못도 하지 않았어요!"

파주댁은 피식 웃었다.

"아무런 잘못을 하지 않았다? 그래, 그럴 수도 있겠지. 그런데 그게 중요한 게 아니야. 중요한 건 이미 네 평판에 금이 갔다는 거지. 여긴 좁은 동네고 네가 김 사장님 댁을 나온 이유는 금세 다 소문이 날 게다. 그러면 어느 집에서 널 식모로 데려가려 하겠니? 전부 널 위험한 존재로 여길 텐데. 아마 도둑질을 해서 쫓겨난 애도 너보단 데려가려는 사람이 많을 거다. 그나마 물건을 훔치는 게 남편이나 아들을 훔치는 것보단 나으니깐."

눈앞이 깜깜해졌다. 사모님이 집에서 나가란 말을 할 때도 절망적이긴 했지만 이렇게 세상이 무너지는 기분은 들지 않았다. 다른 집을 찾아서 열심히 일하면 지금처럼 따뜻한 지붕 아래에서 끼니 거르지 않고 어머니에게 정기적으로 조금이라도 돈을 부쳐줄 수 있을 거라고 생각했다.

원래 큰 상점 주인이었다는 아버지는 전쟁통에 가게를 잃고 실업자가 됐다. 유복하게 자란 아버지는 갑작스러운 불운을 이겨낼 만큼 강한 사람이 아니었다. 처지를 비관하며 밤낮으로 술만 마시다 간을 망쳐 세상을 떠났다. 낮엔 길바닥에서 물건을 팔고 밤엔 삯바느질을 하며 나와 남동생을 키운 사람은 어머니였다. 내가 국민학교를 졸업했을 때 어머니는 학교는 이제 그만 다니는 게 좋겠다고 했다. "계집애가 공부를 많이 해서 뭘 한다니. 그저 읽고 쓸 정도만 알면 되지. 네 남동생이 공부를 곧잘 하니까 집을 다시 일으키려면 우리가 걔 뒷바라지를 해야 해. 장래 판검사가 되면 도와준 누나한테 소홀하기야 하겠니"라면서. 나는 군말 없이 어머니가 시키는 대로 했다. 없는 형편에 자식을 둘이나 공부시킬 수 없다는 건 잘 알고 있었다. 누군가가 희생해야 한다면 그건 집안의 기둥인 남동생이 아닌 나였어야 했다.

어머니를 대신해 집안일을 전담하고 삯바느질을 돕던 나는 아버지 지인의 주선으로 서울 김 사장님 댁에 들어갔다. 그 지인분은 사업상 김 사장님과 몇 차례 교류하다가 우연히 열너덧 살된 식모 여자아이를 구한다는 말을 들었다며 그 순간 머리에 내가 딱 떠올랐다고 했다. 먹여주고 재워주기까지 하니 빠듯한 살림에 입을 하나 덜 수 있어 얼마나 다행이냐고 그는 어머니를 설득했다. 어머니도 딱히 반대하지는 않았지만 내가 집을 떠나온 날 어머니의 눈가는 빨갛게 부어 있었다.

처음엔 집을 떠나온 게 서럽고 서글펐다. 그러나 나는 김 사장님 댁에서의 생활에 빨리 적응했다. 어차피 집에서도 하던 밥 짓고 빨래하는 일을 돈을 받으면서 할 수 있기에, 그 돈이 어머니의 고달픔을 조금이나마 덜어주고 남동생이 고등학교에 입학할 수 있도록 도와줬기에 감사하게 생각했다. 그랬던 평화로운 일상이 완전히 사라질지 모른다는 두려움에 사로잡혀 나는 필사적으로 파주댁에게 매달렸다.

"식모를 할 수 없다면 공장이라도 상관없어요. 식당 주방에서 일해도 좋아요. 그냥 먹여주고 재워주기만 하면 뭐든 할게요. 저 돈 벌어야 해요. 돈 벌어서 어머니도 편하게 해드리고 남동생은 대학까지 보내야 해요!"

파주댁은 후우 하고 길게 담배 연기를 내뿜었다. "먹여주고 재워주기만 하면 된다……?" 그렇게 중얼거리는 파주댁의 눈엔 교활한 빛이 언뜻 스치고 지나갔다.

"알았다, 너한테 맞는 자리가 있는 것 같구나. 조카가 식당에서 손님 접대할 사람을 구한다고 하니 거기에 가 보는 게 좋겠다."

다음 날, 파주댁의 조카라는 여자가 복덕방으로 찾아왔다. 30대 후반 정도 됐을까. 몸집이 작고 예쁘장했다. 갸름한 달걀형 얼굴에 콧날이 오뚝해서 좀 더 젊었을 때는 인물 좋다는 말을 제법 들었을 법한 외모였다. 피부는 약간 가무잡잡했지만 그 연령대 여성들에게서 흔히 볼 수 있는 기미나 잡티 따위가 전혀 없었다. 한복 치마저고리 대신 스커트 자락이 풍성하게 퍼지는 하늘색 원피스를 입은 여자는 구두코가 날렵해 작은 발이 돋보이는 까만 가죽 구두를 맵시 있게 신고 있었다.

하지만 나는 여자에게서 별로 좋은 인상을 받지 못했다. 전체적으로 뼈대가 가늘고 턱 끝이 뾰족한 여자의 외양에선 어딘지 모르게 먹이를 찾아 이리저리 바쁘게 움직이는 족제비가 연상됐다. 도톰한 작은 입술에 바른 새빨간 립스틱도 별로 눈에 익지 않아서인지 묘하게 거슬렸다. 경산댁 아줌마라면 틀림없이 "쥐새끼 잡아먹었나"라며 뒤에서 소곤소곤 흉을 봤을 것이다.

"얘가 말씀하신 그 애인가요? 아닌 게 아니라 얼굴이 뽀얗고 걸음걸이가 낭창낭창한 게 남자들 꽤나 홀리게 생겼네."

시장통에서 물건 감정하듯 나를 요모조모 훑어보던 여자가 파주댁을 향해 말했다. 곱상한 외모와 어울리지 않게 걸걸한 목소리였다.

"식당에서 일하고 싶다고 했다며? 나이가 몇 살이니?"

"열여덟 살요."

"일하기 딱 좋은 나이네, 어디 아픈 데는 없고?"

파주댁이 끼어들어 내 말을 막았다.

"비실비실하고 툭 하면 병나는 애가 3년이나 남의 집 살이를 할 수 있었겠니? 한창 나이에다 몸도 팔팔하니까 그런 걱정은 아예 접어두고 약속대로 소개비는 확실히 계산하고 가거라."

여자는 "아이고, 지독해라. 말을 꺼냈으면 어련히 안 지킬까. 나라면 조카한테까지 이렇게 야박하게 굴진 않겠네" 하면서도 핸드백에서 지폐 뭉치를 꺼내 파주댁에게 건넸다. 파주댁은 돈을 세면서 코웃음을 쳤다.

"홍, 너라면 안 그랬을 거라고? 네가 나보다 아마 몇 배 더하면 더했지 절대 덜하진 않을 거다. 그래도 나는 피붙이인 걸 생각해서 평소 받던 돈 절반밖에 안 불렀다."

파주댁의 말에 여자는 발끈한 듯 눈썹을 살짝 치켜세웠지만 아무런 대꾸를 하지 않고 내 등을 떠밀었다.

"짐은 다 챙겨왔지? 차로 이동하면 한 시간도 안 걸리니까 지금 출발하면 점심 때쯤 도착할 거야."

나는 곁에 둔 보퉁이를 집어 들었다. 내용물로 갈아입을 속옷과 옷 몇 벌만이 고작인 보퉁이는 단출했다. 짐이라고 해봤자 보퉁이와 치마 주머니에 넣은 신문지로 싼 찐 감자 몇 알이 전부였다. 가다 출출할 때 먹으라며 경산댁 아줌마가 복덕방 오는 길에 슬그머니 찔러주고 간 이별 선물이었다.

여자가 자리를 털고 일어나는 낌새가 보이자 문밖에 서 있던 덩치 큰 남자가 피고 있던 담배를 발로 비벼 끄고 복덕방으로 들어오는 좁은 골목길 입구에 세워둔 작은 승합차 쪽으로 성큼성큼 걸어가기 시작했다. 여자는 종종걸음으로 남자를 쫓아가면서 내가 잘 따라오고 있는지 한 번씩 곁눈질로 확인했다. 그 짧은 거리를 이동하는 동안 마치 내가 길을 잃어버릴지도 모른다는 듯이.

차 뒷좌석에 보퉁이를 내려놓고 나서 나는 조심스럽게 "저…… 사모님" 하고 앞좌석에 앉은 여자를 불렀다. 여자는 우스운 얘기라도 들은 것처럼 까르르 웃음을 터뜨렸다.

"사모님? 아우, 웃겨. 앞으론 '마마Mama'라고 불러."

마마? 처음 들어보는 말이었다. 뜻도 알 수 없는 그 단어를 속으로 조용히 되뇌다가 다시 말을 붙였다.

"저…… 마마, 아줌마 말로는 김 사장님 댁에서 받던 것보다 더 벌 수 있다는데 정말인가요?"

"네가 지금 받는 돈이 한 달에 500원 좀 넘지? 담뱃값 정도밖에 안 되는 쥐꼬리만 한 돈보다는 당연히 더 받을 수 있지. 거기선 일하는 만큼 돈을 줄 거야. 네가 열심히 하면 지금보다 몇 배, 몇십 배까지 더 벌 수 있어."

나는 며칠 만에 처음으로 안도의 한숨을 쉬었다. 새벽녘에 일어나 밥 짓고, 밤늦게까지 집 안 정리하고 빨래하는 데 이미 이 골이 나 있었다. 다른 건 몰라도 손에 물 마를 새 없이 바지런히 일하는 능력은 누구에게도 뒤지지 않을 거라고 생각했다. 일한 만큼 돈을 번다면 누구보다도 열심히 일할 작정이었다. 그렇게 해서 집에 돈을 조금이라도 더 부칠 수 있다면 지금보다 덜 자고 덜 먹어도 좋았다. 가슴 밑바닥에서 희망이 솟아오르는 걸 느끼며 나는 3년간 정들었던 동네가 차창 밖으로 서서히 멀어지는 걸 지켜보았다.

///////////

탁 트인 도로를 벗어나자 희끄무레한 가게 간판이 하나둘씩 나타나기 시작했다. 'XX상회' 'ㅇㅇ미용실' 같은 상호명 사이로 읽을 수 없는 글자가 적힌 간판도 눈에 띄었다. 우리를 태운 작은 승합차는 대로_{大路}를 벗어나 꼬불꼬불한 좁은 골목으로 향했다. 어딘지 음습해 보이는 동네였다. 한낮이었지만 상점 태반은 아직도 문이 닫혀 있는 것처럼 보였다. 거리를 오가는 사람들도 거의 눈에 띄지 않았다. 이런 곳에 있는 식당이 과연 장사가 되긴 하는 될까, 가게가 망하면 또다시 일자리를 구해야 하나, 하는 생각을 하고 있는 사이 마마가 뒷좌석을 돌아보며 "다 왔어, 내려"라고 말했다.

도착한 곳은 'ㄷ'자 형태로 지어진 양옥이었다. 별다른 특색이 없어서 주변에 다닥다닥 붙어 있는 고만고만한 집들과 구별이 가지 않았다. 엉성한 슬레이트 지붕에 군데군데 벗겨져 석회가 드러난 벽면을 보니 이곳에 사는 사람은 집을 꾸미는 데는 어지간히 관심이 없는 모양이었다. 초여름이면 화단에 심은 봉숭아와 샐비어가 앞다퉈 진한 분홍색, 주홍색 꽃망울을 틔우던 김 사장님 댁의 풍경이 머릿속을 스치고 지나갔다.

"여기가 네가 머무를 곳이야. 이곳에 너 말고도 여섯 명이 있으니까 화장실은 걔들과 같이 써야 하고. 나는 별채에 사니까 앞으로 매일같이 얼굴 보게 될 거다."

마마의 설명을 들으며 나는 어둑어둑한 실내를 찬찬히 돌아봤다. 방문 앞에 '2호' '4호'라고 번호가 붙은 걸 보니 이곳에 살고 있는 사람들의 방 번호인 것 같았다. 마마가 '5호'라고 적힌 방문을 열쇠로 열고 있는데 뒤쪽 방에서 인기척이 들리더니 머리가 까치집처럼 부스스한 속옷 차림의 여자가 문을 열고 밖으로 나왔다. 눈매가 사나운 여자는 제대로 잠을 자지 못한 듯 얼굴이 부석부석했는데 헐렁한 속바지와 민소매 속옷 사이로 드러난 팔다리는 안쓰러울 정도로 앙상했다. 여자는 나를 흘깃 쳐다보더니 비아냥거리듯 "맞은편 방에 촌뜨기가 들어왔네"라고 내뱉고는 화장실이 있는 쪽으로 비척비척 걸어갔다. 마마는 투명인간인 양 여자를 무시하고 내 보퉁이를 가리켰다.

"그 안에 들어 있는 거 옷이지? 안에 뭐가 들어 있는지 보게
한번 풀어봐라."

보퉁이에서 나온 무릎 길이의 검정색 주름치마, 하얀색과 갈
색 가로줄이 교차로 들어간 스웨터 등을 바라보던 여자가 이마에
주름을 지었다.

"그럴 줄 알았다. 전부 넝마 조각밖에 없네. 마리아, 6호가
입던 옷 중에서 쓸 만한 게 있는지 좀 추려와라. 체격이 비슷해서
얼추 맞겠다."

화장실에서 나오다 마마와 눈이 마주친 눈매가 사나운 여자
는 인상을 찌푸렸지만 아무 말없이 어딘가로 사라졌다. 저 여자
이름이 마리아구나. 어릴 적 살던 동네에도 마리아라는 이름의
여자애가 있었다. 외국 수녀들이 운영하는 고아원에 살던 아이.
저 여자도 그런 고아원에서 자랐을까. 잠시 후 마리아는 두 팔에
한 아름 옷가지를 껴안고 돌아왔다. 마마는 옷 무더기 사이에서
빨간 원피스를 끄집어내 내 몸에 대보곤 입어보라고 했다. 지금
날씨에 입기는 추울 것 같은 얇은 원피스는 길이가 무릎 위로 올
라올 정도로 깡총했다. 가슴 선 부근이 깊이 파여서 목덜미와 쇄
골도 훤하게 드러났다. 거울 속에 비친 내 모습이 스스로도 낯설
어서 옷을 벗어버리고 싶었다. 목욕탕에 갈 때를 제외하면 이렇
게까지 드러난 내 몸을 보는 게 처음이었다. 하지만 마마는 자신
의 선택이 만족스러운 모양이었다.

"훨씬 봐줄 만하네. 당분간은 그 옷 입어야겠다. 일 시작할 때까지 아직 시간이 있으니 눈이라도 좀 붙이고 있어."

마마가 떠나자 나는 5호실에 홀로 남겨졌다. 살풍경한 방이었다. 두 평 남짓한 방 안에는 거울이 달린 낮은 화장대와 옷걸이, 아무렇게나 개켜진 이불이 놓인 침대 하나가 전부였다. 김 사장님 댁에서 내가 머물렀던 식모 방도 볕이 잘 들어오지 않던 북향이었다. 겨울엔 한기가 쉽게 들어 감기에 걸리지 않으려고 이불을 꽁꽁 뒤집어쓰고 밤을 지샌 적도 있었다. 그래도 이만하면 예전에 살던 곳보다 딱히 못할 것도 없다고 생각하면서 나는 거울 속에 비친 내 모습을 다시 한번 가만히 들여다봤다. 거울 속에선 낯선 여자가 어리둥절한 표정으로 나를 마주보고 있었다. 이런 옷을 입고 주방 일을 할 수 있을까? 하고 묻는 듯한 얼굴. 어쨌든 식당 종업원이 입는 옷 치곤 꽤나 유별났다.

"새로 들어왔나 보네."

옆방 문이 살짝 열리고 한 여자가 고개를 빼꼼 내밀었다. 마리아라는 이름의 여자처럼 눈매가 사납지 않아서 다소 마음이 놓였다. 나이를 가늠하기 어려웠지만 나보다 최소한 다섯 살은 위일 것 같았다. 낯빛이 창백한 여자는 긴 검은 머리를 어깨까지 아무렇게나 늘어뜨리고 있었다. 얼굴이 길고 광대뼈가 튀어나와 나이 많은 어른들이 보면 박복하다고 할 만한 외양이었다. 하지만 여자의 권태로워 보이는 표정과 나른한 몸짓은 묘하게 눈길을 끄는 구석이 있었다.

"엘레나가 입던 옷이네."

"엘레나요?"

"응, 전에 6호에서 살던 여자."

"그분은 어디로 갔나요?"

여자는 대답하지 않았다. 둘 사이에 가로놓인 침묵이 길어질까 두려워 내 편에서 먼저 말을 꺼냈다.

"저…… 다들 왜 마리아, 엘레나라고 불러요?"

"숙희, 금자라고 하면 여기 오는 사람들이 이름을 제대로 발음이나 하겠니? 나도 미자라는 이름 대신 마틸다라고 불려. 가끔내 원래 이름이 뭐였는지 이젠 나조차도 기억이 가물가물해. 너는 전에 있던 곳에서 원래 이름을 썼니?"

"이제까지 서울에서 식모로 있었는데 사모님은 제 이름 '영숙이'를 줄여서 '숙아'라고 부르셨어요."

여자는 나를 새삼스럽게 빤히 쳐다보았다. 검은 두 눈에선 감정이 전혀 읽히지 않아서 마치 어두운 동굴 같았다. 뚫린 동굴 같은 눈으로 나를 응시하던 여자는 한참 후에야 시선을 거뒀다.

"너, 여기가 뭐하는 곳인지 전혀 모르는구나."

"식당에서 일한다고 들었어요. 열심히 일하면 일한 만큼 벌수 있다고……."

여자는 '하!' 하고 코웃음을 쳤다.

"소개비다, 뭐다 해서 처음부터 빚더미에 앉혀놓고 생리로 일을 쉴 때마다 밥값 외상을 걸면서 일한 만큼 벌 수 있다고? 마마 년이 그러디? 내가 이 동네서 굴러먹은지 몇 년 되지만 빚을 안았으면 안았지, 돈을 벌었다는 사람은 못 봤다."

나는 여자가 하는 말에 충격을 받았다기보다 그녀의 말 자체가 이해가 가지 않았다. 마치 내가 전혀 모르는 외국어를 하고 있는 것 같았다. 여자는 측은하다는 듯이 나를 쳐다봤다.

"있잖아, 네가 지금 입은 옷의 주인이었던 엘레나는 죽었어."

"네?"

"자살했어. 손목을 그어서."

"……."

"마마가 난리가 났었지. 누구 장사 망치게 할 일 있냐고, 죽으려면 혼자 야산에 가서 자빠져 죽지 왜 지랄 맞게 여기서 손목을 긋냐고. 아무리 우릴 인간처럼 안 봐도, 그래도 자기가 몇 년이나 데리고 있던 애가 지 방에서 피투성이가 돼 쓰러져 있는데 너무 심하지 않니? 경찰한테 돈을 먹였는지 어쨌는지 몰라도 별 문제없이 조용히 넘어갔으니 죽은 년만 불쌍하지."

"엘레나는 왜 자살한 거예요?"

내 목소리가 떨리는 것이 내 귀에도 느껴졌다. 뭔가 잘못돼도 크게 잘못됐다는 게 서서히 실감이 나기 시작했다. 여자는 후우 하고 크게 한숨을 내쉬었다.

141

"달아나기 위해서지 다른 이유가 뭐가 있겠니. 죽지 않고서야 이 지긋지긋한 현실에서 벗어날 수 없으니까. 전생에 무슨 잘못을 해서 여기 왔는지 몰라도 여긴 한번 발을 들이면 송장 돼서 나가는 것 말고는 떠날 수가 없어. 어떨 땐 먼저 탈출한 엘레나 처지가 부러울 때도 있어."

여자는 주위를 돌아보더니 내 귀에 대고 낮게 속삭였다.

"여기는 살아 있는 사람들만 오는 지옥이야!"

///////////////

마틸다, 아니 미자 언니의 말에 따르면 내가 온 곳은 경기도 동두천에 있는 미군 기지촌이었다. 미군 기지가 주둔한 이곳엔 미군들을 상대로 하는 성매매 업소가 마치 하나의 마을처럼 집단촌을 형성하고 있었다. 서양인을 상대로 매춘을 한다고 해서 '양공주'라고 불리는 성매매 여성들은 낮에는 집단 수용소 같은 곳에서 잠을 자고 저녁 무렵이면 미군 전용 클럽으로 나가 손님을 물어왔다. 손님이 밤새도록 머무를 경우엔 그나마 편하지만 짧게 일을 끝내고 가면 또다시 클럽으로 돌아가거나 길거리로 나가 다음 손님을 데려와야 했다. 번 돈은 즉시 마마에게 돌아갔다. 나를 이곳으로 데리고 온 험상궂은 남자가 방문 앞에서 대기하고 있다가 미군이 일을 치르고 나갈 때 현금을 받기 때문에 몰래 웃

돈을 꿍칠 수도 없었다. 미군들이 쉬는 주말이면 아침부터 밤새
도록 손님을 받아야 해서 하루 종일 팬티를 입고 있을 틈도 없다
고 했다.

무릎 위에 올려둔 두 손이 와들와들 떨렸다. 먹고 잘 수 있는
곳을 알아봐 주겠다던 파주댁의 음흉한 웃음이 떠올랐다. 먹이
를 감별하는 도마뱀처럼 온몸을 훑어보던 마마의 눈빛이 그 위에
겹쳐졌다. 나를 더듬던 정훈 오빠의 끈적한 손길이 다시 생각나
면서 온몸에 작은 닭살이 돋았다. 그들이 아니었다면, 하는 원망
과 함께 마마의 말을 곧이 곧대로 믿은 내 어리석음에 화가 나 견
딜 수가 없었다. 주변을 돌아보니 창문엔 단단한 쇠창살이 처져
손도 집어넣기도 힘들었다. 문 앞은 남자들이 지키고 서 있어서
밖으로 나갈 수조차 없었다. 그래도 포기하긴 일렀다.

'절대로 이곳에 계속 머물지 않을 거야.'

나는 속으로 다짐했다. 무슨 수를 써서라도 여기를 떠나야
한다. 마마에게 손이 발이 되도록 빌면서 애원하면 어쩌면 여기
서 나갈 수 있을 지도 모른다. 돈 한 푼 없이 내쫓겨도 좋다. 운전
수 아저씨에게 잘만 설명하면 서울까지 가는 버스를 얻어 탈 수
있을 거다. 김 사장님은 내 얘기를 듣고 나면 측은하게 여겨 제대
로 된 일자리를 찾을 때까지 편의를 봐줄지도 모른다. 어쩌면 경
산댁 아줌마에서 돈을 조금 빌릴 수도 있을 것이다. 정 안된다
면 고향에 내려가 한동안 집에 머물 수도 있다. 어머니는 내가 일

자리를 잃은 걸 속상해하겠지만 호랑이 굴에서 무사히 빠져나온 딸을 보듬어줄 것이다.

덜덜 떨리는 가슴을 진정시키려 애쓰며 나는 벗어날 방법을 골똘히 궁리했다. 그사이 방 안 유리창은 오렌지빛 석양으로 물들었고 해가 지고 있었다. 그건 일을 하러 가야 할 시간이 다가오고 있다는 뜻이었다.

영숙 2

거리에 낮게 어스름이 깔리기 시작하자 낮 시간 동안 쥐 죽은 듯 조용하던 거리가 서서히 북적거리기 시작했다. 두꺼운 커튼을 젖히고 쇠창살이 처진 창문으로 내다보니 군복 차림의 서양 남자들이 삼삼오오 걸어가는 모습이 보였다. 문을 닫은 것처럼 보였던 가게도 영업을 시작할 때가 됐는지 하나둘씩 셔터를 올리고 네온사인을 켰다. 햇빛 아래에서 마냥 을씨년스러웠던 골목은 어둠이 찾아오고 나서야 누에가 껍질을 벗고 나비로 변신하듯 현란한 조명과 함께 번화가로 탈바꿈하고 있었다.

공동 주택에 있던 여자들의 움직임도 덩달아 바빠졌다. 고데기로 머리를 말고 입술에 진한 색 립스틱을 바르면서 몸단장에 들어갔다. 3호실 마리아도 경대 앞에서 숱이 적어 희미한 눈썹

라인을 짙게 다시 그리는 데 정신이 팔려 있었다.

"얘, 멀뚱멀뚱 서 있지 말고 이리 와 봐."

어느 사이엔가 마마가 소리 없이 다가와 방문 앞에 서 있었다. 낮에 봤던 험상궂은 남자와 또 다른 남자 두 사람을 대동한 채였다. 처음 보는 남자 중 한 명은 키는 좀 작았지만 다부진 체격에 뺨에는 찢어져 꿰맨 듯한 흔적이 남아 있었다. 다른 한 명은 짧게 바짝 깎은 머리에 호리호리한 체격이었지만 팔에는 제법 탄탄한 근육이 잡혀 있었다.

"너도 오늘부터 일하러 가야 하니 채비를 해야지."

예정돼 있는 일이었지만 막상 그 말을 듣자 공포심이 찌릿한 전류처럼 혈관을 타고 온몸으로 흐르는 것 같았다. 나는 용수철이 튕긴 것처럼 벌떡 일어나 마마 앞에 무릎을 꿇고 발치에 머리를 숙였다.

"제발 여기서 내보내주세요. 돌려보내 주시면 제가 열심히 일해서 소개비로 내신 돈 다 갚을게요. 몇 년이 걸릴지 모르지만 꼭 갚을 테니까 제발 절 보내주세요."

마마는 허공을 향해 어이가 없다는 듯 피식 웃더니 갑자기 맵시 좋은 구두를 신은 발로 나를 걷어찼다. 동시에 내 몸이 반동으로 인해 털썩 뒤로 튕겨져 나갔다. 걷어채인 가슴팍에 격렬한 통증이 퍼지면서 몇 초 동안 숨을 제대로 쉴 수가 없었다. "얘는 또 뭐래는 거니. 야, 씨알도 안 먹히는 소리하지 말고 빨리 일어

146

나 나갈 준비나 해. 더 이상 험한 꼴 당하기 전에."

일어서려고 했지만 다리에 힘이 풀려 설 수가 없었다. 나는 엉금엉금 기어가 마마의 다리를 부둥켜안았다. 이 정도 아픈 것은 얼마든지 참을 수 있었다. 몸을 파는 일만 피할 수 있다면 몇 번이든 더 걷어차일 각오가 되어 있었다.

"돌려보내 주지 못하시겠다면 다른 일은 얼마든지 할게요. 저, 주방 일 잘해요. 여기서 사람들 먹을 밥 짓고 빨래하고 일할 수 있게 해주세요. 제발 그렇게 해주세요, 네?"

마마가 몸을 낮추고 앉아 내 눈을 들여다보았다. 행여나 내 간청을 들어주는 건가 생각한 순간, 눈에 번쩍 불똥이 튀는 것 같은 충격을 느꼈다. 눈물이 핑 돌면서 얻어맞은 뺨이 불에 덴 것처럼 화끈거렸다. 입에서 피 맛이 느껴지는 걸 보니 입술도 터진 모양이었다. 마마는 아랑곳하지 않고 그대로 내 머리채를 잡은 채 질질 끌어 방으로 데려갔다.

"너도 눈깔이 있으면 똑똑히 보이겠지? 방에 있는 침대랑 가구만 해도 벌써 10,000원이 넘어. 게다가 너 데리고 오는 데만 해도 7,000원을 썼고. 네가 내 앞으로 달아놓은 돈이 벌써 17,000원이란 말이야. 그 돈을 일 안 하고 무슨 수로 갚을래? 더구나 갚을 테니 그냥 내보내달라고? 그게 무슨 도둑년 심보야? 내가 여기서 네년들 공짜로 밥 먹여주면서 자선 사업 하는 줄 알아?"

나를 향해 악다구니를 쓰던 마마는 내 옆에서 얼굴에 핏기가

가신 채 바닥에 시선을 떨구고 있던 미자 언니를 발견하자 이번
엔 화살을 그쪽으로 돌렸다.

"틀림없이 네년이 이러쿵저러쿵 쓸데없는 소리를 해서 일 시
작하기도 전부터 김을 팍 세게 만들었겠다? 오늘 애가 손님 못 잡
아오면 주둥이 나불거린 죄로 너도 애랑 함께 작살날 줄 알아!"

주변 공기가 순식간에 싸늘하게 얼어붙었다. 매끈한 팔다리
가 드러나는 옷차림에 두껍게 화장한 여자들이 마마의 눈에 띄고
싶지 않다는 듯 가녀린 몸을 작게 움츠리고 있었다. 나와 내 주변
에서 벌어지고 있는 모든 상황이 마치 꿈꾸는 것처럼 현실감 없
이 느껴졌다. 하지만 아직도 얼얼한 뺨의 통증은 불행히도 이것
이 꿈이 아니라는 사실을 말해주고 있었다.

"다들 무슨 구경났다고 그렇게 보고 있는 거니? 어서 준비하
고 나가지 못해?"

마마의 새된 목소리가 마치 마법을 푸는 주문이라도 되는
양, 정지된 영화 속 한 장면처럼 하던 일을 멈추고 숨죽이고 있던
여자들이 다시 움직이기 시작했다.

///////////////

클럽은 이제껏 내가 겪어보지 못했던 별천지였다. 안으로
들어갔을 때 제일 먼저 나를 자극한 것은 냄새였다. 밀폐된 공간

에 갇힌 텁텁한 공기 중엔 사람들이 뿜어내는 자욱한 담배 연기와 강한 알코올 향, 실내를 꽉 채운 남녀의 체취가 뒤섞인 독특한 냄새가 떠돌았다.

그다음으로 놀란 것은 귀가 멍멍할 정도로 시끄러운 소리였다. 정면에 마련된 무대 위에선 흰색 양복에 검정 나비넥타이 차림을 한 남자들 여럿이 모여 앉아 각자가 둥근 금관처럼 생긴 악기를 불거나 채로 작은 북을 두들기며 현란한 음악을 연주하고 있었다. 트럼펫, 색소폰, 드럼…… 낯선 악기들의 이름을 알게 된건 그날로부터 꽤 시간이 흐른 뒤였다. 악단이 연주하는 정신을쏙 빼놓는 음악을 '재즈'라고 부른다는 사실도. 음악 소리와 뒤엉켜 미군이 자기네들끼리 영어로 떠드는 소리도 들렸다. 무슨 말인지 전혀 알 수 없었지만, 혀를 굴리는 발음이 많은 그 언어는 김 사장님 댁 사모님이 언젠가 양키 시장에서 구해온 버터만큼 느끼하게 들렸다.

눈앞을 오가는 사람들도 두렵고 신기하긴 마찬가지였다. 서양인을 본 게 그때가 처음은 아니었다. 어린 시절 살던 고향집 근처에는 고아원을 운영하던 눈이 파란 수녀가 있었다. 함께 놀던아이들은 수녀가 길거리에 나타날 때마다 전봇대 뒤로 숨어서 지나가는 모습을 훔쳐봤다. 코가 우뚝하게 솟아 있고 눈이 움푹 들어가 전체적으로 다른 이들보다 훨씬 윤곽이 뚜렷한 얼굴 때문에어쩐지 같은 사람처럼 느껴지지 않았다. 그런데 이곳에선 모두가 그런 얼굴을 하고 있었다. 밀가루를 바른 것처럼 허여멀건 얼굴들 사이에 생전 처음 보는, 얼굴이 까만 사람들도 더러 섞여 있었다. 도깨비굴에 잡혀 와 도깨비들이 하는 말을 듣고 도깨비들이 노는 모습을 구경하는 것 같았다. 생전 처음 접하는 자극에 압도당해 나는 후들거리는 두 다리로 간신히 버티고 서 있었다.

이곳으로 오기 전, 한바탕 소동을 일으키고 나서 마마는 내 얼굴에 직접 화장을 해주었다. 핸드백에서 연필을 꺼내 눈썹 라인을 초승달처럼 날렵한 곡선으로 그리고, 집게 같은 기구를 사용해 속눈썹이 동그랗게 말려 올라가게 만들었다. 뺨에 남아 있던 벌건 손자국도 여러 번 뽀얗게 분을 덧칠해 그 흔적을 없앴다. 죽은 엘레나가 입던 빨간 원피스를 입고 짙게 화장한 나는 어제까지 내가 거울 속에서 보았던 모습이 아니었다. 밥 짓고 설거지하기를 반복하며 고달픈 생활 속에서도 아직 세상 무서운 줄 모르던 순진한 소녀는 이제 없었다. 거울 앞에 선 나는 먹고살기 위해 날마다 남자를 유혹해야 하는 이곳 여자들의 삶에 찌든 얼굴과 어느새 닮아 있었다. 화장을 끝낸 뒤 마마는 내게 글을 모르는 아이에게 글자 읽는 법을 알려주듯, 아까와는 사뭇 다른 친절한 어조로 인내심 있게 설명했다.

"네가 명심해야 할 건 두 가지 밖에 없어. 첫째, 클럽에서 만나는 미군들이 너를 마음에 들어 하는 것처럼 보이면 무조건 '롱타임 오아 숏타임Long time or short time?' 하고 물어. 그 정도는 기억할 수 있지? 둘째, 미군이 '숏타임'이라고 하면 여기로 데려왔다가 일을 끝내고 빨리 클럽으로 돌아가 다른 손님을 찾아야 해. 여기 있는 오빠들이 호위병처럼 너를 클럽까지 데려가고 데려오고 할 테니까 네가 신경 쓸 건 하나도 없어. '롱타임'이라고 하면 그날은 그 사람 시중만 들면 돼. 클럽에 가서는 다른 언니들이 하는 대로 따라 하고, 일단 손님이랑 네 방에 오면 그냥 그들이 하고 싶어 하는 대로 내버려두기만 하면 돼. 바보라도 할 수 있는 일이야. 아까 내가 뭐라고 하라고 했지?"

내가 '롱타임 오아 숏타임'이라고 우물우물 말하자 마마는 흡족한 듯 미소 지었다.

"그만하면 알아먹은 것 같으니 이름만 하나 정하면 되겠다. 뭐가 좋을까? 그래, '수잔'으로 하자. 미군이 네 이름을 물어보면 너는 수잔이라고 대답하는 거야. 걔들이 뭐라고 길게 말하더라 도 중간에 '네임name'이라는 말이 들리면 그건 이름을 묻는 거니 까 그렇게 알아듣고 그냥 수잔이라고 해. 걔네들 하는 말 못 알아 들어도 겁먹을 필요 없어. 어차피 너랑 대화하고 싶어서 클럽에 오는 게 아니니까. 뭐라고 떠들든지 간에 방긋방긋 웃고 있다가 그다음에 아까 가르쳐준 말 꺼내면 만사 오케이다. 오케이, 이건 좋다, 잘 알겠다는 뜻이야. 오케이?"

나는 마지못해 마마에게 고개를 끄덕였다. 마마 옆에 꼭 붙 어 있던 세 남자가 여자들을 이끌고 문밖으로 나왔다. 아까 둘만 남았을 때 미자 언니는 "여자들이 도망가지 못하게 감시하려고 딸려 보내는 거야"라고 귀띔했었다. 밖으로 나오자 4월이라곤 하지만 차가운 밤공기에 피부가 드러나는 얇은 망사 원피스를 걸친 여자들이 몸을 부르르 떨었다. 다른 여자들 사이에 섞여 클럽으로 향하려는 나를 붙잡고 마마가 하얀 알약 한 개를 건넸다.

"보아하니 아무래도 넌 이게 필요하겠다. 먹으면 기분이 좋아지는 약이니까 그냥 꿀꺽 삼켜. 그러면 긴장이 풀려서 안 떨릴 거야."

그다지 내키지 않았지만 매서운 눈빛으로 쏘아보는 마마와 남자들의 시선이 두려워 나는 잠자코 약을 입에 넣었다. 마마는 혀를 내밀어보라고 한 뒤 내가 약을 삼킨 것을 확인하자 그제야 나를 놓아주었다. 그때는 무슨 약인지 몰라 불안했는데, 어두운 실내와 대비되는 클럽의 화려한 불빛 속에 오도카니 서 있으려니 어쩌면 마마가 약을 준 게 다행이라는 생각까지 들었다. 긴장을 풀어준다는 약조차 먹지 않았더라면 일찌감치 자리에 주저앉아버렸을지도 모르겠다 싶을 정도로 심장은 세게 쿵쾅거렸다.

"애, 괜찮니?"

미자 언니가 내 옆구리를 쿡 찔렀다. 천장의 빨강, 노랑 조명에 비친 언니의 얼굴이 기괴하게 일그러져 보였다. 나는 지금 괜찮은 걸까? 처음 보는 괴상한 광경에 깔깔 소리내 웃고 싶은 건지, 내 처지가 분하고 한심해서 다리를 뻗고 엉엉 울고 싶은 건지나 스스로도 명확하게 말하기 어려웠다.

　멀지 않은 테이블에 앉아 있던 미군들이 우리 쪽을 힐끔힐끔 쳐다보더니 그중 한 명이 우리에게 다가왔다. 뭐라뭐라 떠들면서 자기네들 자리를 가리키는 걸 보니 합석하자는 의미인 것 같았다. 마리아와 붙어 있던 여자 두 명은 이미 다른 미군들이 데려갔고, 남은 사람은 미자 언니와 나, 또 다른 여자 한 명뿐이었다. 마마의 집에서 같이 나온 사람이니 아마도 줄곧 내 곁에 있었을 터이지만, 이제껏 멍한 상태로 다른 곳에 정신이 뺏겨 있던 나는 여자에게 관심을 둘 새가 없었다. 그제야 비로소 찬찬히 뜯어보니 20대 초반으로 보이는 그녀는 나보다 키가 한 뼘 정도 작고 동그스름한 얼굴에 귀여운 인상이었다. 앳된 얼굴을 가리는 짙은 화장이 아니었더라면 웃을 때 눈꼬리가 살짝 내려가는 애교 섞인 미소가 마치 유복한 집에서 귀하게 자란 아가씨처럼 천진스러워 보였다. 턱 언저리까지 오는 단발머리를 안으로 동그랗게 말고 노란 민소매 원피스를 입은 그녀는 내 눈에도 우리 셋 중에서 제일 사랑스러웠다. 아마도 우리를 부른 미군은 그녀가 마음에 들었기 때문일 거라고 내심 짐작했다.

　"제니 단골이 부르는 거야."

　미군을 뒤따라가면서 미자 언니가 내게 소곤거렸다.

　"저 노란 옷 입은 사람이 제니예요?"

　"응, 원래 이름은 숙희였다나 뭐라나, 아무래도 좋을 그딴 걸 누가 기억하겠니. 저기 소파에 앉아 있는 키 큰 갈색 머리 남자 보이지? 저 사람이 제니 단골 크리스야. 지네 친구들과 같이 와서 여럿이서 함께 놀자고 우릴 부른 거지. 제니는 아까 크리스 찾느라고 마리아 무리를 안 따라간 거고."

크리스라는 남자는 제니가 다가오자 벌떡 일어나 양팔로 그녀를 꽉 껴안았다. 제니도 눈꼬리가 살짝 접히게 웃어 보이며 남자의 품에 안겨 어깨에 머리를 기댔다. 미자 언니와 나는 자동적으로 남은 두 미군의 상대가 됐다. 술기운이 올랐는지 얼굴이 불그스름한 남자가 미자 언니를 옆에 앉혔고, 나는 아까 우리를 이 자리로 안내한 젊은 병사 옆자리에 어색하게 걸터앉았다.

우리가 자리에 앉자 종업원이 기다렸다는 듯 합석한 사람 수만큼 술잔과 음료를 들고 왔다. 테이블엔 이미 반쯤 빈 양주병과 찌그러진 맥주캔이 여럿 놓여 있었다. 내 옆에 앉아 있던 남자가 술잔에 호박색 액체를 가득 따라 내게 건넸다. 처음 보는 음료였지만 그게 술이라는 사실만은 확실했다. 그때까지 나는 술을 입에 댄 적이 한 번도 없었다.

어린 시절 아버지는 술을 입에 달고 살았다. 기억 속에서 가물가물한 아버지는 늘 취한 모습이었다. 술에 잔뜩 취한 아버지는 어머니에게 소리를 지르거나 술병이 도졌다고 누워 있기 일쑤였다. 고작 대여섯 살이었던 내게 몰래 돈을 쥐어 주며 술 사오라는 심부름을 시킨 적도 있었다. 뒤늦게 그 사실을 안 어머니는 보기 드물게 아버지에게 싫은 소리를 했다. 그때 나는 어린 나이에도 술을 많이 마시는 남자에겐 절대 시집가지 않겠다고 다짐했었다. 그런 내 눈앞에 지금 처음 보는 서양인 남자가 술을 들이대고 있었다.

어찌할 바를 몰라 미자 언니 쪽을 바라보니 언니는 눈짓으로 잠자코 마시라는 시늉을 했다. 나는 남자를 향해 작게 도리질을 쳤다. 하지만 남자는 웃는 얼굴로 알아들을 수 없는 말을 지껄이며 내 입술에 술잔을 갖다 댔다. 처음엔 쓴맛이 혀끝을 적시는가 싶더니 곧바로 타는 듯한 강렬함이 목구멍을 타고 흘렀다. 속이 뒤집히는 것 같았다. 모든 술이 이런 맛이라면 대체 왜 모두들 술을 마시는지 이해할 수 없었다. 술잔을 밀어젖히고 연신 콜록콜록 기침을 해대는 나를 본 남자들은 일제히 재미있는 걸 본다는 듯 웃음을 터뜨렸다.

잠시 뒤, 주변의 사물들이 이상하게 빙빙 돌고 있는 것처럼 느껴졌다. 처음 마시는 술 때문인지, 마마가 준 약 때문인지 아니면 그 둘이 합쳐져서인지 이유는 알 수 없었지만 바닥이 아래로 스르르 가라앉고 벽면이 마치 몸체가 흐물흐물한 생명체처럼 내 쪽으로 다가왔다, 멀어졌다를 반복하고 있는 것 같았다. 어느새 내 몸도 의자에서 붕 떠서 공중을 흐느적흐느적 떠다니고 있었다.

몽롱한 내 눈앞에 제니와 미자 언니의 모습이 비쳤다. 크리스는 제니를 무릎 위에 올려놓고 키스하고 있었다. 제니의 얼굴은 크리스와 마주하고 있어서 내 쪽에선 보이지 않았기 때문에 그녀가 어떤 표정을 짓고 있는지는 알 수 없었다. 크리스의 한 손이 제니의 머리칼에서 가느다란 목덜미로, 봉긋한 가슴으로 서서히 옮겨갔다. 크리스는 제니에게서 입술을 떼지 않은 채로 오랫동안 제니의 가슴을 주물렀다. 미자 언니도 옆에 있는 남자와 바짝 몸을 붙이고 있었다. 남자의 한쪽 손은 언니의 허리를 감싸고 있었고, 다른 한 손은 언니의 꽃무늬 치마 사이로 쑥 들어가 있었다.

다른 때 같았으면 민망해서 고개를 돌렸을 법한 풍경을 앞에 두고도 나는 무덤덤했다. 막연히 비정상적이라는 느낌이 들긴 했지만 그사이에 어떠한 가치 판단이나 상식도 비집고 들어올 틈이 없었다. 희뿌옇게 안개가 낀 듯 작동을 제대로 하지 않는 내 머리는 그 무엇을 봐도 놀랍거나 두렵지 않을 것 같았다.

내 옆에 앉은 남자가 어깨에 손을 두르는 감촉이 느껴졌다. 귓가에 뭐라고 속삭이는 말을 들으며 나는 그를 따라 일어섰다. 약과 술기운에 취한 다리는 내가 일어서자 제대로 몸을 지탱하지 못하고 순간 휘청거렸다. 남자가 나를 안다시피 해서 일으켜 세웠다. 순간 내 입에서 킬킬 웃음이 터져 나왔다. 무엇 때문인지는 몰라도 스스로도 키득거리는 웃음을 멈출 수 없었다.

어디에서 기다리고 있었는지 우리가 일어서는 걸 보고 마마네 집에 있던 남자가 달려왔다. 키가 작고 눈가에 흠집이 있는 남자였다. 그는 몸을 제대로 가누지 못한 채 서 있는 나와, 내 허리를 껴안고 부축하고 있는 미군을 재빨리 밖으로 데리고 나왔다. 자리를 뜰 때 누군가가 비아냥 섞인 어투로 "온갖 얌전한 척 다 하더니 제일 빨리 뛰러 가네"라고 한 말을 어렴풋이 들은 것도 같았다.

///////////////

그 일은 생각했던 것보다 빨리 끝이 났다. 눈가에 흠집이 있는 남자가 방에 나와 클럽에서 만난 미군만 남겨둔 채 불을 끄고 나가자, 미군은 허겁지겁 내 옷을 벗기기 시작했다. 나는 여전히 머릿속이 하얗게 빈 상태로 얇은 빨간색 원피스가 스르르 바닥에 떨어지는 것을 멀거니 바라보고 있었다. 지금 이 일을 겪고 있는 사람은 내가 아닌 다른 누군가이고, 나는 나와 조금 닮은 것도 같은 그 사람을 멀리서 지켜보고 있는 것처럼 느껴졌다.

나를 침대에 눕힌 남자는 군복 재킷과 속옷을 벗어버리고 벨트를 끌러 바지를 내렸다. 남자가 팬티와 브래지어 차림인 내 위에 올라탔을 때 나는 반사적으로 눈을 질끈 감았다. 눈을 감으면 이 상황에서 벗어날 수라도 있다는 듯이. 하지만 깜깜한 어둠 속에서도 뺨과 목덜미, 가슴에 와 닿는 남자의 뜨거운 입김에서 도망칠 수 없었다. 얼마 뒤 남자가 찢어버릴 듯 사나운 기세로 팬티와 속옷을 벗겨냈다. 동시에 몸 아래쪽에서 격렬한 통증이 느껴

157

졌다. 뜨거운 냄비를 들다 손을 데거나 찬거리를 손질하다 칼에
베인 적은 있었지만 감고 있던 눈이 반짝 뜨일 것 같은 그 아픔은
이제껏 겪었던 아픔과는 종류가 달랐다. 무언가 묵직하고 날카
로운 것이 여린 살갗을 찢고 들어와 뱃속을 마구 휘저어 대는 것
같았다. 나는 나도 모르게 내 위에 있는 남자를 밀쳐 내려고 했
다. 하지만 그럴수록 그는 바위처럼 무거운 몸을 바짝 밀착시키
면서 팔꿈치로 내 가슴팍을 세게 내리눌렀다. 숨이 콱 막혀 질식
할 것 같았다. 남자가 허리를 아래위로 격하게 들썩일수록 날카
로운 무언가로 찔러 대는 것 같은 통증은 점점 심해졌다.

마마의 말대로 일단 이 방에 들어온 다음부터는 남자가 하자
는 대로 그냥 내버려두는 것 외에 내가 해야 할 일은 없었다. 하
지만 그것이 결코 쉽다고 느껴지지도 않았다. 나는 인형처럼 가
만히 누운 채 솟아나는 눈물을 참으며 남자가 빨리 나를 두고 이
방을 떠나기를, 그래서 이 고통에서 한시라도 빨리 해방되기를
간절히 바랐다.

얼마나 시간이 흘렀을까, 마침내 욕구를 다 채운 듯 남자가
주섬주섬 옷을 챙겨 입고 밖으로 나가는 소리가 들렸다. 나는 미
동도 하지 않고 그대로 누워 있었다. 방금 전까지 몸을 맞대고 있
던 사람이었지만 막상 그가 어떻게 생겼는지 떠올리려 하니 신기
하게도 전혀 기억이 나지 않았다. 온몸에서 힘이 모조리 빠져나
가면서 눈꺼풀이 스르르 감겼다. 그대로 잠이 들어 방금 있었던

일들을 모두 잊어버리고 싶었다. 할 수만 있다면 깊은 잠에서 영영 깨어나고 싶지 않았다. 매일 밤 이런 일을 반복해야 한다면 차라리 영영 눈을 뜨지 않는 편이 훨씬 더 나을 것 같았다.

///////////

얼굴에 쏟아지는 환한 불빛에 간신히 무거운 눈꺼풀을 들어올렸다. 잠시 까무룩 잠이 든 모양이었다. 여기저기 우중충하게 때가 탄 흰색 벽지와 낯선 경대를 보면서 한동안 여기가 어디인지 어리둥절했다. 하지만 마마의 새된 음성과 불에 덴 듯 욱신욱신 쓰리는 아랫도리가 나를 즉시 현실로 돌아오게 만들었다.

"날 새려면 아직 한참인데 기껏 숏타임 손님 하나 물어와 놓고는 언제까지 그렇게 방구석에서 자빠져 있을 거야? 그깟 숏타임 한 번 받아 봤자 5달러도 안 돼. 오늘 너한테 들어간 약값조차 안 나온다고!"

마마는 내 등짝을 철썩 내리치며 방구석 여기저기에 널려 있는 옷가지를 내 쪽으로 집어던졌다.

"발가벗고 길거리에서 손님 끌고 올 생각이 아니라면 빨리 이 옷 걸치고 다시 클럽으로 가. 얼른!"

납덩이처럼 무거운 몸에 겨우겨우 옷가지를 끼워 넣는 동안 맞은편에 사는 마리아가 미군 한 명과 함께 방으로 들어가는 모습이 보였다. 옆방에도 손님이 온 모양인지 침대가 삐걱거리고 벽이 쿵쿵 울리는 소리가 들렸다. 그 방에서 무슨 일이 벌어지고 있을지 생각하니 얼굴이 화끈거려 고개를 푹 숙인 채 침대 시트를 당겨 몸을 가리고 조심스레 옷을 입었다. 마마는 매일같이 보고 들어 아무렇지도 않다는 듯 표정 하나 바뀌지 않고서 내 손목을 확 낚아채 방 밖에 서 있던 남자에게 떠밀었다. 교대로 돌아가며 여자들을 감시하는 모양인지 이번엔 낮에 봤던 험상궂은 남자가 나를 클럽까지 데리고 갔다.

내 방에서 클럽까지 걸어가는 5분 남짓한 거리에도 미군과 팔짱을 끼고 자신의 숙소로 향하는 젊은 동양인 여자들을 몇 번이나 볼 수 있었다. 그들을 지나칠 때마다 나는 고개를 돌려 눈이 마주치는 걸 피했다. 그들이 내 얼굴을 보지 말았으면 좋겠다고 생각하는 것처럼 그들 역시 내가 쳐다보는 걸 바라지 않을 것 같았다. 남자에게 기댄 채 깔깔거리며 지나가는 여자의 웃음소리를 들으면서 나는 그 여자의 눈도 과연 웃고 있을지 궁금했다.

///////////

클럽은 조금 전과 하나도 다를 바가 없었다. 매캐한 연기와 시끄러운 음악 소리, 손님을 잡으려고 필사적인 여자들과 그런 여자들을 훑어보는 남자들의 끈끈한 시선, 탁한 실내를 가득 채

우는 동물적 욕망. 갑자기 가슴이 메슥거렸다. 조금 전까지 나를 지배했던 술기운과 약발이 어느 정도 가셨는지 정신이 서서히 또렷해지고 있었다. 말짱한 정신으로 이곳에서 버티는 건 무언가에 취한 상태로 있을 때보다 더 고통스러웠다.

술을 마시고 있던 흑인 병사 하나가 내 곁으로 다가왔다. 혼자 왔는지, 아니면 일행이 전부 떠났는지 그가 앉아 있는 테이블에 다른 사람은 아무도 없었다. 종업원이 술과 음료를 날랐고 그는 내 잔에 술을 따랐다. 상대만 바뀌었을 뿐 아까와 똑같은 과정을 처음부터 그대로 반복하고 있는 셈이었다. 다행히 그는 내가 고개를 흔들자 술을 억지로 먹이지 않았다.

"롱타임?"

마마가 가르쳐준 말이 도저히 입 밖으로 나오지 않아 아래만 쳐다보고 있는데 생각지도 않게 그의 입에서 말이 먼저 튀어나왔다. 나는 말없이 고개를 끄덕였다. 그러자 그는 더 이상 술엔 미련 없다는 듯 자리를 털고 일어나더니 내게 손짓으로 잠깐만 기다리라는 신호를 보내고 건물 뒤편으로 사라졌다. 화장실에 다녀올 모양이었다.

문득 화장실 쪽을 보니 반대편에 작은 쪽문이 나 있었다. 갑자기 한줄기 희망의 빛이 보이는 것 같았다. 내게 시선을 고정시키고 있던 험상궂은 남자가 다른 쪽을 보고 있다는 걸 알아차린 순간, 나는 자리에서 일어나 살금살금 쪽문을 향해 걸어갔다. 가슴이 쿵쾅쿵쾅 방망이질 쳤다. 당장이라도 누군가가 달려와 내 뒷덜미를 잡아챌 것 같았다. 하지만 그런 일은 일어나지 않았다. 쪽문을 열고 밖으로 나간 나는 크게 심호흡을 하고 신선한 공기를 들이마셨다. 공기가 이처럼 신선하게 느껴졌던 적은 없었다. 나는 서서히 숨을 고르며 스스로를 진정시켰다. 여전히 가슴이 세차게 두근거렸지만 기회는 지금뿐이라는 사실을 잘 알고 있었다.

운 좋게도 쪽문이 연결되는 곳은 번화가가 아니었다. 밤공기가 피부를 차갑게 파고 드는 걸 느끼며 나는 신고 있던 하이힐을 벗어 들고 있는 힘껏 달리기 시작했다. 인적이 드문 밤거리에 탁탁탁 하는 내 발소리가 울려 퍼졌다. 작은 돌조각이 맨발을 파고 들었지만 멈출 수 없었다. 숨이 턱에 닿을 것처럼 가빠왔음에도 머릿속에는 어서 빨리 저곳에서 벗어나야 한다는 생각밖엔 없었다. 한참을 달려 이 정도면 안전하겠거니 생각했는데 등 뒤에서 누군가 내 머리채를 힘껏 잡아당겼다.

"요 발칙한 년이 간덩이가 부었나 어딜 도망가려고 해. 네가 뛰어 봐야 벼룩이지."

언제부터 따라왔는지 나를 지키고 있던 험상궂은 남자가 서 있었다. 곁에 있던 남자의 얼굴 역시 어디선가 본 듯 낯이 익었다. 클럽 안에 있던 사람이었다. 줄곧 카운터에 앉아 있기에 그냥 종업원인 줄 알았는데 이 사람도 클럽을 드나드는 여자들을 감시하기 위해 고용된 모양이었다. 험상궂은 남자의 입가에 비열한 웃음이 번지는 걸 보면서 등골이 오싹해진 순간, 그의 주먹이 내 배를 파고들었다. 나는 헉 하고 앞으로 고꾸라졌다. 별안간 주변에서 공기가 사라진 것처럼 숨을 제대로 쉴 수 없었다. 몸을 웅크린 채 헐떡거리고 있는 나를 이번엔 남자가 등 뒤에서 팔꿈치로 내리쬤었다. 충격을 견디지 못하고 그대로 바닥에 털썩 쓰러지자 그 상태에서 또다시 다른 남자가 허리를 걷어찼다. 비명을 지르고 싶었지만 너무 아파서 신음 소리조차 나오지 않았다. 물 밖으로 끌려 나온 생선처럼 간신히 입술만 뻐끔뻐끔댈 수 있을 뿐이었다.

"이젠 정신이 좀 드냐? 너 같은 년 하나 죽이는 것 정도는 일도 아니야. 미군 기지촌에서 양놈 받는 매춘부 하나 없어졌다고 누가 신경이나 쓸 것 같아? 다음 번에도 이런 짓 하면 그때는 정말로 골로 갈 줄 알아!"

두 남자의 주먹과 발길질이 내 온몸을 공격했다. 한 명이 구둣발로 손을 짓눌러 바닥에 뭉갰을 때는 극심한 고통 때문에 그대로 정신을 잃을 뻔했다. 클럽 종업원 남자가 내 상반신을 일으켜 세우고 따귀를 때리려 하자, 험상궂은 남자가 그를 말렸다.

"임마, 웬만하면 얼굴은 때리지 마. 멍이라도 들면 호객 행위 하기 힘들어. 상품에 흠가면 네가 책임질래?"

그로부터 얼마나 시간이 흘렀는지 모른다. 한참 동안 때리고 나서 그들은 죽은 듯 바닥에 축 처져 있는 나를 일으켜 세웠다. 험상궂은 남자가 내 옷에 묻은 먼지와 발자국을 털며 말했다.

"손님만 없으면 이대로 너랑 재미를 좀 보려고 했는데 아쉽게 됐다. 너도 이제 일해야 하니 슬슬 집으로 돌아가야지? 제대로 서 있기는 힘들어 보인다만 어차피 계속 누워 있을 테니 손님 받는 데는 아무런 지장이 없을 거다."

두 남자는 재미있는 농담이라도 했다는 듯 서로 얼굴을 마주 보며 낄낄 웃었다. 방까지 돌아오는 내내 나는 거의 정신줄을 놓은 상태였다. 온몸의 뼈마디까지 욱신욱신 쑤시는 나를 험상궂은 남자가 질질 끌다시피 해서 이동하는 게 어렴풋이 느껴질 따름이었다. 마마는 맞아서 몸을 가누지 못하는 내가 아니라 스커트 자락이 찢어진 빨간 원피스를 보며 끌끌 혀를 찼다.

"그렇게 안 봤는데 어지간히 손이 가는 애로구나. 아까부터 손님이 기다리고 있었으니까 꾸물거리지 말고 얼른 들어가."

방 안에는 클럽에서 봤던 흑인 병사가 짜증스러운 표정으로 다리를 꼬고 앉아 있었다. 마마는 그에게 연신 고개를 숙이며 사과하더니 나를 방에 밀어 넣고 불을 껐다. 남자가 내게 다가왔다. 그의 거친 숨결이 목덜미에 와 닿는 걸 느끼면서 나는 이번에도 눈을 질끈 감고 그에게 몸을 내맡겼다.

영숙 3

마마네 공동 주택에 들어온 지도 어느새 6개월이 지났다. 처음 한동안은 울지 않고 보내는 날이 하루도 없었다. 새벽까지 일을 하고 손님을 보낸 뒤 잠깐 눈을 붙이고 나면 이미 한낮이었다. 어두컴컴한 쪽방에 드리워진 커튼 사이로 햇살이 비집고 들어올 때면 항상 오늘도 눈이 떠졌다는 사실에, 또 어제와 같은 하루를 살아야 한다는 사실에 절망적인 기분이 됐다. 한번은 국을 뜨면서 눈물을 주르륵 흘렸다가 마마로부터 "청승맞은 짓거리 당장 그만두지 못해!"라는 핀잔을 받고 그다음부터는 방문을 잠그고 혼자 눈물을 훔쳤다. 시간이 지나고 나니 언젠가부터는 더 이상 눈물도 나오지 않았다. 사람의 몸에 저마다 평생 동안 흘리는 눈물의 양이란 게 있다면 나는 이미 그 양을 다 소진한 모양이었다.

그사이 이곳의 생리나 돌아가는 구조도 대충은 이해하게 됐다. 여자들이 클럽으로 일을 하러 나가거나 미군을 데리고 돌아올 때마다 동행하는 남자들은 '기도'라고 불렸다. 일본어에서 따온 말인 것 같았다. 그들은 밤낮으로 공동 주택 주변을 어슬렁거리며 여자들을 감시했고 여자들이 미장원에 가거나 생필품을 사러 갈 때도 항상 옆에 꼭 따라붙었다. 감옥에 갔다 온 과거가 있다는 험상궂은 남자는 이따금 여자들을 탐욕스러운 시선으로 바라보았다. 특히 죽은 엘레나를 마음에 들어 했는데 언젠가 엘레나가 몸이 아파 일을 나가지 못했을 때 강제로 덮친 적도 있다고 했다. 공동 주택 여자들은 "저 인간이 여기서 일하는 이유는 몸 파는 여자들을 마음대로 건드리고 싶어서"라고 소곤거렸다. 그 이야기를 들은 다음부터 남자의 눈빛을 볼 때마다 나는 혐오감으로 몸을 떨었다. 체구가 작달막하고 눈에 흉터가 있는 남자와 호리호리하고 팔뚝에 근육이 잡힌 남자는 알고 보니 먼 친척이었다. 호리호리한 남자는 마마의 그렇고 그런 사이라는 소문이 있었는데 실제로 마마의 별채에서 오랜 시간을 보내곤 했다.

내게 이런 것들을 알려준 사람은 미자 언니였다. 옆방에 살아서 자연스레 가까워진 면도 있지만 미자 언니는 본인도 같은 처지이면서 자기보다 나이가 어린 나를 측은하게 생각했다. '마마'가 영어로 '엄마'를 뜻하는 말이라고 알려준 것도 그녀였다.

"엄마 좋아하네. 저따위 엄마를 두느니 차라리 고아가 되는

166

편이 훨씬 낫겠다."

미자 언니는 조롱이 가득 섞인 어투로 그렇게 내뱉고는 "하긴 우리 친엄마도 마마보다 별로 나을 것도 없었지만……" 하고 씁쓸하게 덧붙였다.

언니가 열 살 무렵, 서른 살도 채 안 된 언니의 엄마는 돈 많은 60대 남자와 재혼했다고 했다. 언니가 어린애 티를 벗기 시작하자 계부가 그녀에게 손을 대기 시작했다. 언니의 엄마는 언니로부터 그 얘기를 듣고서도 "나쁜 꿈을 꿨나 보구나"라고 대수롭지 않게 말했다. 돌이켜 보면 언니의 엄마는 애써 끔찍한 사실을 부정하려 한 것 같았다. 경제적으로 안정된 생활을 포기하고 다시 생활고에 시달리고 싶지 않았을 엄마의 마음이 이해가 안 가는 바는 아니지만 그럼에도 배신감과 실망감을 참을 수 없었다. 밤마다 자신을 더듬는 계부의 손길을 견딜 수 없어서 미자 언니는 집을 나왔다. 하지만 가방끈이 짧고, 기술도 돈도 없는 10대 가출 소녀가 홀로 설 수 있을 만큼 세상은 호락호락한 곳이 아니었다.

"어쩌다 사창가로 발을 디디고 나니까 그다음부터는 이 세계에서 벗어날 수가 없더라. 몇 군데 전전하다가 여기까지 굴러오게 됐지. 몸 파는 일이란 게 어디서건 못해 먹을 짓이지만 그중에서도 여기가 제일 지독한 것 같아."

말투는 덤덤했지만 음성엔 살짝 울음기가 묻어났다. 그런 자신이 머쓱했는지 언니는 품 안에서 담배를 꺼내 한 잎 피워 물었다. 미자 언니는 심한 골초였다. 손님을 받거나 밥 먹을 때를 제외하고 그녀의 입술에 담배가 물려 있지 않은 때는 드물었다. 클럽에서 빈속에 술을 들이붓다가 화장실에 달려가 다 토해낸 뒤에도, 손님을 끌다가 허탕을 친 뒤에도 쓸쓸히 담배를 꺼내 물었다. 감기 기운에 연신 콜록콜록 기침을 하면서도 담배를 손에서 놓지 않았다. 그런 언니의 모습이 안쓰러울 때도 있었지만 이곳에서 버티기 위해선 무언가가 절실히 필요하다는 사실을 나 역시 잘 알고 있었다.

///////////

첫 탈출이 수포로 돌아간 뒤에도 나는 두 번이나 더 도주를 감행했다. 물론 결과는 다 실패로 돌아갔다. 그 대가는 혹독했다. 매번 발각될 때마다 나는 처음 겪었던 것 이상으로 끔찍한 구타를 당해야 했다. 시도가 거듭될수록 폭행의 정도는 점차 심해졌다. 마마네 집이나 클럽에 있는 기도들은 깡패 전력이 있는 이들이 많았다. 어느 부위를 때려야 가장 고통스러울지를 잘 알고 있었다. 매질은 항상 '이러다 죽겠다'고 생각하는 순간에 멈췄다. 두 번의 시도 모두 반주검 상태로 마마네 집까지 실려 오는 걸로 끝을 맺었다.

마지막 탈출 시도 당시 복부를 가격당한 게 잘못됐던지 며칠 간 심하게 하혈한 적이 있었다. 웬만해서는 손님을 받게 하는 마마조차 그때는 나를 일하러 내보낼 수 없었다. 온종일 방에서 끙끙 앓다가 밤에 허기가 져서 주방으로 내려갔다. 공동 주택에 사는 여자들이 일을 나가기 전이나 숏타임을 마치고 다시 손님을 받으러 가기 전 간단하게 요기를 하는 곳이었다. 내가 나타나자 마마는 소리를 빽 질렀다.

"네가 여길 왜 와! 도망가려다 붙잡혀 와서 방에만 처박혀 있는 년이. 일도 안 한 애한테 밥 줄 수 없으니 다시 네 방 가서 자빠져 있어! 밥은 다시 일 나갈 때나 먹을 수 있으니 그렇게 알고!"

시간을 아끼기 위해 뜨거운 국에 밥을 말아 후루룩 들이키던 여자들이 딱하다는 듯 나를 쳐다보았다. 주방 구석에 몸을 움츠리고 있던 나는 식사를 마친 마마가 자리를 뜨자마자 주방 아줌마에게 사정했다.

"아줌마, 찬밥 남은 거 있어요? 배고파 죽을 것 같은데 조금만 주세요, 네?"

"남는 게 어딨어. 다들 얼마나 걸신들린 듯 먹어대는데."

설거지를 하던 아줌마는 내 얼굴을 쳐다보지도 않고 부루퉁한 태도로 대답했다.

"설사 있다고 해도 못 줘. 나중에 너한테 밥 준 걸 알면 마마가 얼마나 난리를 피겠니. 전에도 한번 일 안 나간 아가씨한테 몰

169

래 밥 줬다고 야단났었어. 애들 버릇 나빠지게 한다면서. 나도 월급 받는 처진데 눈치를 안 볼 수도 없고."

절망적인 기분으로 주방을 나와 화장실 세면대의 수돗물을 틀어놓고 배를 채웠다. 텅 빈 배는 물이 들어가니 조금이나마 채워지는 것 같았다. 방에 가서 다시 누워 있으니 물로 가득 찬 배에선 꿀렁꿀렁하는 소리가 났다. 차라리 눈을 붙이면 배고픔을 잊어버릴 것 같았지만 온몸이 쑤시고 아려 잠이 들기도 어려웠다. 고향에 있는 어머니 생각이 났다. 어머니가 생일날 끓여주던 따끈한 미역국과 배가 아플 때 쓰다듬어 주던 따뜻한 손길이 생각나자 이젠 말라붙었다고 생각했던 눈물이 다시 뺨을 타고 흘렀다.

아직까지 집으로 돈을 부칠 때가 되지 않았으니 어머니는 내가 김 사장님 댁에서 쫓겨나 이곳으로 왔다는 사실을 모를 것이다. 어머니는 딸이 사창가에 있다는 사실을 알면 얼마나 기가 막힐까. 얼마나 가슴이 아플까. 하지만 어머니에게 이 사실을 알릴순 없었다. 내 앞으로 달린 빚은 점점 불어났다. 처음부터 꽤 많은 빚을 떠안고 들어온 데다 옷값, 미장원 비용, 생리대까지 모조리 외상 장부에 달렸다. 이자까지 감안하면 매일같이 롱타임 손님을 받아도 1년 안에 다 갚기 어려운 액수였다. 근근이 먹고살면서 남동생 학비까지 대느라 허리가 휠 지경인 어머니로선 도저히 감당할 수 없을 것이다. 식모살이를 하며 정기적으로 쥐꼬리만 한 월급을 떼내 집에 부쳐야 했을 정도로 오히려 내 형편이 그나마 여유로운 편이었다. 안다고 해결될 수 있는 일도 아닌데 어머니에게 쓸데없는 걱정을 끼치고 싶지 않았다.

솔직히 말하면 두려움도 컸다. 어린 시절 이웃에는 일자리를 찾아 서울로 올라간 경자 언니가 있었다. 방직 공장에서 일한다는 언니는 명절이면 꼬박꼬박 선물을 한 꾸러미 들고 고향을 찾았다. 그런데 동네 사람 누군가가 우연히 서울에 갔다가 언니가 술집에서 술 따르는 모습을 목격했다. 순식간에 온동네에 '경자가 알고 보니 서울에서 화냥년 짓을 한다더라'는 소문이 퍼졌다. 얼마 후 언니는 초췌한 모습으로 집으로 돌아왔다. 하지만 언니의 부모님은 밤새 무릎 꿇고 우는 딸에게 결코 문을 열어주지 않았다. 어머니도 내가 기지촌에서 몸을 팔았다는 사실을 알면 똑같이 반응할까? 어머니의 싸늘한 시선을 상상하니 온몸의 피가 차갑게 식어버리는 것 같았다.

'차라리 어머니에겐 이 일을 비밀로 묻어두자. 할 수만 있다면 영영 비밀로 하자.'

속으로 조용히 되뇌었다. 내 가족까지 내게 등을 돌리게 만들고 싶지 않았다. 만약 그런 일이 생긴다면, 그때 무너진 나를 일으켜 세울 수 있는 것은 이 세상에 존재하지 않을 테니까.

누군가 방문을 똑똑 두드리는 소리가 드렸다. 새벽녘인지 창밖으로 희미한 햇살이 비쳤다.

"자니?"

미자 언니였다. 클럽에서 막 돌아오는 참인 것 같았다.

"얼핏 잠들었나 봐요. 언니, 이제 와요?"

언니는 주위를 둘러보더니 지켜보는 눈이 없다는 걸 확인하고 내 방으로 몰래 들어왔다.

"온종일 아무것도 못 먹었지? 자, 여기."

언니는 품에서 초콜릿을 꺼내 내게 건넸다. 하루 꼬박 굶주렸던 배는 먹을 걸 보자 반갑다는 듯 꾸르륵거리는 소리를 냈다. 나는 허겁지겁 포장지를 벗겨 한입 베어 물었다. 달콤함이 입속으로 퍼지며 힘이 하나도 없던 몸에 조금 기운이 솟는 것 같았다. 눈 깜짝할 사이에 초콜릿 한 개가 없어졌다. 하지만 그까짓 초콜릿 한 개로는 굶주린 배를 채우기 턱없이 부족했다. 나는 못내 아쉬운 생각이 들어 빈 포장지를 원망스레 쳐다봤다.

"이거 어디서 얻은 거예요?"

"미군한테서 받았지, 어디서 받았겠어. 걔네들은 부대에 이런 걸 쌓아놓고 사니까 한 번씩 여자들이랑 자고 나서 이런 걸 주기도 하더라구."

문득 언니가 밤새도록 방을 비우고 있다가 이제야 돌아왔다는 데 생각이 미쳤다.

"야산까지 갔어. 클럽에서 본 미군이 무슨 변덕인지 여기 오기 싫다고 하더라고."

마치 내 생각을 읽은 듯 질문을 하기도 전에 언니가 먼저 대답했다.

"따라붙은 기도한테 초입에서 기다리라고 하고선 날 데리고 산속으로 들어가더라. 산에서 자주 훈련을 해서 그런지 그쪽 지리에 아주 훤했어. 끌고 가는 대로 따라갔더니 동료들 여러 놈이 거기서 미리 기다리고 있더라."

나는 언니를 물끄러미 쳐다보았다. 언니의 입에서 뭔가 무서운 이야기가 나올 것 같았지만 말을 막을 수 없었다. 무슨 일이 있었건 간에 미자 언니는 그 일을 다 떨쳐내고 싶어하는 것처럼 보였으니까. 그렇다면 내가 언니에게 해줄 수 있는 일은 잠자코 이야기를 들어주는 것 말곤 없었다.

"땅 밑엔 구멍이 깊게 파여 있었어. 클럽에 간 놈이 여자를 데리고 오는 동안 남은 놈들이 파놓았던 모양이야. 미군들이 산에서 훈련하면 임시로 막사를 만드니까 어쩌면 그때 만들었던 건지도 모르지. 내가 가니까 그들은 구멍 밑에 담요 하나를 던져 넣고 나를 거기에 밀어 넣었어."

"……."

"처음에 한 놈이 나를 따라 들어오더니 먼저 일을 봤어. 그동안 다른 놈들은 술을 마시며 자기 차례를 기다리고 있었고."

"……."

"한 놈이 마치고, 그다음엔 또 다른 놈이 들어오고, 그다음엔 또 다른 놈이……."

"……."

"마지막 놈까지 일을 다 마치고 나니 클럽에서 날 데려간 놈이 롱타임 값으로 15달러를 줬어. 내가 네 명이나 받았으면 네 명 몫을 내야 하는 거 아니냐고 하니까 비웃으면서 배낭에서 초콜릿을 하나 달랑 꺼내주더라. 열불이 나서 이 따위 것 당장 땅바닥에 던져버리고 싶은데 갑자기 나올 때 네가 밥도 못 먹고 쭈그리고 누워 있던 게 생각 나더라고."

나는 말없이 미자 언니의 손을 거머쥐었다. 언니의 손은 차가웠다. 한여름에도 밤에는 기온이 뚝 떨어지는 야산에서 밤새도록 오들오들 떨어가며 미군 네 명을 상대해야 했던 언니를 상상하자 정작 내 목이 메어오는 것 같았다.

"나중엔 클럽에서 만난 놈이 나를 기도가 있는 곳까지 데려 갔어. 기도야 내가 몇 명을 받았는지 알 턱이 없으니 제대로 돈을 치렀다고 생각했겠지. 그 미군은 애초부터 그럴 생각으로 산으로 가자고 했던 모양이야. 나도 굳이 아무런 얘기 안 했어. 기도 새끼가 아무리 힘깨나 쓴다고 한들 총 들고 서 있는 놈 넷이나 상

174

대하려 들진 않을 거고, 결국엔 멍청하게 현장에서 돈도 제대로 못 받아온 내 탓을 할 테니 그러느니 차라리 눈 딱 감고 무료 봉사했다고 생각하는 편이 낫잖아."

대수롭지 않다는 듯 말을 하면서도 언니의 목소리가 파르르 떨렸다. 나는 무슨 말을 해야 할지 몰라 언니의 손만 가만히 쓰다듬었다.

"그래도 한 명 몫이라도 제대로 받은 게 어디야. 미군 따라 산에 갔다가 돈도 못 받고 군인들 먹던 마른 빵이나 담요만 받아 내려온 애들도 있다고 하더라고."

"……."

"그나저나 너나 나나 인생이 참 불쌍타. 미군한테는 멸시당해, 포주한테는 구박당해, 밖에 나가선 양공주라고 무시당해……."

밤새 벌판에서 밤이슬을 맞아서인지 주절주절 넋두리를 하던 미자 언니는 끝까지 말을 마치지 못하고 콜록콜록 기침을 해대기 시작했다.

"언니, 이러지 말고 들어가서 쉬어요. 이러다간 병나겠어."

나는 미자 언니의 어깨를 감싸안았다. 내가 처음에 이곳에 들어왔을 때보다 언니의 어깻죽지가 더 가냘퍼진 걸 느끼면서 가슴 한쪽이 찌릿해졌다.

미자 언니가 없었더라면, 마마네 집에 들어간 직후 급변한 내 삶에 훨씬 더 적응하기 어려웠을 것이다. 언니는 당시 삶의 든든한 버팀목이 되어주었다. 미자 언니 말고도 나를 지지해준 것이 또 하나 있었다. 바로 마마가 내게 줬던 하얀 알약이었다.

첫날 경험에서도 느꼈지만 정체 모를 알약의 위력은 대단했다. 일단 그 약을 먹으면 내 안에 남아 있던 수치심과 두려움이 모조리 사라졌다. 맨 정신 같았으면 결코 입에 올리지 못할 말을 태연히 내뱉을 수 있었고, 겁을 집어먹을 만한 광경도 무심히 바라볼 수 있었다. 생전 처음 보는 낯선 남자, 생김새도 하는 말도 우리들과 완전히 다른 남자와 살을 맞대야 한다는 거부감조차 큰 걸림돌이 되지 못했다. 나는 무감각해졌다. 공장 컨베이어 벨트가 매일같이 당연하게 제품을 찍어내고 조립해서 포장하는 것처럼 나도 기계적으로 클럽에서 남자를 찾고, 그들을 방까지 데려왔다. 그럴 때의 나는 내가 아닌 것 같았다. '수잔'이라 불리는, 나와 다른 별개의 인물이 하는 일을 그저 무덤덤하게 관찰하고 있는 것 같았다. 지금 이곳에 있는 사람이 내가 아니라, 나와 분리된 인물이라는 착각이 나를 버티게 만들었다.

하얀 알약은 통증을 없애는 데도 탁월한 효과를 발휘했다. 마마의 집에서 도망쳤다가 발각돼 초주검이 되도록 얻어맞고 미처 통증이 가시기도 전에 일을 나가야 했을 때, 마마는 내게 또다시 하얀 알약을 건넸다. "어때? 이젠 괜찮지?"라고 묻는 마마에게 나는 고개를 흔들었다. 사람이 그렇게 아플 수도 있다는 걸 나는 그때 처음 알았다. 온몸이 만신창이가 됐다는 게 무슨 뜻인지 그제야 이해가 갔다. 아무리 마법 같은 약이라 해도 내 몸을 지배하는 그 끔찍한 고통을 순식간에 없애주기는 힘들 것 같았다. 마마는 내게 몇 알 더 주면서 한꺼번에 입에 털어 넣으라고 했다. 시간이 어느 정도 흐르자, 씻은 듯이 나았다고 할 수는 없지만 신기하게도 제법 몸을 움직일 수 있는 수준이 됐다. 그렇게 그날도 나가서 돈을 벌었다. 문제는 약기운이 떨어지면 잊고 있었던 통증이 오히려 더 지독하게 나를 괴롭힌다는 것이었다. 그러면 나는 다시 하얀 약을 찾았다. 두 알이 세 알이 되고, 세 알이 네 알이 되고, 내가 미처 자각하지 못하는 사이 숫자는 야금야금 불어났다. 만약 계속 그 약에 의존했더라면 어쩌면 내 삶은 완전히 다른 방향으로 전개됐을지도 모른다. 하지만 나는 비교적 빠른 시간 안에 약이 주는 달콤하고 치명적인 유혹을 끊어냈다. 약을 떨쳐낼 수 있도록 도와준 사람은 의외의 인물이었다.

그날도 나는 일을 나가기 전 화장을 하고 머리를 빗는 것처럼 당연하게 알약을 입에 털어 넣었다. 공동 화장실에서 일을 보고 세면대에서 손을 씻고 있는데 제니가 문 앞까지 와서 할 말이 있다는 듯 나를 쳐다보았다. 미자 언니를 제외하면 나는 마마네 여자 중 어느 누구와도 가깝게 지내지 않았다. 특히 마리아는 경계해야 할 대상이었다. 마리아는 여자들의 일거수일투족을 마마에게 낱낱이 고자질하는 걸로 악명이 높았다. 이곳에 들어온 지 얼마 지나지 않아 나는 공중목욕탕에 갈 때만이 자유 시간이라는 사실을 깨달았다. 어쩌다 한 번씩 외출할 때마다 마마는 감시할 사람을 붙이면서도 꼬치꼬치 나가지 않으면 안 되는 이유를 캐물었다.

하지만 목욕탕만은 예외였다. 일의 특성상 몸의 청결은 필수였다. "얼마 전에도 목욕탕에 가지 않았냐"라고 마마가 싫은 소리를 하더라도 "몸에서 냄새가 나는 것 같아서요"라고 하면 언제나 무사통과였다. 행여나 누군가가 여자들 몸에서 악취가 난다고 불평을 하고 다닌다면 영업에 큰 지장이 올 수밖에 없었다. 감시견처럼 종일 나를 따라붙는 기도들도 여자 목욕탕까지 쫓아올 수는 없었다. 내가 목욕탕에 갈 때면 으레 마리아가 동행했다. 처음엔 우연이라고 생각했지만 얼마 후 마리아가 기도 대신 감시자 역할을 한다는 걸 깨달았다. 마리아는 마마의 심복이었다. 누가 요즘 잔꾀를 부리더라, 누가 뭔가 꿍꿍이가 있는 것 같더라는 소소한 정보를 제공하는 대신 어쩌다 한 번씩 일을 공쳐도 마마의 윽박질을 피해가곤 했다. 다들 그런 마리아를 미워했지만 나는 그녀에게 특별한 악감정이 없었다. 극한 상황에 처하면 저마다 각자의 방식으로 살길을 모색하는 법이니까. 동시에 이곳에 있는 여자들에게 무턱대고 마음을 터놓아선 안 되겠다고 생각했다. 기지촌 안에선 자신에게 잘해주는 미군이 다른 여자를 찾아갔다는 이유로 종종 여자들끼리 싸움이 붙기도 했다. 손님을 빼앗기지 않으려는 생존 경쟁이었다. 오늘의 친구가 내일의 적이 될 수도 있었다. 그런 살얼음판을 걷기 위해선 누구도 믿지 않는 게 상책이었다.

제니도 다른 여자들과 굳이 가까이 지내려 하지 않는 것처럼 보였다. 내가 클럽에서 보았던 제니의 사랑스러운 미소는 영업용이었다. 혼자가 되는 순간부터 제니는 화장을 지우는 것처럼 얼굴에서 웃음기를 싹 지웠다. 가면을 쓴 것 같은 제니의 무표정은 때로는 나를 오싹하게 만들었다. 그날 화장실 앞에서 내게 말을 걸 때도 제니의 얼굴엔 표정이 없었다.

"오늘도 하얀 약 먹었니?"

나는 말없이 손을 씻으며 고개를 끄덕였다.

"너, 그 약이 뭔지 아니?"

"……"

"미자한테 아무 말 못 들었어?"

"무슨 말요?"

"어휴, 오지랖 넓은 척은 다하더니 헛똑똑이 같으니라고. 하긴 걔가 야무진 구석이 있었으면 지 몸도 그렇게 막 굴리진 않겠지. 그렇게 기침을 하면서도 종일 담배를 피고 앉았으니."

확실히 요즘 미자 언니의 기침이 잦아지긴 했다. 하지만 친하지도 않은 사람이 언니 흉을 보는 게 듣기 싫어 나는 잠자코 손을 씻은 뒤 화장실을 나가려 했다. 제니가 그런 나를 붙잡았다.

"그거 세코날이야. '떨순이' 약. 너도 떨순이 되고 싶니?"

떨순이는 근처 다른 포주집에서 일하는 여자의 별명이었다. '패티'라는 영업용 이름이 있었다는데 내가 아는 한 누구도 그녀를 그렇게 부르지 않았다. 떨순이는 클럽에서 손님을 낚을 수 없었다. 소리를 지르고 술잔을 던지며 난동을 부리다 출입 금지를 당했기 때문이다. 그 뒤부터 그녀는 뒷골목에 서서 거리를 오가는 미군들을 붙잡았다. 하지만 창백한 표정으로 사시나무처럼 덜덜 떨고 있는 그녀를 데려가려는 사람은 없었다. 때로는 미군들이 '헬렐레'라고 놀리며 그녀를 지나치기도 했다. 처음 그 말을 들었을 때 나는 그게 영어인 줄 알았다. 하긴 미군들조차 자연스럽게 쓸 정도로 정신을 잃고 몸을 가누지 못하는 헬렐레한 모습은 이곳에서 흔히 볼 수 있는 풍경이긴 했다. 대낮에 떨순이는 골목 어귀에 쭈그리고 앉아 담배를 피곤 했는데, 그때도 마치 밀랍처럼 창백한 그녀는 아편쟁이처럼 온몸을 덜덜 떨고 있었다.

언젠가부터 그런 떨순이의 모습을 볼 수 없었다. 포주가 폐물이 돼 다른 곳에 팔아 치울 수도 없게 된 그녀를 굶겨 죽였다거나 패 죽였다는 흉흉한 소문이 나돌았다. 마약 중독자 매춘부의 죽음을 조사하기 위해 부검 같은 번거로운 일을 감행하려 한 사람은 아무도 없었기에 그의 죽음은 약물 과용으로 인한 사고사로 일단락이 났다.

"네가 먹는 그 약이 공짜인 줄 아니? 마마가 약국에서 타 와서 자기가 지불한 가격을 두 배 뻥튀기해서 우리한테 주는 거야. 이미 네 외상 장부엔 약값만 해도 엄청나게 달렸을걸?"

약기운이 퍼져 몽롱해지는 가운데서도 한 가닥 맨 정신이 돌아왔다. 이렇게 황량한 곳에서 쓸쓸하고 억울하게 죽어갔을 떡순이의 모습 위에 내 모습이 겹쳐지자 갑자기 구역질이 올라왔다. 나는 화장실로 달려가 목구멍에 손을 넣고 먹은 것을 게워내기 시작했다. 한참을 토해내서 위에서 신물만 나올 즈음, 나는 완전히 맥이 빠진 상태로 비칠비칠 세면대로 돌아와 입을 헹궈냈다. 제니는 아무 말없이 그런 내 행동을 우두커니 서서 지켜보고 있었다.

"여기서 벗어나고 싶지? 그럼 단골을 만들어. 네 빚을 갚아주고 여기에서 빼주겠다는 남자가 생기면 이곳을 나가서 그 사람만 상대하면 되는 거야. 약에 취해 헬렐레한 여자는 하룻밤 상대로 그만이지, 누가 큰돈 써 가며 빚을 갚아주고 같이 살려 하겠니? 살아남으려면 어떻게 해야 좋을지 너도 잘 생각해 봐."

제니는 그 말을 남긴 채 더 이상 내게 용건이 없다는 듯 등을 돌렸다.

그날 이후 나는 조금씩 약을 끊으려고 노력했다. 쉬운 일은 아니었다. 약기운을 빌리지 않고 대면해야 하는 현실은 훨씬 가혹했다. 온몸에 벌레가 기어다니는 것 같은 가려움 때문에 꼬박 뜬눈으로 뒹굴다 일을 나가야 했던 적도 있었다. 견디다 못해 마마에게 약을 타러 가고 싶은 충동에 사로잡힐 때면 외상 장부에 달릴 숫자를 생각했고, 그것마저 도움이 되지 않을 때는 고향에 있는 어머니와 남동생을 떠올렸다. 고생 때문에 허리가 휜 애처로운 어머니, 가난한 형편 탓에 또래보다 빨리 조숙해진 남동생을 다시 만나고 싶었다. 그들을 두 번 다시 볼 수 없다고 생각하면 가슴에 뜨거운 것이 치밀어 오르는 것 같았다. 그들과 만나지 못하는 고통에 비한다면 내가 겪고 있는 괴로움은 대수롭지 않았다. 이곳에서 살아서 나가기 위해선 무슨 수를 써서라도 떨순이처럼 되는 일만은 피해야 했다.

다행히 내 중독 정도는 경미한 수준이었다. 가장 끔찍했던 한 주를 넘기고 나니 하얀 알약에 대한 욕구는 서서히 줄어들었다. 더 이상 알약에 의존하지 않고서도 클럽에서 남자들의 손이 내 몸을 훑는 것을 웃으면서 견뎌낼 수 있었다. 시간이 흐르면 어떤 환경에도 적응이 된다는 사실이 무서운 한편으로 다행스러웠다.

그즈음부터 마마에게 외상을 걸어놓고 돈을 타서 집에다 부치기 시작했다. 외상 장부에 적힐 숫자가 커질 걸 생각하면 마음이 무거웠지만, 그동안 꼬박꼬박 집으로 부쳤던 돈이 내 안부를 대신했으니 갑자기 돈이 끊기면 어머니는 내 소식을 궁금해할 터였다. 내가 김 사장님 댁을 나와서 기지촌에서 몸을 팔게 됐다는 사실만은 절대로 어머니가 알게 하고 싶지 않았다. 그래도 더 이상 알약을 먹지 않게 됐으니 그만큼 빚을 질 가능성을 덜었고, 어차피 김 사장님 댁에 있을 때 부쳤던 돈도 액수가 많지 않아 큰 부담은 되지 않는다고 스스로를 위로했다. 빚이 느는 건 내가 조금 더 열심히 손님을 받으면 해결될 일이었다. 한 달에 한 번씩 우체국에 들러 지폐를 넣은 편지를 부쳤다. 이곳에 와서 집으로 처음 돈을 부쳤을 때는 봉투 안에 짤막하게 쓴 편지를 동봉했다. 몇 번이고 썼다 지운 편지엔 김 사장님 댁에서 나와 새로운 집에 식모로 들어갔다고 썼다. 새로 일하게 된 집에서도 잘해준다고, 잘 먹고 건강하게 잘 지내니 걱정 말라고 쓸 때는 눈가에 괸 눈물 탓에 자꾸만 시야가 부옇게 흐려져 몇 번인가 쓰던 걸 멈춰야 했다. 그 뒤부턴 편지 봉투에 그냥 돈만 넣어 보냈다. 거짓말을 한다는 자괴감 때문에 하얀 편지지에 어떤 말도 채워 넣을 수가 없었다.

///////////////

얼마 뒤 제니는 마마네 집을 떠났다. 그녀의 단골인 크리스가 제니의 빚을 다 갚아준 뒤 둘이 따로 살림을 차려 나갔기 때문이다. 조만간 미국으로 돌아갈 크리스는 제니에게 어지간히 반했던지, 그녀와 결혼할 예정이라고 했다. 짐을 싸서 나갈 때 제니는 비로소 활짝 웃었다. 이곳에서 봄 햇살이 살랑거리는 듯한 그녀의 미소를 본 건 그때가 처음이었다. 제니가 신은 빨간 구두가 한낮의 햇빛을 받아 경쾌하게 반짝거렸다. 제니는 그 신발을 신고 어둠 속에서 빛을 향해 또박또박 걸어나갔다.

"저년은 이제 팔자 폈네. 똑같은 고아 출신인데 쟤는 이 생활에서 해방이고, 나는 언제까지 이렇게 살아야 하나. 젠장."

제니의 뒷모습을 지켜보면서 마리아가 억울하다는 듯 중얼거렸다. 하지만 나는 정감 가는 복스러운 얼굴과 특유의 사랑스러운 미소가 아니더라도 제니가 이곳을 나갈 만한 이유는 충분하다고 생각했다. 그녀는 강한 사람이었다. 어떤 상황에서도 자신이 할 수 있는 한에서 최선의 선택을 하기 위해 노력했고 그 결과를 거머쥔 사람이었다. 제니라면 자신이 원했던 것을 이룰 자격이 충분하다고 생각했다. 친하게 지내지는 않았지만 제니는 내게 강한 인상을 남겼다. 미자 언니가 이곳에서 버틸 수 있는 방법을 가르쳐줬다면, 제니는 이곳에서 벗어날 수 있다는 한 가닥 희망을 내게 안겨주었다.

마마네 집을 떠난 건 제니만이 아니었다. 제니가 나간 지 얼마 지나지 않아 미자 언니도 이곳을 떠났다. 미자 언니와의 이별은 갑작스럽게 찾아왔다. 언니에게 나타났던 여러 징후들로 볼 때 사실은 늦건 빠르건 조만간 예정된 일이었던 것인지도 모르지만, 받아들일 준비가 되지 않은 사람들에게 이별이란 항상 갑작스러운 법이었다.

어느 날 정오가 막 지났을 무렵, 창문 쇠창살 사이로 못 보던 차 한 대가 공동 주택 건물 앞에 멈춰 서는 것이 보였다. 눈을 붙여야 할 시간에 제대로 잠을 못 자 노곤한 몸을 뒤척이며 다시 잠을 청하고 있는데 미자 언니가 있는 옆방에서 마마와 낯선 남자의 음성이 들렸다. 어딘지 모르게 심상치 않은 분위기에 살며시 밖으로 나와 보니 미자 언니가 짐 보따리를 들고 힘없이 낯선 남자의 뒤를 따라가고 있었다. 손에 들린 짐 보따리는 그리 크지 않았지만 언니의 단출한 소지품을 전부 집어넣기엔 충분한 크기라는 걸 한눈에 알 수 있었다. 놀란 나는 문이 열려 있는 언니의 방쪽으로 고개를 돌렸다. 언니가 옷걸이에 걸어놓던 검정 코트가, 항상 방바닥에 무심하게 팽개쳐 두던 담뱃갑과 라이터가 보이지 않았다. 내 방과 마찬가지로 최소한의 가구만 깃춰진 썰렁한 방엔 언니가 살았던 흔적이 이미 사라지고 없었다.

"언니!"

나는 문 앞에 벗어둔 구두를 대충 꿰차고 언니를 향해 달려갔다. 내 목소리를 들은 미자 언니는 걸음을 멈추고 나를 향해 희미하게 미소 지었다. 쓸쓸한 미소였다. 핏기 없는 안색 때문에 홀쭉하게 여윈 뺨이 두드러졌다. 가녀린 몸이 마치 한겨울 잎사귀를 모두 떨군 채 들판에 홀로 서 있는 한 그루 나무처럼 위태로워 보였다.

"영숙아, 나 섬에 간다."

언니의 입에서 나온 말에 나는 할 말을 잃었다. 섬은 몸을 파는 여성에겐 더는 밑으로 떨어질래야 떨어질 수 없는 밑바닥 같은 곳이었다. 몸이 아파서 도시에서 더 이상 손님을 받을 수 없게 된 여성들이 처우가 훨씬 열악한 섬으로 팔려갔고, 그곳에서 삶을 마감했다. 섬으로 팔려간 여자들은 두 번 다시 그곳에서 빠져나오지 못했다. 그러니까 섬으로 간다는 의미는, 죽으러 간다는 말이나 마찬가지였다.

"언니, 무슨 일이에요? 어떻게 된 거예요?"

"너도 알지? 내가 얼마 전부터 계속 기침했던 거. 감기라고 생각했는데 감기가 아니었나 봐, 피가 섞여 나오더라고."

언니가 하는 말의 의미를 곧바로 이해했다. 다들 고만고만하게 형편이 어려웠던 고향엔 언니와 같은 사람들이 더러 있었다. 처음엔 기침에 피가 몇 방울 섞여 나오는 정도였지만 나중엔 아예 피를 토하곤 했다. 그들 역시 언니처럼 낯빛이 하얗게 변하고 날이 갈수록 몸집이 여위어 갔다. 그러다 결국엔 세상을 떠났다.

"나, 오래 못 살 것 같아."

아니라고, 그럴 리 없다고 부정하고 싶었지만 그게 거짓말이 라는 것은 나도 언니도 잘 알고 있었다. 언니의 눈빛에서 희망이 란 건 전혀 읽을 수 없었다.

"줄곧 죽고 싶었는데, 이렇게 사느니 죽는 게 낫다고 생각했 는데 막상 이제 곧 죽을 거라고 생각하니 살고 싶어지더라. 살 면서 무슨 그리 좋은 꼴을 봤다고, 이 세상에 미련이 뭐가 있다 고……."

언니는 그렇게 말하며 내게 작별 인사를 했다.

"잘 지내, 나처럼 되지 말고."

나는 발이 그 자리에 뿌리를 내린 듯 꼼짝하지 못하고 언니 를 태운 차가 멀어져가는 모습을 하릴없이 지켜만 보았다. 한 번 쯤 가기 싫다고 반항이라도 할 법하건만 언니는 끝끝내 아무런 저항도 하지 않았다. 언니의 모습은 자신의 운명에 체념하고 순 순히 도살장으로 향하는 송아지를 닮아 있었다.

다른 여자들도 모두 시무룩해져서 언니가 가는 모습을 지켜 봤다. 불안함이 감도는 얼굴을 보니, 잠시나마 같은 공간에서 생 활했던 사람이 떠나갔다는 서운함보다 나도 언젠가 저렇게 될 수 있다는 공포가 그들을 더 우울하게 만드는 것 같았다.

"마리아야, 마마한테 일러바친 거."

멍한 내 귓전으로 누군가의 목소리가 들렸다.

"미자가 화장실에서 피 토하는 걸 보고 곧장 마마한테 달려가 얘기했대. 마마는 병자 데리고 있으면 제대로 일도 못 시키고 다른 애들한테 옮길 수도 있다면서……."

말이 다 끝나기도 전에 나는 무엇인가에 홀리기라도 한 듯 성큼성큼 마리아의 방으로 걸어갔다. 문을 벌컥 열어젖히자 발톱에 매니큐어를 칠하고 있던 마리아가 화들짝 놀란 표정으로 쳐다보았다.

"정말이야? 네가 마마한테 일러바쳤어?"

무슨 영문인지 몰라 어리둥절하던 마리아는 조금 뒤 내가 무슨 말을 하는지 알아들은 것 같았다. 하지만 그녀는 대답하는 대신 발칵 화부터 냈다.

"이게 어디서 목에 핏대를 올리고 지랄이야? 넌 눈에 뵈는 것도 없어?"

"대답해! 네가 일러바친 게 맞냐고!"

"그래, 맞다. 그러면 네가 어쩔 텐데? 병 걸린 거 숨기고 있던 년이 잘못한 거지, 그걸 알린 내가 잘못한 거냐?"

순간 나는 마리아에게 와락 달려들어 머리칼을 잡아 뜯었다. 마리아는 비명을 지르며 벗어나려 했지만 분노로 제정신이 아닌 나를 쉽게 떨쳐낼 수 없었다. 비명 소리를 듣고 마마와 여자들이 몰려왔다. 마마는 새된 소리로 "저게 미쳤나"라고 외치며 내 뒤통수를 철썩철썩 때리기 시작했고 그사이 다른 여자들은 간신히 내게서 마리아를 떼어놓았다. 그러자 전투 의지를 상실한 내 몸에서 힘이 쭉 빠져나갔다.

한 줌 빠진 머리칼을 움켜쥐고 내게 뭐라고 욕설을 퍼붓는 마리아를 내버려두고 나는 방으로 돌아왔다. 이제 더 이상 미자 언니가 새벽녘에 조용히 방문을 두들길 일은 없을 것이다. 내게 괜찮냐고 묻는 언니의 목소리를 들을 수도 없을 것이다. 그 생각을 하자 가슴 한곳이 텅 빈 듯 지독한 상실감이 몰려왔다. 나는 이곳에서 또다시 외톨이가 됐다.

영숙 4 : 1972년

　아침부터 공동 주택 안은 단체로 외출 준비를 하는 여자들 때문에 부산스러웠다. 오전 9시, 평상시대로라면 동틀 무렵까지 일을 뛴 여성들이 한창 단잠을 자고 있어야 할 시간이었다. 하지만 그날은 그럴 수 없었다. 30분 뒤에 열리는 설명회에 참석해야 하기 때문이었다. 잠에서 덜 깬 여자들은 빨갛게 충혈된 눈을 연신 비벼가며 나갈 채비를 하느라 분주했다.

　"에이, 아침부터 잠도 못 자고 이게 뭐하는 짓이야. 우리한테 무슨 볼일이 있다고."

　1호실 안나의 볼멘 투정에 마리아가 "관청에서 높은 공무원들이 나와서 기지촌 여자들한테 설명을 한대잖아"라고 퉁명스럽게 핀잔을 줬다.

"그러니까, 공무원 양반들께서 우리한테 설명할 게 뭐가 있냐고. 미군들 접대하는 건 우리가 자기들보다 훨씬 더 잘 알 텐데."

이번에는 마리아도 뭐라고 할 말이 없었는지 새침해져서 잠자코 머리를 매만졌다.

마마가 방방마다 돌아다니면서 꾸물대지 말라고 독촉을 하는 소리가 들렸다. 관청 공무원이 온다고 해서인지 마마는 살짝 긴장한 모습이었다. 접대 여성들은 한 명도 빠짐없이 모조리 출석해야 하고, 그걸 지키지 않은 포주는 영업에 불이익을 받는다고 하는 걸로 보아 뭔지 몰라도 설명회는 꽤나 중요한 내용을 전달하기 위한 자리인 것 같았다.

설명회가 열린 곳은 우리가 자주 가는 클럽 가운데 하나였다. 매일 밤 현란한 조명 속에서만 보던 그곳을 아침 햇살 아래에서 보게 되자 마치 처음 와 보는 곳인 양 낯설었다. 악단이 연주하는 무대 한복판에는 그 전까지는 본 적 없는 연단이 설치돼 있었다. 아마도 설명회를 위해 주최 측인 관청이나 클럽에서 따로 준비한 모양이었다. 널찍한 홀 안은 이 일대에서 성접대를 하는 여자들로 꽉 차 있었다. 모두들 잠이 부족해 푸석한 얼굴로 끼리끼리 모여 연단 아래 마련된 간이 의자에 지친 엉덩이를 내려놓았다.

나는 일부러 사람들과 조금 떨어진 출입문 근처에 자리 잡고 앉았다. 그 무렵 나는 다른 여자들과 일정한 거리를 두고 지냈다.

미자 언니와 헤어진 이후, 나는 기지촌에서 마음을 터놓을 만한 사람을 찾지 못했다. 설령 그런 사람을 찾는다 해도 언제 어떤 식으로 갑자기 헤어질지 모른다고 생각하니 섣불리 정을 줄 수 없을 것 같았다. 나중에 상처를 입거나 뒤통수를 맞느니 애초에 친구를 만들지 말자, 그렇게 마음먹었다.

행사가 시작되자 기름을 발라 반질반질한 머리를 뒤로 넘긴 남자가 연단 위로 올라왔다. 거리가 제법 떨어져 이목구비가 정확히 보이진 않았지만 대략 50대 중반 정도 된 것 같았다. 그는 마이크를 몇 번 톡톡 두들겨 이상이 없는지 확인하고 "이곳 동두천 기지에서 불철주야로 일하시는 여러분, 이른 아침 시간에 이곳까지 와주셔서 대단히 감사합니다"라고 인사말을 꺼냈다. 어쩐지 국민학교 교장 선생님을 연상케 하는 훈계조의 말투였다. 내가 다닌 국민학교에서 교장 선생님은 매주마다 많지 않은 전교생들을 운동장에 전부 모아놓고 부모님께 효도해라, 교칙을 잘 지켜라 같은 훈시를 한 시간 넘게 하곤 했다.

"얘, 불철주야가 뭔 말이니?"

앞에 앉은 짧은 파마머리 여자가 옆자리 긴 생머리 여자에게 소곤거렸다.

"난들 아냐, 왜 사람 잠도 못 자게 불러놓고 알아듣지도 못할 말을 하는지 모르겠네."

마이크를 잡은 남자는 연단 아래쪽의 심드렁한 분위기를 아는지 모르는지 개의치 않고 말을 이어 나갔다.

"여러분, 연일 노고가 많습니다. 오늘 제가 이렇게 여러분 앞에 선 것은 여러분들의 노고를 치하하기 위해서입니다. 여러분들이 힘써준 덕분에 이곳 기지촌은 밤마다 미군들이 찾는 불야성을 이루고 있습니다. 여러분들이 하는 일은 우리나라가 달러를 벌어들이는 데 크게 이바지를 하고 있습니다. 긍지를 가지십시오. 여러분은 우리나라를 부자로 만들기 위해 밤낮없이 일하는 애국자, 애국자들입니다!"

나는 멍하니 남자를 쳐다보았다. 아무리 가방끈이 짧은 나라도 나라를 위해 몸 바친 애국자들은 사람들로부터 존경을 받아 마땅하다는 사실을 알고 있었다. 하지만 우리는 애국자에게 걸맞은 처우를 받은 적이 단 한 번도 없었다. 마마는 우리들을 돈벌이를 위한 노예처럼 다뤘다. 길거리에서 우리와 마주치는 사람들은 "양공주"라고 목소리를 낮춰 말하며 흉을 보았다. 애당초 기지촌에 들어와 몸을 팔게 된 것이 어째서 비극적인 일이 아니라 애국이라는 건지 납득이 가지 않았다. 다른 이들도 나처럼 어안이 벙벙한 표정이었지만 연설은 계속됐다.

"여러분의 노력으로 우리나라 외화 수입은 크게 늘었지만 아직 여기에 안주할 수는 없습니다. 이젠 우리도 일본처럼 잘살아봐야 하지 않겠습니까? 그러려면 더욱 더 많은 미군을 손님으로 받아서 더 많은 달러를 벌어들여야 합니다. 여러분, 그러려면 혹시나 여러분의 기분을 거스르는 행동을 하더라도 절대 미군들한 테 욕하지 마십시오. 미군들이 해달라는 대로 서비스도 뭐든 다 해주십시오. 미군이 클럽에 들어오는 걸 보면 '바이 미 드링크^{Buy} ^{me drink}!'라고 소리치십시오. 그래야 이 지역에 달러가 들어오고 우리나라가 부유해집니다. 우리나라가 잘살아야 여러분 가정도 다 잘살게 되는 것 아니겠습니까!"

남자가 목에 핏대를 올리며 큰소리로 열변을 토하자 주변에 있던 수행원들이 일제히 열렬히 박수를 치기 시작했다. 얼떨떨 한 표정으로 자리에 앉아 있던 여자들도 슬금슬금 눈치를 보며 덩달아 박수 부대에 동참했다.

"헛소리하고 자빠졌네."

내 옆에서 어이없다는 듯 중얼거리는 여자의 낭랑한 음성이 들렸다. 커다란 눈망울에 뽀얀 피부, 얼마 전 옆방에 새로 들어온 여자였다. 내가 돌아보자 심드렁한 표정으로 다리를 꼬고 앉아 있던 여자는 "그렇지?"라고 동의를 구하는 것처럼 생긋 웃어 보 였다. 그렇게 경아는 내 삶 속으로 걸어 들어왔다.

///////////////

미자 언니의 방은 두 달간 빈 채로 남아 있었다. 언니가 떠난 뒤 나는 의식적으로 옆방을 쳐다보지 않으려 했다. 그곳에 언니

194

가 없다는 사실을 다시 한번 확인하고 싶지 않았다. 언니가 없는 방은 조용했다. 언니가 이따금씩 흥얼거리던 철 지난 유행가, 새벽녘에 들리던 기침 소리가 더 이상 들리지 않았다. 내가 굳이 의식하지 않으려 해도 언니를 잃은 방은 그런 식으로 언니의 부재를 내게 알리고 있었다.

며칠 전 그 방에 새로운 입주자가 들어왔다. 경아였다. 누가 오든 아무런 관심이 없는 나였지만 얼굴을 보는 순간 여자인 나조차도 눈을 뗄 수가 없었다. 이목구비가 또렷한 게 인형처럼 예쁜 여자였다. 그린 것처럼 좌우대칭이 완벽한 갸름한 작은 얼굴에 쌍꺼풀이 뚜렷하게 진 커다란 눈망울이 새까만 흑진주처럼 반짝반짝 빛났다. 어깨까지 내려오는 칠흑 같은 곱슬머리와 대조적으로 새하얀 피부는 투명해서 속이 비칠 것 같았다. 뼈대가 가늘어 연약하게 보이는 여자의 키는 평균 정도였지만 비율이 좋아서 실제 키보다 더 커 보였다.

훗날 경아의 과거를 알게 된 후, 경아의 외모가 그렇게 두드러지지 않았더라면 그녀의 인생이 달라지지 않았을까 하고 생각한 적이 있었다. 경아의 아버지는 자수성가한 사업가였다. 2층 양옥집에 살면서 과외 교사를 붙여 공부한 적이 있을 정도로 경아는 유복한 삶을 누렸다. 더욱이 그녀는 당시로썬 보기 드물게 무남독녀 외동딸이었나. 경아의 어머니도 아들을 낳기 위해 여러 번 시도했지만 경아를 제외하곤 번번이 유산하고 말았다고 했다. 결국

195

부모님은 아들을 포기했고, 경아는 외동딸로 부모님 사랑을 듬뿍 받으며 성장했다. 하지만 부도 위기에 몰린 아버지가 질 나쁜 사채업자에게 돈을 빌리면서 경아의 앞날에 구름이 끼기 시작했다. 빚쟁이들이 깡패를 대동한 채 집에 쳐들어와 물건을 때려 부숴놓고 가는 일이 잦아졌다. 그들이 떠난 뒤면 아버지는 밤새 술을 마셨고 어머니는 머리를 싸매고 끙끙 드러누웠다.

경아가 부모님을 마지막으로 본 날, 아버지와 어머니는 오랜만에 평화로운 얼굴을 하고 있었다. 모든 걱정거리를 해결한 것처럼 후련한 그들의 표정을 보고 경아는 경제적 문제가 해결됐나 보다고, 다시 과거의 정상적인 생활로 돌아갈 수 있을 거라고 생각했다. 가족들은 고기를 구워 먹으면서 모처럼 즐거운 저녁 식사를 했다. 그게 가족이 함께한 마지막 식사일 줄 경아는 짐작조차 하지 못했다. 부모님이 세 식구의 동반 자살을 준비하고 있었다는 사실도. 그날 부모님은 식사에 수면제를 넣고 집 안에 연탄가스를 피워 자살했다. 한밤중 우연히 잠에서 깨 가스를 피해 안마당으로 나온 경아만이 살아남았다. 병원에서 정신을 차린 경아를 기다리고 있던 것은 산더미 같은 빚과 부모님이 죽었다는 소식이었다. 사채업자들은 돌봐줄 친척이 없는 고등학생 경아를 사창가에 팔아넘겼다. 경아의 신분은 부유한 사업가의 외동딸에서 윤락녀로 수직 추락했다. 2년 전 이 세계로 들어온 경아에게 마마네 집은 두 번째로 몸을 의탁한 업소였다.

내가 만약 경아와 같은 상황이었더라면 어땠을까. 경아와는 비교도 되지 않는 가난한 집에서 자랐지만 마마네 집에 처음 왔을 때 내가 느꼈던 자괴감과 비참함은 이루 말할 수 없었다. 하물며 경아가 느꼈을 상실감은 나와 비교할 수도 없을 터였다. 하지만 경아는 겉으론 전혀 그런 내색을 하지 않았다. 처음부터 그랬던 것처럼 침착하게 일을 나갔고 혼자 있을 때면 방에서 조용히 책을 읽었다.

경아가 클럽에 나타날 때면 사람들의 시선은 모두들 자연스럽게 그녀에게 쏠렸다. 클럽에서 경아는 '나탈리'라는 이름으로 불렸다. 왜 그 이름이 붙었는지는 알 수 없지만 나중에 나탈리 우드라는 할리우드 배우의 사진을 발견했을 때 경아에겐 나탈리 말고 더 잘 어울릴 만한 이름은 없겠다고 생각했다. 경아는 굳이 자기가 나서서 손님을 유혹할 필요가 없었다. 오히려 그녀를 한번 품어 보려는 욕망에 들뜬 남자들이 앞다퉈 경아에게 다가갔다.

하지만 안타깝게도 경아는 제니 같은 현실적인 영악함을 갖추지는 못했다. 경아에게선 언제나 적국에 볼모로 끌려온 공주님 같은 특유의 적대적이고 도도한 분위기가 감돌았다. 더러는 오히려 그걸 매력으로 보는 사람들도 있었지만 "매춘부 주제에 얼굴 반반한 것 믿고 콧대만 높아서는" 하고 욕을 먹는 일도 적지 않았다. 그래도 경아는 개의치 않았다.

언젠가 둘이서 목욕탕을 가는 길에 우리를 가리키며 "갈보,

갈보, 양갈보!"라고 놀리고 달아나는 사내아이와 마주친 적이 있었다. 그런 일을 당하면 언제나 그랬듯 나는 꼬마를 외면하고 걸음을 서두르려 했다. 그런데 놀랍게도 경아가 재빨리 도망치려는 아이를 꽉 붙잡았다. 갑작스러운 반응에 당황했는지 서둘러 몸을 빼내려고 발버둥치는 아이를 두 팔로 단단하게 붙잡고, 경아는 아이의 두 눈을 똑바로 쳐다보았다.

"방금 뭐라고 했니? 다시 한번 말해 봐."

아이는 경아의 강한 눈빛에 주눅이 들었는지 입속으로 말을 우물거릴 뿐 내뱉지 못했다.

"아까는 잘도 말하더니 지금은 왜 못 해? 듣는 사람 앞에서 자신 있게 할 수도 없는 말도 뒤에서 하면 켕길 게 없나 보지?"

그때 저만치 떨어져 있던 아이 엄마가 질색하고 달려와 둘을 떼놓았다.

"양색시 주제에 남의 애 데리고 지금 뭐 하는 짓이야? 얘가 무슨 못할 말이라도 했어? 그러면 네가 양공주지, 양공주 아냐?"

얼굴이 빨개져서 핏대를 올리는 아이 엄마에게 경아는 또박또박 대꾸했다.

"몸 팔아서 돈을 벌고 있지만 남들한테 손가락질당할 정도로 잘못한 건 하나도 없어요. 장애가 있는 사람들에게 '병신'이라고 욕하는 건 잘못이잖아요. 그런데 왜 우리 앞에서는 양공주니 뭐니 하고 욕을 하죠?"

할 말이 궁했는지 엄마는 경아를 째려보며 "아우, 재수가 없으려니" 하고 아이를 데리고 서둘러 자리를 떴다. 경아는 모자가 시야에서 사라진 후에야 곁에서 어찌할 바를 모르고 서 있는 나를 의식한 듯했다.

"영숙아, 앞으로 이런 일이 있으면 그렇게 피하지만 말고 고개 들고 당당히 맞서. 주눅 들 필요 없어. 우리한테는 잘못이 없으니까. 잘못은 우리를 이렇게 만든 사람들한테 있는 거야."

경아의 말은 나를 향해서가 아니라 스스로에게 들려주기 위한 것처럼 들렸다. 나는 그때 경아가 의연함을 유지할 수 있었던 비결이 그녀의 자존심이라는 사실을 깨달았다. 내가 흰 알약에, 미자 언니가 담배에 의존했던 것처럼 나락으로 떨어진 경아를 그때까지 지탱해준 것은 그녀의 강한 자존심이었다.

///////////////

일단 말을 트기 시작하자 나는 동갑내기인 경아와 빠르게 가까워졌다. 일이 없을 때면 우리는 둘 중 누군가의 방에서 나란히 어깨를 맞대고 앉아 도란도란 이야기를 나누곤 했다. 살아온 날들과 현실의 갑갑함에 대해서. 미래가 화제에 오르는 때는 거의 없었다. 우리에게 장밋빛 미래란 손에 넣을 수 없는 환상처럼 느껴졌다. 그랬기에 경아가 꼭꼭 숨겨왔던 자신의 꿈을 얘기했을 때 나는 조금 놀랐다.

경아가 혼자 자기 방에서 읽곤 하던 책의 제목은 『제인 에어』였다. 낡은 책은 여러 차례 반복해서 읽은 듯 여기저기 손때가 묻어 있었다.

"내가 제일 좋아하는 소설이야."

신기한 듯 책장을 넘기는 나를 보며 경아는 그렇게 말했다. 내가 아는 한 기지촌에서 소설책을 읽는 여자는 경아밖에 없었다.

"무슨 얘기야?"

"……우리 같은 여자애 이야기."

"미군 기지촌에서 일하는 여자야?"

경아는 후후 웃었다.

"아니, 그건 아니지만 부모가 없는 어린 여자애가 심보 고약한 친척집과 가학적인 학교에서 구박당하고 학대를 받으면서도 꿋꿋하게 견딘다는 내용이야."

듣고 보니 제인 에어라는 여자가 우리 처지와 크게 다를 바 없는 것 같기도 했다.

"그래서 그 여자는 나중에 행복해져?"

"응."

"잘됐네, 나는 불행한 얘기는 싫어."

우리는 잠시 각자의 생각에 빠진 채 침묵을 지켰다. 얼마 후 경아가 불쑥 말했다.

"영문과에 가고 싶었어."

"⋯⋯응?"

"만약 우리 집이 그렇게 되지 않았다면 대학에서 영문학을 전공할 생각이었어. 어릴 때 『제인 에어』를 읽고 나서 영어로 된 소설들이 좋아졌거든. 대학에서 내가 좋아하는 이야기를 마음껏 읽고 싶었어."

대학은 나와는 너무 거리가 먼 곳이었다. 하지만 한껏 멋을 낸 여대생 경아가 영어로 된 책을 껴안고 강의를 들으러 가는 모습을 상상하니 썩 잘 어울릴 것 같았다.

"사채업자들이 돈 될 만한 건 다 가져갈 때 나는 이 책을 챙겼어. 내가 예전에 어떤 사람이었다는 걸 잊지 않으려고. 어차피 그 사람들은 헌책 따위 관심도 없었을 테지만."

대화가 점점 울적한 방향으로 흘러간다 싶었는데 경아가 갑자기 장난스럽게 쿡쿡 웃었다.

"내가 사채업자들 몰래 가져온 게 또 뭐가 있는지 볼래?"

"뭔데?"

경아는 난데없이 훌렁 윗옷을 벗고 속옷 바람이 된 다음, 브래지어의 한쪽 가슴 아래 솔기 부분을 살짝 뜯었다. 속옷 안에서 굵직한 녹색 알이 박힌 반지 하나가 데굴데굴 떨어져 나왔다. 나는 그 반지를 집어 들어 손바닥에 올려놓았다.

"어머니가 끼던 반지야. 사채업자들한테 시달릴 때 전당포에 맡길 만한 건 죄다 맡겼는데 이건 끝까지 간직한 걸 보니 소중한 추억이 있는 물건이었나 봐. 아니면 별로 비싸지 않거나. 어느 쪽인지는 끝까지 알 수 없게 됐네."

"예쁘다. 네가 끼고 다니면 잘 어울릴 것 같아."

"사창가에 가기 전에, 집에서 내 옷가지를 가져오면서 사채업자들 몰래 어머니가 반지를 보관하던 곳에서 이걸 챙겼어. 혹시나 들키면 빼앗길까 봐 속옷 속에 넣어 왔지. 그 뒤부터 쭉 속옷 안에 꿰매서 간직하고 있어. 어머니의 유일한 유품인데 포주나 누가 가져가면 안 되니까. 이걸 몸에 지니고 다니면 어쩐지 어머니가 날 지켜주고 있는 것 같은 기분이 들어."

나는 고개를 끄덕였다. 불운은 경아에게서 많은 것을 앗아갔다. 나 역시 마찬가지지만 적어도 내겐 가족만은 남아 있었다. 그런 생각을 하니 어쩐지 경아가 안쓰러워졌다. 말없이 고개를 숙이고 반지를 만지작거리던 경아가 얼굴을 들었다.

"나, 나중에 꼭 미국에 갈 거야."

"미국?"

"응. 괜찮은 미군과 결혼해서 이 지긋지긋한 곳을, 이 나라를 뜰 거야."

나는 제니의 얼굴을 떠올렸다. 크리스와 살림을 차려 마마네 집을 떠난 제니. 경아는 내게 "너는 어때? 미국에 안 가고 싶어?"라고 물었다.

"난 싫어."

"왜?"

"누가 빚을 갚아준다면 당장 마마네에서 나가고 싶지만 한국을 떠나긴 싫어. 어머니랑 남동생이 전부 여기 있는 걸."

"그렇겠네, 하지만 나는 아니야. 내가 한국에 머물러야 할 이유는 하나도 없어. 언젠가는 꼭 미국에 가서 '양공주'라는 낙인을 다 떨쳐버릴 거야."

경아처럼 예쁜 애라면 분명히 그녀를 좋아해주는 사람을 만나서 꿈을 이룰 수 있을 것 같았다. 아니, 그렇게 믿고 싶었다. 나는 경아에게 "응, 틀림없이 그렇게 될 거야"라고 했다.

"예쁜 아이도 낳아서 구질구질한 과거는 전부 잊어버릴 거야."

"응."

"어쩌면 그곳에서 학교를 다니게 될 수 있을지도 몰라. 그러면 한국이 아닌 미국에서 제대로 영문학 공부를 하게 되겠지?"

"응."

"너도 좋은 남자 만나서 이곳을 나간 뒤, 그때쯤이면 애 엄마가 돼 있을 거야. 둘? 어쩌면 셋쯤 낳았을지도 모르지."

"응."

"그러면 꼭 나 보러 미국에 놀러 와야 한다?"

"응."

그때 우리기 나눴던 얘기들이 현실로 일어날 가능성이 얼마나 희박한지, 얼마나 불가능에 가까운지는 우리 스스로가 가장 잘 알고 있었다. 하지만 경아와 나는 마치 언젠가는 당연하게 이뤄질 일이라는 듯 각박한 현실에 꿈을 덧입혔다. 누구나 가슴 한 켠엔 꿈을 간직하고 산다. 우리라고 예외일 수는 없었다. 어쩌면 악몽 같은 현실을 하루하루 살아가야 하는 우리들이야말로 그 현실에서 잠시라도 눈을 돌릴 수 있는 꿈이란 게 꼭 필요했다. 비록 그것이 헛된 희망에 불과할지라도. 우리는 그렇게 한참 동안 둘만의 소설을 써 내려갔다.

경아는 내게 친구이자 선생님이었다. 비록 중퇴했지만 고등학교까지 다녔던 경아는 내게 여러가지를 가르쳐줬다. 클럽에서 연주하는 음악이 재즈라고 한다는 사실을 알려준 이는 경아였다. 정식으로 영어를 배운 적이 없는 내게 알파벳을 읽고 쓰는 법과 기초 영단어를 알려준 이도 경아였다. 경아가 기뻐하는 모습이 보기 좋아서 나는 경아가 알려주는 대로 열심히 암기했다. 때로는 경아가 내게 해준 것만큼 내가 경아를 위해 해줄 수 있는 일이 없다는 사실이 속상했다. 하지만 경아는 전혀 개의치 않았다. 내게 베풀 수 있는 것만으로도 충분히 행복하다는 듯이.

누구도 기지촌 같은 지독한 환경에서 오롯이 자기의 의지력만으로 버틸 순 없었다. 심지가 강하고 자존심이 센 경아도 마찬가지였다. 그녀는 지친 삶을 위로해줄 친구가 간절히 필요했다. 그녀에게 나는 그저 곁에 있어주는 것만으로도 위안이 되는 존재였다. 내가 그 사실을 깨달은 때는 경아가 이미 떠나고 난 뒤였다.

///////////

가끔씩 내 인생을 송두리째 바꿔놓았던 날들에 대해 생각해
본다. 그런 날에도 변함없이 해가 떴고 변함없이 하늘은 파랬다.
나 역시 앞으로 다가올 일에 대한 실낱 같은 예감도 없이 여느 때
와 마찬가지로 하루를 시작했다. 그날도 마찬가지였다. 늦은 아
침 시간, 지친 몸을 일으켜 밥 한술 뜨기 위해 주방으로 내려가려
하는데 밖에서 웅성거리는 소리가 들렸다. 마마가 낯선 사람들
에게 뭔가를 한참 설명하고 있었다. 안절부절못하는 마마의 음
성엔 당황한 기색이 역력했다.

"그럴 리가 없다니까요. 뭔가 오해가 생긴 게 틀림없어요. 꼬
박꼬박 검사를 하고 있는데⋯⋯."

"당사자가 그렇게 지목했다잖아. 여기 아가씨랑 하고 나서
걸린 것 같다고."

"그러니까 그게 말이 안 된다고요. 얼마 전까지 아무 문제가
없다고 나왔는데 어떻게 우리 애들 잘못이래요? 다른 데서 옮았
을 수도 있잖아요."

"여기 아가씨들이 검사 결과 나온 다음 걸렸을 수도 있잖아.
하여튼 절차가 그러니 일단 데려가는 수밖에 없어. 계속 그렇게

뻗댈 거면 영업 정지시킬 수도 있으니까 빨리 안내해!"

마마는 어쩔 수 없다는 듯 방문객들을 이끌고 공동 주택 안으로 들어왔다. 군복 차림의 미군 한 명과 통역병처럼 보이는 한국인 한 명, 또다른 일행인 눈매가 사나운 남자는 아까 마마와 실랑이를 벌이던 사람이었다. 인상이나 행동거지를 보니 아무래도 경찰인 것 같았다. 어두컴컴하고 좁은 실내를 뚜벅뚜벅 걸어 들어온 그들의 발걸음이 나와 경아의 방 앞에서 딱 멈추었다. 경찰처럼 보이는 남자가 어리둥절한 나를 한번 힐끗 쳐다보더니 곧장 경아의 방 문을 확 열어젖혔다. 막 일어난 듯 잠이 덜 깬 눈으로 이쪽을 돌아본 경아는 문밖에 있는 사람들을 보곤 화들짝 놀란 표정을 지었다.

미군이 통역병에게 들고 있던 책을 보여주며 뭐라고 하자, 통역병이 마마에게 나와 경아를 가리키며 "여기 사진 속 두 여자, 이 두 사람 틀림없지요?"라고 물었다. 미군이 들고 있던 책은 기지촌 여성들의 얼굴 사진, 이름과 소속 업소명이 적힌 책자였다. 미군 부대 내에는 군인들의 성병 관리 감독을 위해 이런 책자들이 몇 권씩 비치돼 있었다. 마마가 마지못해 고개를 끄덕였다. 경찰이 방 안에 들어가 경아를 끌고 나왔다.

"왜 이러세요? 저 검진 패스 있어요. 보여드릴까요?"

심상치 않은 분위기에 경아가 허둥지둥 다시 방으로 들어가 패스를 들고 나오려고 했다. 패스는 기지촌 여자들이 갖고 다니는 일종의 신분증이었다. 여자들은 매주 보건소에 가서 성병 검진을 받고 자신의 얼굴이 나온 사진과 일련번호가 찍힌 패스에 확인 도장을 받았다. 클럽에 출입할 때는 '내 몸은 깨끗하다'는 표시로 패스를 가슴에 달아야 했다.

검진은 대체로 규칙적으로 이뤄졌지만 항상 그런 것만은 아니었다. 병에 걸린 여자들도 검진을 건너 뛰고 클럽에 가서 손님을 찾곤 했다. 경찰과 미군이 '토벌'이라는 이름으로 기지촌 합동단속을 벌일 때는 경찰에 뇌물을 먹인 클럽 측이 미리 소식을 전해 듣고 포주에게 "며칠날 토벌하니 그날 아픈 아가씨들 보내지 말라"고 귀띔하는 일도 있었다. 해당 일이 되면 포주는 검진 도장을 받지 않은 여자들을 집 안의 눈에 띄지 않는 곳에 숨겨 놨다.

"컨택contact이 들어왔어."

경찰처럼 보이는 남자가 그런 경아를 저지하며 퉁명스럽게 말했다. 경아와 나는 눈이 휘둥그레져서 서로를 마주 보았다. '컨택'은 성병에 걸린 미군이 기지촌 여자 중 누구와 관계했다고 콕 찍어 지목하는 행위였다. 부대 내에 있는 기지촌 여자의 사진첩은 그때를 대비해 비치해두는 것이었다. 만약 지목되면 무조건 병이 있는 것으로 간주돼 치료 시설에 수용됐다. 그렇기 때문에 미군들이 앙심을 품고 자기가 싫어하는 여자를 일부러 고르는 경우도 있었다. 킨택에 걸리지 않기 위해서라도 여자들은 자기가 상대하는 미군의 심기를 거슬러서는 안 됐다.

"컨택이라니, 그럴 리가……."

믿을 수 없다는 듯 세차게 고개를 흔들던 경아가 집히는 구석이 있었는지 "아……" 하고 말꼬리를 흐렸다. 나도 짐작되는 바가 있었다. 얼마 전, 클럽에서 경아에게 유난히 집적거렸던 미군이었다. 인물은 비교적 멀끔했지만 어딘지 모르게 느낌이 좋지 않았다. 경아도 그렇게 느꼈는지 그를 외면한 채 나를 데리고 다른 테이블에서 술을 마시고 있던 무리에 합석했다. 하지만 그는 집요했다. 경아가 화장실에 다녀오는 사이 문 앞에서 기다리고 있다 입을 틀어막고 구석으로 끌고 갔다. 때마침 손을 씻으러 가던 내가 미군이 경아를 벽에 밀어붙이는 걸 발견하곤 소리를 지르며 둘을 떼놓으려 했다. 그는 나를 밀치며 경아와 내게 발길질을 해댔지만 발버둥치는 두 여자를 한꺼번에 상대하기엔 무리였다. 어수선한 분위기를 감지한 사람들도 몰려들었다. 사람들이 자신을 에워싼 걸 본 그는 결국 하던 일을 포기하고 클럽 문을 나서며 영어로 욕설을 내뱉었다.

"빌어먹을 창녀들 같으니라고. 두고 봐라, 너네들 가만두지 않을 테다!"

그때만 해도 그 일이 이런 파장을 불러올 줄은 짐작조차 하지 못했다. 확인 절차를 마친 남자들은 죄인을 연행할 때처럼 거칠게 나와 경아를 등 떠밀었다.

"필요한 물건은 나중에 여기 사람들한테 부탁해 면회 때 받도록 하고 얼른 차에 타. 거기엔 숟가락이 없으니 받을 물건에 숟가락도 꼭 챙기고."

호랑이한테 물려가는 양이 사냥개에게 도움을 청하는 심정으로 나는 애원하듯 마마를 바라보았다. 하지만 마마도 난감한 표정으로 잘근잘근 입술을 물어뜯고 있을 뿐 속수무책이었다. 우리가 갈 곳이 어디인지 알고 있기에 차를 향해 한걸음 한걸음 내디딜 때마다 다리는 후들후들 떨렸다. 할 수만 있다면 경아의 손을 잡고 골목을 내달려 그대로 달아나고 싶었다. 하지만 그래봤자 몇 미터 가지도 못하고 붙잡힐 게 불 보듯 뻔했다.

차는 골목 입구에 서 있었다. 버스만 한 크기의 차 안은 이미 여자들로 꽉 차 있었다. 무방비 상태로 댓바람에 끌려 나온 탓인지 다들 얼굴이 푸석푸석하고 머리가 부스스했다. 우리는 여자들 틈 사이에서 빈자리를 찾아 나란히 앉았다. 슬쩍 옆을 쳐다보니 꼿꼿하게 등을 곧추세운 경아는 눈도 깜빡이지 않고 정면에 시선을 고정시키고 있었다. 흐트러짐 없는 모습이었지만 경아의 온몸은 잔뜩 긴장해 경직돼 있었다.

근처에서 훌쩍거리는 여자의 울음소리가 들렸다. 우리와 마찬가지로 미군에게 지목되거나 토벌에 걸린 사람일 터였다. 아직 열 대여섯으로 밖에 안 보이는 여자는 연신 코를 훌쩍이며 울고 있었다. 이미 퉁퉁 부어오를 대로 부은 눈이 여자가 줄곧 울고 있었다는 사실을 말해주고 있었다.

"야, 좀 조용히 안 할래? 안 그래도 심란해 죽겠는데 정신 사납게 아까부터 계속 징징거리네."

앞 좌석에 앉은 여자가 팩하고 성질을 부렸다. 그 소리에 놀라 멈칫해서 울음을 멈췄던 어린 여자는 이내 다시 손등으로 눈물을 훔쳤다.

"거긴 감옥이나 마찬가지라던데, 갇혀 있다 죽을 수도 있다던데……."

"누가 그걸 몰라? 그렇다고 너처럼 울고 짜고 하면 뭐가 달라지니? 거기 간다고 다들 어떻게 되는 건 아니야. 죽는 놈은 죽고 사는 놈은 살겠지. 혹시 죽게 되면 팔자려니 하는 거고."

어린애를 달랠 때처럼 앞에 앉은 여자의 어조가 조금 부드럽게 누그러졌다.

차가 시동을 걸고 움직이기 시작했다. 운구차를 따라가는 유가족을 태운 차처럼 무겁게 가라앉은 차내는 간간이 훌쩍거림만 들릴 뿐 조용했다. 다들 자신에게 닥칠 일을 그려보며 마음의 준비를 하고 있는 것 같았다. 문득 형刑 집행을 기다리는 사형수들의 방이 이렇지 않을까 생각했다. 어느새 차창 사이로 보이는 상점 간판들이 서서히 사라지고 차는 인적이 드문 교외로 접어들었다. 주위를 둘러싼 밭에는 사과나무와 배나무가 심겨 있었다.

그때 저만치 앞에 앉아 있던 여자 하나가 별안간 창문을 열고 뛰어내렸다. 차에 올라탈 때 얼핏 보니 핏기가 가신 얼굴에 마네킹처럼 표정이 없던 여자였다. 너무 갑작스럽게 벌어진 일이라 누구도 여자를 제지하지 못했다. 차가 급정지했고 앞쪽에 앉아 있던 남자들이 쏜살같이 달려나갔다. 떨어질 때 받은 충격 때문에 고통스럽게 몸을 말고 있던 여자는 남자들을 보자 급히 몸을 일으켜 도망가려고 했다. 하지만 다리가 부러졌는지 몇 발짝 움직이지도 못하고 바로 바닥에 고꾸라졌다. 미군이 여자를 일으키려 하자, 그녀는 "싫어! 안 가!" 하고 악을 쓰며 몸서리쳤다. 그러나 반항은 아무런 소용도 없었다. 짐짝처럼 질질 끌려 다시 차 안으로 끌려온 그녀는 자리에 무너지듯 주저앉아 통곡하기 시작했다. 이번엔 아무도 조용히 하라는 사람이 없었다.

나는 여자에게서 눈을 떼지 못한 채 오른손으로 경아의 왼손을 찾아 거머쥐었다. 경아도 내 손을 꼭 마주 잡았다. 우리는 서로의 손에서 느껴지는 온기에 마음을 달래며 자꾸만 달아나려는 한 가닥 용기를 붙들어 맸다.

그렇게 얼마를 더 갔을까, 마침내 우리는 목적지에 도착했다. 앞에는 을씨년스럽게 생긴 건물이 우리를 마주하고 있었다. 바로 '몽키 하우스monkey house'였다.

///////////////

치에서 내린 나는 불안과 걱정이 뒤섞인 시선으로 주변을 찬찬히 돌아봤다. 잡초만 무성하게 우거져 있을 뿐 아무것도 없는 허허벌판이었다. 야산 한복판에 들어선 건물은 바깥세상과 완벽하게 차단돼 있었다. 만약 하늘이 도와 이곳에서 도망친다 한들, 어디로 가야 할지 전혀 짐작할 수 없을 것 같았다. 그런데도 불구하고 건물을 에워싼 담벼락엔 도주를 막기 위한 목적인지 철조망이 빼곡하게 둘러쳐져 있었다. 감옥과 마찬가지라는 게 무슨 의미인지 이해할 수 있을 것 같았다.

황량한 풍경 한가운데 우뚝 솟아 있는 하얀 건물이 우리가 들어가야 할 몽키 하우스였다. 왜 사람들이 이곳을 몽키 하우스라고 하는지 그 이유는 모른다. 미군들이 매춘굴을 가리킬 때 쓰는 은어라는 말도 있었고, 안에 갇힌 사람들이 밖을 보려고 창문에 원숭이처럼 대롱대롱 매달려 있다고 해서 그렇게 부른다는 말도 있었다. 이름이 붙여진 이유야 어쨌건 간에 기지촌 여자들은 이 장소를 입에 올릴 때마다 두려움에 몸을 흠칫 떨었다. 이미 지옥에 발을 담그고 있는 사람들이 무서워하는 지옥은 과연 어떤 모습일지 나는 상상조차 하기 싫었다.

"괜찮아?"

나는 토할 것 같은 표정으로 서 있는 경아에게 말을 건넸다. 거울을 보지 않았지만 아마 내 얼굴도 마찬가지일 것이다. 괜찮을 리가 없다는 사실을 이미 알고 있었다. 하지만 예전에 미자 언니가 내게 그랬던 것처럼 우리는 절대 괜찮을 법하지 않은 상황에서 서로에게 "괜찮아?"라는 말을 건네곤 했다. 경아와 나에게 그 말은 "괜찮지 않겠지만, 힘내"라는 말이나 마찬가지였다.

"무서워."

경아의 입에서 무섭다는 말이 나온 건 의외였다.

"그래도 우린 함께 있잖아. 얼마 뒤면 다시 나갈 수 있어."

그런 내게 경아는 고개를 흔들었다.

"그게 아니라 사람들이 무서워. 나를 지목한 군인도 무섭고, 사창가에 팔아 넘긴 사채업자들도 무서워. 그 사람들은 남의 인생을 이렇게 망가뜨려 놓고도 아무렇지 않을까? 나라면 밤에 잠도 못 잘 것 같은데."

경아의 말에 나는 어머니를 떠올렸다. 어머니는 가끔씩 "산 사람이 제일 무섭다. 가난도 무섭고 병도 무섭지만 그래도 사람이 제일 무서워"라고 말하곤 했다. 그때는 그 말이 무슨 뜻인지 알지 못했다. 하지만 언젠가부터 나도 그 말의 의미를 이해할 수 있게 됐다. 그게 언제였는지는 이젠 기억에도 가물가물할 만큼 먼 옛날의 일로 느껴졌다.

남자들이 불안한 눈빛으로 떨고 있는 여자들을 흰 건물 안으로 데리고 들어갔다. 2층 건물은 생각보다 꽤 넓었다. '진료소'라는 간판이 붙은 방과 공동 화장실, 욕실을 제외하면 1층에 방이 네 개, 2층에 여섯 개 있었다. 각 방을 빽빽하게 채운 좁은 간이 침대엔 낯빛이 파리한 여자들이 몸을 누이고 있었다. 환기를 시키지 않은 실내의 텁텁한 공기에 제대로 씻지 못한 사람들의 몸에서 나는 악취가 희미하게 떠돌았다.

그곳 운영자인 것처럼 보이는 사람이 나와서 설명했다.

"각자 자리가 있는 곳에 찾아 들어가세요. 치료 주사는 사람마다 순서대로 호명할 테니 이름이 불리면 진료소로 와서 맞으세요. 주사 맞고 나서 결과가 좋으면 퇴원입니다. 건물 밖으로 일절 나갈 순 없으니 업소에서 필요한 물건 전달하러 면회를 오면 1층 창구로 가서 받으시고요."

각오는 했지만 이 스산한 건물 밖으로 한 발짝도 나갈 수 없다니 또다시 마음이 무거워졌다. 이곳에서 규칙적으로 주사를 맞으면 완치되기까지 약 2주가 걸린다고 했다. 만약 그때까지도 병이 낫지 않아서 검사 결과 다시 성병 보유자로 판명이 나면 또 2주간 머물러야 했다. 그사이 손님을 받지 못하고 일을 공치니 그만큼 빚은 쌓여만 갈 터였다.

나는 경아와 함께 사람들을 헤치고 빈자리를 찾아 헤맸다. 좁은 방에 지치고 꾀죄한 모습의 여자들이 대여섯 명, 혹은 열 명씩 꽉꽉 차서 마치 전쟁 통에 피난 온 사람들이 한데 모여 있는 것 같았다. 각 방마다 유리창엔 X자 모양으로 쇠창살이 쳐져 있었다. 하도 빽빽하게 쳐놓아서 햇빛이 들어올 틈이 거의 없었다. 낮에도 건물 내부가 어두컴컴한 이유는 바로 그 때문이었다.

우리가 한쪽 구석에 간신히 나란히 자리를 잡고 앉자 맞은편에서 멀거니 쳐다보고 있던 여자가 말을 걸었다. 이마가 넓고 머리숱이 성긴 여자였다.

"너네, 오늘 들어왔나 보구나."

넋이 나간 듯 멍하게 있는 경아를 대신해서 내가 그렇다고 대답했다.

"그 귀신 주사만 빼면 여기 생활도 그렇게 나쁘진 않아. 아파도 쉬지도 못하는데 포주 눈치 안 보고 여기서 일 안 하고 먹고 자고 할 수 있잖아."

"귀신 주사?"

"그래, 그 페니실린(기지촌 여성에게 사용했던 '벤자딘 페니실린'은 일반적인 경우에는 사용되지 않는다)인가 뭔가 하는 거. 이틀에 한 번 씩 그걸 놔주는데 진짜 말도 못 해. 애 낳을 때보다 더 아프더라 고. 그냥 아프기만 하고 말면 그렇다 치겠는데 그거 잘못 맞고 죽 어 나가는 사람들이 한둘이 아냐."

"……."

"여기 있던 애 중 하나는 그거 맞고 와서 멀쩡하게 아무 이상 없나 보다 했는데 변소 들어가서 쪼그리고 앉아 죽었어."

그 사이 진료소 쪽에서 "꺄악" 하는 비명 소리가 울려 퍼졌 다. 여자가 진저리를 치면서 "또 누가 주사 맞았나 보네" 하고 중 얼거렸다.

"저 주사도 다 우리 돈 내고 맞아야 하는 거 아니? 아니 지네

들이 붙잡아왔으면 지네들이 돈을 내야지. 왜 끌려온 우리가 내
냐고. 우리 같은 사람들한테 돈이 어디 있다고. 그게 다 우리 외
상 장부에 줄줄 달릴 거 아냐."

들어온 지 열흘이 넘었다는 여자는 따분했는지 계속 우리와
수다를 떨고 싶어하는 눈치였지만 나는 여자를 상대할 기력도 남
아 있지 않았다. 경아는 아무 말없이 몸을 둥글게 말고 누워서 담
요를 얼굴 위까지 뒤집어썼다. 나도 잠자코 그 옆에 몸을 뉘었다.
차라리 잠이라도 자서 현실에서 벗어나고 싶었다.

"야, 초저녁도 안 됐는데 니네 벌써 자냐? 그러지 말고 얘기
라도 좀 하자. 내 옆에 있는 년은 아까 검진하고 나서부터 세상
끝난 것처럼 저렇게 자빠져 울고 있어서 말할 사람도 없는데."

그 말에 이마가 넓은 여자 옆에 누웠던 여자가 몸을 일으켰
다. 울어서 부은 것인지 원래부터 그랬는지 몰라도 눈두덩이가
도톰한 여자는 피부가 가무잡잡하고 체구가 작았다.

"그럼 불합격 판정 받았는데 너 같으면 아무렇지도 않겠니?
이미 한 번 떨어져서 한 달이나 있었는데, 이번에 또 떨어지는 게
말이나 되냐고. 남들은 주사 몇 방 맞고 금방 낫더만 나는 도대체
왜 이 모양인 거야."

"네 팔자가 그 모양인데 어쩌겠냐. 그냥 아무 생각 말고 그렇
게 된 거 여기서 푹 쉬다 간다고 생각해. 혹시 아냐? 나도 떨어져
서 너랑 여기 같이 더 있게 될지."

"넌 참 속 편해서 좋겠다. 그사이 빚 느는 건 생각 안 해? 꼬박꼬박 주사 맞아가면서 한 달 있었음 이미 빚이 어마어마할 텐데 거기서 더 늘면 평생 일해도 다 못 갚아. 너 같음 이 징글징글한 생활 늙어 죽을 때까지 계속하고 싶냐? 그럴 바엔 차라리 깨끗하게 지금 죽는 게 낫겠다."

이제껏 유들유들하게 대꾸하던 이마가 넓은 여자도 더 이상은 말을 하지 않았다. 눈두덩이가 도톰한 여자는 땅이 꺼져라 한숨을 쉬고는 다시 드러누웠다. 잠깐의 시간이 지난 후, 뒤집어쓴 담요 아래에서 훌쩍거리는 소리가 들렸다.

오랜만에 하얀 약 생각이 간절해졌다. 무엇을 보더라도 실실 웃어버리게 되는 기분 좋은 약. 그 약을 혀끝에 올려놓고 삼키는 상상을 하며 나는 눈을 감았다. 꿈에서 본 건 마마네 집에 들어오기 전의 내 모습이었다. 허리에 앞치마를 두르고 쌀을 씻는 모양새를 보니 김 사장님 댁에서 저녁 준비를 하고 있는 것 같았다. 보글보글 끓고 있는 냄비에서 된장의 구수한 냄새가 났다. 된장국에 넣을 모양인지 도마 위엔 어슷어슷 썬 파가 남아 있었고, 프라이팬 위엔 간장으로 밑간을 한 돼지고기가 자글자글 기름을 튀기며 노릇노릇 구워지고 있었다.

'아, 꿈이었구나.'

나는 마마네 집에서 겪었던 일을 떠올리며 안도의 한숨을 쉬었다. 그 기분 나쁜 일들은 다 꿈이었구나. 그러면 그렇지, 내가 사창가에 끌려가 미군한테 몸을 파는 일을 할 리가 없잖아. 빨리 꿈에서 깨서 다행이다, 정말 다행이다.

그때 낯익은 얼굴이 다가와 내 어깨에 손을 올렸다. 미자 언니였다. 언니는 언제나 그랬듯 해쓱한 얼굴에 슬픈 눈빛을 하고서 나를 쳐다보고 있었다. 미자 언니? 언니가 어떻게 여기에 있을 수 있는 거지? 아니, 마마네 집에 간 게 꿈이었는데 내가 어떻게 미자 언니를 알고 있는 거지? 그런 생각들이 머리를 스치고 지나가는데 어디선가 들린 '쿵' 하는 소리에 잠에서 깨어났다.

한밤중인 듯 창밖은 새카맣게 변해 있었다. 사람들이 허겁지겁 달려가는 소리, 여자들의 비명 소리가 밤하늘을 뒤흔들었다.

"옥상에서 사람이 떨어졌어! 이미 숨이 끊어진 것 같아!"

웅성웅성거리는 소리를 들으며 나는 절망적인 기분이 들어 두 손으로 얼굴을 감쌌다. 꿈이 아니었다. 꿈이었으면 좋겠다고 바랐던 현실은 꿈속으로 잠시나마 도망치려 하는 나를 빚쟁이처럼 끈덕지게 쫓아와 기어이 자신을 마주 보게 했다. 아무리 도망치려 발버둥쳐도 그 억센 손아귀에서 벗어날 수 없었다.

투신 자살한 사람은 검진에서 또 떨어졌다고 한탄하던 여자였다. 한밤중에 사람들이 자고 있는 틈을 타서 살금살금 옥상으로 올라간 모양이었다. 2층 건물 뒤편으로 옥상으로 향하는 좁은 난간이 나 있었다. 난간을 올라가면 곧장 연결되는 옥상은 지상 10미터가 넘는 높이였다. 자살을 시도하는 사람이 생길까 봐 늘

218

잠가 두는 옥상으로 향하는 문은 그날따라 수위가 깜빡 잊고 잠그지 않은 상태였다.

　그동안 몽키 하우스에서 떨어져 죽은 사람은 적지 않은 숫자라고 했다. 이불을 넌다거나, 바람을 쐰다거나, 갖은 변명을 대서 옥상으로 올라간 여자들이 허공으로 몸을 날렸다. 죽지는 못하고 평생 불구의 몸이 된 사람도 있었다. 남들은 주사 몇 방만 맞고도 병이 낫는데 자신만 그렇지 못하다며 불운을 한탄하던 여자가 그나마 이번에는 뜻을 이뤘으니 다행이라고 생각했다.

//////////

　여자들이 그토록 두려워하던 '귀신 주사'는 과연 듣던 대로 지독했다. 하얀 가운을 입은 진료소 직원이 엉덩이에 주사 바늘을 찔러 넣을 때는 그저 조금 따끔하다 싶었다. 하지만 뒤이어 격렬한 통증이 온몸을 감쌌다. 다리가 떨어져 나갈 것 같은 아픔이었다. 한걸음 한걸음 내디딜 때마다 발끝에서 날카로운 통증이 다리를 타고 올라와 그대로 머리까지 관통하는 느낌이었다. 아픔도 아픔이었지만 메슥거리는 속도 주체할 수 없었다. 하얀 약을 막 끊었을 때 속이 울렁거리면서 보이지 않는 작은 벌레들이 내 몸을 기어다니는 것 같았던 기억이 되살아났다. 세상에, 이런 주사를 이틀에 한 번씩 꼬박꼬박 맞아야 하다니. 몽키 하우스로

오는 차 안에서 눈시울이 빨갛게 될 정도로 울던 여자와 달리는 차창 밖으로 뛰어내린 여자의 심정이 이해가 됐다.

처음 이름이 호명돼 진료실로 들어갔을 때 나는 진료소 직원에게 병에 걸리지 않았다고 얘기했다. 정기적으로 검진을 받고 있다고, 뭔가 착오가 생겨서 이곳으로 끌려온 거라고, 못 믿겠으면 지금이라도 검사를 해보자고. 하지만 하얀 가운을 입은 남자는 그런 말 따위는 너무 들어 지겹다는 듯 퉁명스럽게 "바쁘니까 어서 엉덩이 대세요"라고 할 뿐이었다. 내 뒤로는 처형되길 기다리는 죄수 마냥 잔뜩 겁에 질린 여자들이 주사를 맞기 위해 길게 줄을 서 있었다. 이곳에서도 내 말에 귀를 기울여주는 사람은 아무도 없었다. 높은 담을 넘어 간신히 도망쳤는데 내 앞에 또다른 높디높은 벽이 가로막고 있을 때의 갑갑함을 느끼며 묵묵히 치마를 걷어 올렸다.

진료실에서 나와 절뚝거리며 방에 돌아가 침대에 쓰러지듯 몸을 눕히자 눈을 감고 누워 있던 경아가 나를 보고 "세상에!"라며 눈을 동그랗게 떴다. 진료소에서 방까지 불과 몇 미터 밖에 안 되는 거리가 서울에서 부산 사이의 거리만큼 멀게만 느껴졌다. 먼 길을 달려온 것처럼 헐떡거리는 내 숨소리가 들렸다. 경아는 머리맡에서 수건을 꺼내 내 얼굴에 맺힌 식은땀을 닦아주었다.

"그 수건 어디서 났어?"

"아까 네가 줄 서 있을 때 면회 시간이 돼서 마마네 집 심부

름꾼한테서 네 것까지 함께 받아왔지. 면회 창구라는 게 개구멍
처럼 조그맣더라. 간신히 얼굴 보고 물건만 받을 수 있을 정도밖
에 안 되더라고. 생각할수록 화가 나. 우리가 무슨 죄인도 아니
고……."

　　똑바로 누워 있으니 허연 시멘트를 바른 천정 곳곳에 금이
가 있는 게 보였다. 여기저기 보기 싫게 흠집이 난 내 인생과 비
슷하다고 생각했다. 나는 걱정스러운 표정으로 나를 응시하는
경아를 돌아보았다.

　　"경아야, 아무 얘기나 해 봐."

　　"무슨 얘기?"

　　"그냥 아무 얘기나, 네가 좋아하는 제인 에어 얘기라도."

　　"그럼 우리 여기 나가서 뭐 할지 얘기할까? 난 목욕탕에 가고
싶어. 하루 종일 갇혀서 잘 씻지도 못하니 온몸이 끈적끈적해. 나
가면 바로 목욕탕에 가서 뜨거운 물에 몸부터 담그고 싶어. 미제
커피도 마시고 싶고."

　　"응."

　　"그리고 내 방에서 편안히 두 발 뻗고 누워 있을래. 여긴 좁
은 방에 사람이 너무 많아 불편해."

　　"그래, 맞아."

　　"넌 뭘 하고 싶은데?"

　　나는 잠시 생각하다 말했다.

"푸른 하늘을 보고 싶어. 갇힌 지 얼마 되지도 않았는데 몇 달쯤 밖을 못 본 것 같아."

경아가 갑자기 깔깔대고 웃기 시작했다.

"뭐가 그렇게 웃겨?"

"웃기잖아. 마마네 집이 무슨 낙원이었던 것처럼 둘이서 거기로 돌아갈 날만을 손꼽아 기다리고 있는 게. 참 오래 살고 볼 일이다. 우리가 마마네 집을 그리워하게 될지 어떻게 알았겠니?"

그 말에 나도 웃음이 나기 시작했다. 한번 터져 나온 웃음은 걷잡을 수 없었다. 아직 가시지 않은 격렬한 통증에 눈물을 찔끔거리면서도 나는 경아와 얼굴을 마주한 채 웃고 또 웃었다.

하지만 경아는 자신이 원했던 그 소소한 일들을 결국 두 번 다시 하지 못했다. 목욕탕에 가는 일도, 미제 커피를 마시는 일도, 작은 방에 두 다리 쭉 뻗고 누워 있는 일도. 경아에겐 미국에 갈 거라는 원대한 꿈처럼 부질없는 희망이 돼 사라져버렸다.

//////////////

뭔가 이상하다는 낌새를 채고 눈을 뜬 것은 한밤중이었다. 옆자리에서 경아가 가쁜 숨을 몰아쉬고 있었다. 식은땀이 잔뜩 밴 이마엔 새카만 머리칼이 엉겨 붙은 채였다. 나는 경아의 이마에 손을 대 보았다. 불덩이처럼 뜨거웠다.

"경아야, 어떻게 된 거야? 언제부터 이랬어?"

경아는 아무런 반응이 없었다. 나는 덜컥 겁이 나 "정신 차려!" 하며 경아를 마구 흔들었다. 경아가 두 눈을 스르르 떠서 나를 올려보았다. 눈에 초점이 없었다. 경아가 내가 누구라는 걸 파악하기까지는 시간이 조금 걸렸다. 나를 알아본 경아는 힘없이 미소 지었다.

"이제 정신이 좀 들어?"

"응…… 그런데 나 좀 이상해. 죽을 것 같아."

조금 전 경아가 정신을 잃고 축 늘어진 걸 봤을 때 느꼈던 공포가 다시 나를 엄습했다. 저녁 무렵 주사를 맞고 돌아왔을 때만 해도 경아에게선 별다른 이상 징후가 없었다. 다리가 찢어지는 것처럼 아프고 속이 울렁거린다고 했지만 그건 주사를 맞은 사람들 누구나 겪는 증상이었다. 잠자리에 들 무렵엔 상태가 제법 좋아진 것 같아 나도 마음을 놓고 있었다.

"죽긴 누가 죽어! 바보 같은 소리 하지 마. 여기서 나가서 목욕탕도 가고 미제 커피도 마실 거라고 했잖아. 좋은 남자 만나서 미국에도 갈 거라며!"

경아가 또다시 힘없이 웃었다.

"나, 아무래도 미국은 못 갈 것 같아."

"못 가긴 왜 못 가! 갈 수 있어! 꼭 가야 해. 거기 가는 게 네 꿈이었잖아!"

"미국보다 더 좋은 곳에 가면 되지."

"미국은 우리보다 훨씬 더 잘살고, 거긴 별의별 희한한 물건들도 다 있다고 네가 그랬잖아! 미국보다 더 좋은 곳이 어딘데? 미국보다 더 좋은 나라가 세상에 어딨는데?"

"천국."

나는 숨이 콱 막히는 것 같아 아무 말도 할 수 없었다.

"그런데 난 천국에도 못 갈 것 같다. 우리 아버지, 어머니 원망 엄청 했거든. 어린 딸자식 죽이려 했던 모진 사람들이라고, 결국엔 무책임하게 날 이 모양으로 만들어버렸다고, 죽어도 싸다고. 사실은 부모님도 힘들었을 텐데, 오죽하면 나까지 데리고 세상을 뜨겠다고 생각할 정도로 괴로웠을 텐데……"

"……"

"어쩌면 천국에 못 가는 게 다행일지도 몰라. 거기선 우리 아버지, 어머니 못 만날 거 아냐. 설마 스스로 목숨 끊고 저승길에 딸까지 데려가려던 사람들이 천국에 가 있겠어?"

"힘든데 더 이상 아무 말 하지 마. 조금만 기다려. 의사를 불러올게."

가쁜 숨을 몰아쉬는 경아의 말을 막는데, 문득 한밤이라 진료소에 사람이 아무도 없을 거라는 데 생각이 미쳤다. 하지만 대문을 지키는 사람에게 부탁하면 의사를 불러줄지도 몰랐다. 밖으로 뛰어나가려고 하는 나를 경아가 팔목을 붙들어 앉혔다. 아

224

파 누워 있는 사람이라고 생각할 수 없을 정도로 센 힘이었다. 경아는 손짓으로 내게 바싹 붙어 앉으라고 한 다음, 품 안에서 무언가를 꺼내 내 손에 가만히 쥐어주었다. 언젠가 경아네 방에서 보았던 녹색 알이 박힌 반지였다.

"부탁이 있는데 들어줄래?"

"뭔데?"

"나, 무서워. 죽고 나서 나를 기억해주는 사람이 하나도 없을까 봐. 그 반지 잘 간직해줘. 볼 때마다 나라는 사람이 있었던 걸기억해줘."

"왜 자꾸만 죽는다고 하니? 조금만 참고 버텨 봐, 곧 사람 불러올게."

하지만 내가 말을 마치기도 전에 경아의 눈이 흰자만 보이게 뒤집어졌다. 나는 깜짝 놀라 '악' 하고 비명을 질렀다. 그 소리에 곁에서 자고 있던 여자들도 우리 곁으로 몰려들었다. 처음 들어왔을 때 나에게 말을 붙였던 이마가 넓은 여자가 "에그머니나!" 소리를 지르며 아래층으로 사람을 부르러 달려갔다. 경아의 상반신이 용수철이라도 달린 것처럼 침대에서 발작적으로 튕겨 올랐다. 전신이 아픈 환자처럼 부들부들 떨리면서 입에 하얀 거품이 솟아 나왔다. 곁에 있던 여자들의 비명 소리가 내 귓가에 더크게 울려 퍼졌다.

나는 어찌 할 바를 모른 채 그런 경아를 꽉 끌어안고 있었다.

225

입으론 "경아야, 괜찮아. 경아야, 괜찮아"라는 말을 수없이 되뇌면서 그 말이 마법의 주문처럼 경아를 살릴 수 있기를 바랐다. 경아의 온몸엔 식은땀이 잔뜩 배어 있었다. 충격과 공포에 사로잡힌 내 몸에서도 땀이 흥건히 솟아났다.

그런 상태로 시간이 얼마나 흘렀을까. 경아의 몸이 크게 한번 부르르 떨리는가 싶더니 언제 그랬냐는 듯 갑자기 일순간 동작이 멈췄다. 아까까지 격렬하게 발작하던 몸이 이제는 미동조차 하지 않았다. 금이 잔뜩 간 천장을 향해 부릅뜬 경아의 눈도 전혀 깜빡이질 않았다. 주변에서 공포에 질린 여자들의 울음소리가 터져 나왔다.

나는 한동안 경아의 얼굴을 멀거니 바라보았다. 경아의 몸에서 이미 생명이 빠져나갔다는 걸, 머리로는 이해했지만 받아들일 수가 없었다. 다만 그토록 예뻤던 경아를 저렇게 흉측한 모습으로 내버려둘 수는 없다는 생각에 나는 머리맡에 있는 수건으로 그녀의 입가를 닦고 손바닥으로 두 눈을 조용히 감겨주었다. 경아는 곧 원래의 모습으로 돌아왔다. 눈을 감고 있었지만 정성껏 빗어놓은 것 같은 새하얀 얼굴은 여전히 예뻤고, 잠이 든 아기처럼 평화로워 보였다. 나는 마지막으로 경아의 귓가에 "이젠 괜찮아"라고 속삭였다. 경아의 얼굴에 잔잔한 미소가 번지는 것 같았다. 나는 경아 옆에 몸을 기대고 경아의 몸에서 서서히 온기가 사라져 가는 걸 느끼고 있었다. 뒤늦게 도착한 의사가 고개를 흔들고 사람들이 그녀를 담요에 싸서 밖으로 옮길 때까지.

/////////////

경아가 죽은 뒤 며칠간 그 하얀 건물에서 어떻게 시간을 보냈는지 전혀 기억이 나질 않는다. 그 시간은 내 인생에서 텅 빈 공백으로 변해버린 것 같았다. 나는 하루 종일 침대에 누워 있었다. 희한하게도 눈물이 전혀 나지 않고 식욕도 전혀 느낄 수 없었다. 눈을 뜨고 주변 사물을 보고 있었지만, 사물이 내 망막에 잡혔다가 사라질 뿐 내가 무언가를 보고 있다는 의식도 없었다. 모든 게 무감각하고 무의미했다.

이마가 넓은 여자가 내 머리맡에 매점에서 사온 주스를 하나 올려놓았다.

"네 친구 일은 참 안됐다."

"……"

"그래도 산 사람은 살아야 할 거 아니니? 너 계속 아무것도 안 먹고 있잖아."

그래도 내가 아무런 반응을 보이지 않자 여자는 고개를 흔들며 자리를 떠났다.

며칠 뒤 나는 검사 합격 판정을 받고 몽기 하우스를 떠났다. 들어올 때는 둘이었지만 나갈 때는 나 혼자였다. 그렇게 나는 혼자서 다시 마마네 집으로 돌아왔다.

경아는 인근 야산 어딘가에 묻혔다. 그곳엔 기지촌에서 이런저런 이유로 죽어 나간 여자들의 무덤이 몇백 개나 됐다. 비석도 없는 무덤 앞엔 검진 패스에 등록된 일련번호만이 적혀 있어서 어느 게 경아의 것인지 구별할 수 없었다.

하지만 나는 구태여 경아의 무덤을 찾으려 하지 않았다. 그냥 그곳에 있는 모두가 경아라고 생각하기로 했다. 모두가 꿈을 짓밟히고 젊음을 유린당하다 쓸쓸하게 죽어간 경아일 거라고.

영숙 5 : 1973년

경아가 없는 세상에서도 시간은 예전과 같이 흘러갔다. 시간이 흐를수록 경아를 생각하며 우는 일이 차츰 줄었다. 처음엔 이상할 정도로 눈물이 나지 않았는데, 그다음부터는 그간 모아놨던 눈물을 한꺼번에 쏟아 내기라도 하는 것처럼 눈물이 그치질 않았다. 바늘에 찔렸을 때 처음엔 따끔할 뿐 피가 나지 않다가 몇 초 뒤부터 핏방울이 솟는 것과 똑같았다. 경아가 옆에 있었을 때처럼 무심코 "경아야" 하고 이름을 불렀다가 그녀의 부재를 느끼고 가슴이 먹먹해지는 일도 서서히 없어졌다. 그렇게 경아를 잃은 고통은 점점 무뎌졌다. 그러나 그 상처가 완전히 사라질 순 없었다. 큰 화상을 입었을 때, 처음의 쓰라림은 갈수록 덜해지지만 시간이 가도 피부에 평생 흔적이 남는 것처럼 경아와의 이별은 내 가슴에 선명한 상처 자국으로 남아 죽을 때까지 사라지지 않을 터였다.

가끔씩 경아가 사무치도록 그리운 날이면 녹색 알이 박힌 반지를 물끄러미 들여다보았다. 혹시나 다른 사람들 눈에 띌까 봐 평상시엔 입지 않는 낡은 속옷 안에 꼭꼭 감춰두는 반지는 내게 경아의 분신이나 마찬가지였다. "나를 잊지 말아 줘"라고 경아는 내게 부탁했었다.

'바보, 잊을 리가 없잖아.'

그렇게 중얼거리며 눈을 감을 때면 내 곁에서 경아가 미소 짓는 것처럼 느껴졌다.

///////////

크리스를 따라 살림을 차렸던 제니가 마마네 집으로 돌아왔다. 제니에게 결혼을 약속했던 크리스는 그녀를 버리고 혼자 미국으로 가버렸다. 작별의 말 한마디 없이. 크리스가 단칸방 방세가 그 달이 마지막이라고, 자신은 며칠 뒤 미국으로 떠날 거라고 했다는 집주인의 말을 전해 듣지 못했더라면, 제니는 아마도 크리스에게 무슨 사고라도 난 줄 알고 걱정하며 그를 기다렸을 것이다.

제니는 이곳을 떠났을 때처럼 빨간 구두를 신고서 간신히 뿌리치고 떠났던 어둠 속으로 다시 걸어 들어왔다. 나와 얼굴을 마주했을 때 제니는 씁쓸하게 웃었다.

"잘난 척 다해놓곤 돌아와버렸네."

그러고는 할 말을 찾고 있는 내게 등을 돌리고 피우고 있던 담배 연기를 허공에 뿜어냈다.

///////////////

존을 만난 건 그 무렵이었다. 대낮에 길을 걷다 휴가를 나온 걸로 보이는 또래 미군 두 명과 마주쳤다. 그중 키가 작은 쪽이 나를 힐끗힐끗 쳐다보며 휘파람을 불었다. 못 본 척하고 발걸음을 재촉하는데 이번엔 뒤에서 "헤이, 베테랑 걸!" 하는 야유 소리가 들렸다. 미군들이 기지촌에서 일하는 여자들을 얕잡아 볼 때 많이 쓰는 말이었다. 그러자 키가 큰 남자가 작은 남자에게 뭐라고 하더니 내 쪽으로 고개를 꾸벅 숙였다.

"미안해."

키 큰 남자의 머리는 병아리의 깃털을 연상시키는 밝은 금발이었다. 살짝 휜 매부리코 때문에 잘생긴 외모라고 할 수는 없지만 짙은 눈썹에 각이 진 턱이 남자답게 보였다. 이것도 뭔가 나를 희롱하기 위해 꾸민 수작이 아닐까 싶어 나는 그 남자의 눈을 똑바로 쳐다보았다. 하지만 투명한 파란 눈에 음흉하거나 야비

231

한 구석은 찾아볼 수 없었다. 나는 고개를 끄덕였다.

"괜찮아."

그렇게 말하고 다시 발걸음을 옮겼다. 문득 누군가 내게 미안하다고 말한 건 처음이라는 생각이 들었다.

만약 그걸로 끝이었다면 나는 그 남자의 존재를 까맣게 잊어버렸을 것이다. 그런데 며칠 뒤 남자가 클럽으로 찾아왔다. 구석에서 혼자 술병을 마주하고 있던 남자는 내가 입구에 들어서자마자 마치 기다렸다는 듯 벌떡 자리에서 일어나 나를 자기 자리로 데려갔다. 나는 남자에게 물어보지도 않고 양주 한 병을 주문한 뒤 뒤늦게 허락을 구하듯 그를 돌아봤다. 그는 아무래도 좋다는 표정으로 고개를 끄덕였다. 두 사람의 잔에 주문한 술을 따르는데 남자가 물었다.

"이름이 뭐야?"

"수잔."

"그럼 수지라고 불러도 돼?"

"좋을 대로."

이름이 뭐가 중요한가, 나는 속으로 그렇게 생각했다. 어차피 저들에겐 이름이 수잔이건, 수지건, 혹은 또 다른 무엇이건 간에 달라질 바가 없었다. 우리는 그저 그들의 순간적인 동물적 욕망을 채워주기 위해 존재하는 여자들일 뿐이었으니까.

"나는 존이야."

그 말에 나는 '흐응' 하고 심드렁하게 맞장구쳤다. 이제껏 클럽에서 함께 술을 마시거나 마마네 집에서 잠깐 나를 스쳐간 존이라는 남자는 100명쯤 됐다. 아니, 어쩌면 100명이 넘을지도 모른다. 그래, 너는 나를 거쳐 갈 101번째 존이구나 생각하니 피식 웃음이 나왔다.

짧은 통성명을 하고 나니 대화 거리도 떨어졌다. 애초에 매춘부와 인생을 논하기 위해 이곳을 찾는 사람은 없고, 어쩌다 그런 걸 원하는 사람이 있다 하더라도 우리들 사이엔 언어의 장벽이 가로막고 있었다. 경아에게서 기초 영어를 배우기는 했지만 내 영어 실력은 자유자재로 대화를 구사할 수 있는 수준과는 턱없이 거리가 멀었다. 그래도 어차피 나 같은 여자가 필요로 하는 영어 문장은 몇 마디 없었기에 이제까지 그게 큰 문제는 되지 않았다. 나는 묵묵히 앉아서 존이 빨리 본심을 드러내 다음 행동에 들어가길 기다렸다. 어깨에 팔을 두르거나, 손으로 허리를 휘감거나, 다리를 쓰다듬거나. 여자를 사려는 남자들이 여자를 방에 데려가기 전에 취하는 신호들. 그러면 빨리 자리를 털고 일어나 빨리 일을 끝내고 조금이라도 더 눈을 붙일 수 있을 터였다.

하지만 존은 그럴 낌새를 보이지 않았다. 그저 지긋이 나를 바라만 보고 있을 뿐이었다. 때로는 뭔가 질문을 하기도 했는데 내가 알아들을 수 없거나 알아들어도 영어로 제대로 답할 수 없는 것들이었다. 대화는 자꾸만 끊겼고 그사이를 불편한 침묵이 비집고 들어왔다. 둘 사이에 가로놓인 침묵이 부담스러워 나는 자꾸만 그에게 술을 권했다. 하지만 그는 몇 잔만 마신 뒤 더 이상 필요 없다는 제스처를 취했다. 참 성가신 사람이군, 생각하며 나는 어쩔 수 없이 이번엔 내 술잔에 연거푸 술을 따라 들이켰다. 한 잔, 두 잔…… 여섯 잔을 넘어가자 천장이 빙글빙글 돌기 시작했다.

"왜 그렇게 술을 많이 마셔?"

"잊어버리고 싶어서."

생각지도 않은 말이 입에서 불쑥 튀어나왔다. 존은 의외라는 듯 눈썹을 치켜올렸다.

"뭘 잊어버리고 싶은데?"

"전부 다."

그래, 할 수만 있다면 전부 다 잊어버리고 싶다. 나라는 존재도, 상처투성이인 내 과거도, 끔찍한 현실도, 미래에 대한 암담함도 전부 다 잊어버리고 싶다. 욕망의 분출구인 이곳도, 나를 마주하고 있는 너란 존재도 잊어버리고 싶다. 속으로만 그렇게 생각한다 싶었는데 내 귀에 그 말을 주절주절 한국어로 읊조리는 내 목소리가 들렸다. 존은 내 말 뜻을 이해했는지, 못했는지 그저 나를 가만히 응시하고 있었다.

"나랑 같이 갈래?"

마침내 참다못해 내 쪽에서 먼저 말을 꺼냈다. 존은 잠시 망설이다 알겠다는 듯 고개를 끄덕이고 일어섰다. 나는 존과 함께 어둠이 내려앉은 골목길을 걸어 우리가 몸을 누일 마마의 집으로 향했다.

////////////

방으로 들어온 존은 내 옷을 벗기려 하지 않았다. 내가 치마를 내리려 하자 그럴 필요 없다는 듯 고개를 흔들었다. 자신의 재킷 단추를 벗기려고 해도 "No"라고 제지했다. 순간 겁이 덜컥 났다. 세상엔 별의별 추악한 욕망이 존재한다는 사실을 이 세계에 들어온 이후 처음 깨달았다. 일단 이 방에 들어선 뒤엔 예상 가능한 행위를 빨리 한 뒤 아무런 문제를 일으키지 않고 돌아가는 게 가장 이상적인 손님이었다. 예상치 못한 행동을 하는 사람들은 위험한 부류에 속했다. 매춘부의 집에 와서 일을 치르려 하지 않는 것은 예상치 못한 행동 가운데서도 으뜸이었다. 내 몸이 아니라면 이 남자가 내게 바라는 게 뭐가 있을까. 얼마 전 미군에게 전깃줄로 목 졸려 죽은 여자의 얼굴이 머리를 스치고 지나갔다.

존은 불안에 떨고 있는 나를 안심시키듯 손바닥으로 내 어깨를 몇 번 토닥거린 뒤 말없이 나를 침대로 데리고 가 나란히 몸을 눕혔다. 가만히 내 머리를 쓰다듬는 그의 손길을 느끼며 나는 최소한 나를 죽일 생각은 없나 보다, 하고 다소 마음을 놓았다. 크고 억센 손이었다. 노곤한 몸을 침대에 누이고 어린아이에게 하는 것처럼 다정히 머리를 쓰다듬는 존의 손길을 느끼고 있자니 술기운과 함께 스르르 졸음이 밀려왔다. 나는 아무 생각 없이 그대로 눈을 감았다.

깜빡 잠이 들었는가 했는데 어느새 밖에는 희뿌옇게 동이 트고 있었다. 옆을 돌아보니 함께 누워 있던 존은 이미 일어나 모자를 쓰고 나가려는 참이었다. 내가 잠에서 깬 걸 보더니 그는 씩 웃으며 다가와 이마에 입을 맞췄다.

"다음에 봐."

존이 그 말을 남기고 떠난 뒤에도 나는 한참이나 어리둥절해서 그가 나간 방문을 바라봤다. 도깨비에 홀린 기분이었다. 아무리 술에 취했다 해도 그가 나와 관계를 갖지 않았다는 건 확실히 알고 있었다. 존은 술에 취해 쿨쿨 자고 있는 내 모습을 그저 옆에서 지켜봤고, 그러고 나서도 나갈 땐 밤새 여자를 산 몫의 돈을 치렀다.

'남자 구실을 하지 못하는 사람인가?'

존의 행동에 대해 내 머리에 떠오른 가장 합리적인 이유는 그것이었다. 그것 말고는 방금 일어난 일을 더 잘 설명할 길은 없어 보였다. 문득 존이 다시 나를 찾아줬으면 좋겠다고 생각했다. 섹스도 하지 않고 돈을 벌 수 있다면 그것보다 더 큰 횡재는 없었다. 나는 존의 얼굴을 찬찬히 떠올리며 뜻밖에 거머쥔 행운에 가

숨이 벅차오는 걸 느꼈다.

/////////////

알고 보니 제니는 홀몸으로 돌아온 게 아니었다. 음식 냄새를 맡고 구역질을 할 때까진 전날 밤 술이 과했나 보다 생각했는데, 생리까지 끊어졌으니 누가 봐도 확실한 임신이었다. 장담할 순 없지만 날짜를 계산해보면 크리스의 아이인 것 같았다. 마마는 즉시 야매로 아이를 떼는 곳에 제니를 데려갔다. 산부인과와 달리 그런 곳에선 싼값에 손쉽게 아이를 떼는 방법을 잘 알고 있었다. 낙태 경험이 있는 기지촌 여자들의 말에 따르면 야매 업자는 여자의 팔다리를 의자 같은 곳에 묶어놓고 술이나 세코날을 잔뜩 먹인 다음 날카로운 걸로 자궁 속을 긁어낸다고 했다. 그 고통이 어마어마해서 애를 떼다가 그대로 혀를 물고 기절하는 일도 종종 있었다.

아이를 떼고 온 제니는 금방이라도 쓰러질 것 같은 낯빛이었다. 하지만 그날도 마마는 다 죽어가는 표정으로 밥을 뜨는 둥 마는 둥 하는 제니에게 일하러 나가라고 등 떠밀었다.

"네가 무슨 임금님 씨라도 뗐냐. 기껏 해야 미군 놈 애 하나 뗀 걸 갖고 뭘 그렇게 대단한 일 했다고 일을 쉬려고 그래."

그 말에 제니는 밥그릇에서 고개를 들고 마마를 똑바로 바라봤다. 원망스러운 눈빛일 줄 알았는데 아무런 생각을 읽을 수 없는 텅 빈 시선이었다. 마마를 한참 응시하던 제니는 천천히 들고 있던 밥 숟가락을 놓고 옷을 갈아입기 위해 방으로 들어갔다.

///////////////

존과의 재회는 생각보다 일찍 찾아왔다. 그는 처음 클럽에서 봤을 때처럼 내게 많은 걸 물었고 나는 그를 단골로 삼고 싶다는 욕심에 사로잡혀 손짓발짓까지 해가며 최선을 다해 대답했다. 적극적으로 자기 말에 대답하려는 내 모습에 그는 유쾌한 것 같았다. 나를 향해 많이 웃었고, 나 역시 그가 무슨 말을 하는지도 모르면서 그저 따라 웃었다. 웃을 때 존의 모습이 소년처럼 순수해 보인다고 생각하고 있는데 존이 내게 이만 자리를 뜨자고 했다. 빨리 침대에 누워 잠이 들고 싶었던 나는 속으로 쾌재를 부르며 자리에서 일어섰다.

하지만 내 방에 들어온 존은 저번과 달리 나를 자기 쪽으로 돌려세우곤 천천히 내 블라우스의 단추를 풀기 시작했다. 기대와 다른 존의 행동에 혼란스러웠지만 한편으론 체념하고 그의 손에 몸을 맡겼다. 존이 내 머리칼을 어루만지며 정수리에 입을 맞췄다. 마치 내가 부서지기 쉬운 유리 공예품이라도 된다는 듯 조심스러운 태도로. 그의 손길이 부드럽게 내 뺨과 목덜미를 어루

238

만지는가 싶더니 뜨거운 입술이 내 입술에 와 닿았다. 이제껏 나를 거쳐갔던 남자들이 그랬던 것처럼 거칠고 우악스러운 키스가 아닌, 길고 다정한 키스였다.

"괜찮아?"

갑자기 존의 입에서 어색한 한국어가 튀어나왔다. 놀라서 쳐다보자 그는 내가 자신의 발음을 못 알아들은 걸로 이해했는지 "Are you Okay?"라고 영어로 되물었다. 나는 울 것 같은 기분이 들어 고개를 끄덕였다. 남자가 나를 품에 안으며 괜찮으냐고 물어본 게 처음이라서, 경아와 헤어진 이래로 '괜찮아'라는 말을 들은 게 하도 오랜만이라서.

내가 고개를 끄덕이자 그는 안심한 듯 나를 침대에 눕히고 옷을 벗겼다. 이미 몇백 번도 더 해본 일이었지만 마치 이런 일을 처음 경험하는 것 같은 기분이었다. 존은 일방적으로 자신의 욕망만 충족시키려던 다른 남자들과 달랐다. 서둘러 볼일을 보고 떠났던 그들과 다르게 존은 내 눈을 바라보며 조심스럽게 몸을 움직였다. 존의 단단하고 따뜻한 품 안에서는 내가 남자의 욕망을 충족시키기 위한 도구라는 생각이 들지 않았다. 내 몸을 더듬는 존의 손길에서도 강한 욕망이 느껴졌지만, 그건 이제까지 내가 알던 것과는 다른 종류의 욕망이었다. 그게 무엇인지는 알 수 없었다. 일을 다 마친 뒤 존은 두 손으로 내 얼굴을 감싸 쥐고 내가 마치 소중한 연인이라도 되는 것처럼 부드럽게 입을 맞췄다.

"수지, 너는 정말 예뻐. 나는 네가 좋아."

손님에게서 예쁘다는 말, 좋다는 말을 들은 게 물론 처음은 아니었다. 하지만 그들은 전부 나를 품에 안기 전에 그 말을 했다. 일단 볼일을 마치고 나를 보는 남자들의 시선에는 자신이 다 쓰고 난 뒤 쓰레기통에 버린 콘돔을 볼 때 같은 혐오감이 섞여 있었다.

"고마워, 나도 당신이 좋아."

앵무새가 아무런 생각 없이 가르쳐준 말을 반복하듯 나 역시 아무런 감정을 담지 않고 접대용 멘트를 내뱉었다. 하지만 마음 밑바닥에선 어쩌면 나도 아주 조금은 존을 좋아하는지도 모르겠다는 생각이 들었다.

///////////////

존은 그 뒤로도 꾸준히 내 방을 찾았다. 그와 만나는 횟수가 늘어날수록 내가 존에 대해 아는 것들도 조금씩 쌓여갔다. 작은 시골 동네에서 태어나 유복하다고는 할 수 없지만 그렇다고 가난하지도 않은 화목한 가정에서 부모님의 사랑을 받으며 자란 남자. 한국에서의 군 복무를 마치면 미국으로 돌아가 전역한 뒤 대학에 진학하겠다는 꿈을 가진 남자. 그동안 나의 몸을 거쳐간 숱한 미군 가운데 한 명에 불과했던 존이 자신만의 이야기와 희망과 상처를 간직한 한 인간으로서 내 안에 오롯이 자리 잡기 시작했다. 존도 내가 어릴 때부터 고향을 떠나 남의 집 살이를 하다가 빚을 떠안고 기지촌에 들어온 사실을 알고 나를 측은하게 생각했다. 대화가 꼭 말을 통해서만 이뤄질 필요는 없다는 걸 나는 존을 만나면서 알게 됐다. 내 영어는 여전히 초보적인 수준이었지만 눈빛과 손짓으로, 서로를 이해하려는 노력으로 우리는 언어 차이에서 오는 거리감을 메워갈 수 있었다.

그렇게 몇 달이 지난 뒤 나는 존과 살림을 차렸다. 마마에게 진 빚을 존이 다 갚아줬기에 가능한 일이었다. 적지 않은 액수였을 텐데 나는 그 돈이 어디서 났는지 굳이 물어보지 않았다. 어쩐지 그런 걸 궁금해할 자격이 내게 주어지지 않은 것 같아서였다. 그 역시 아무런 설명을 하지 않았다.

일이 생각보다 너무나 빨리 진행되어서인지 마마네 집을 떠나게 됐을 때 기쁘다기보다 오히려 얼떨떨했다. 날마다 그곳을 탈출하고 싶다고 생각했는데 막상 떠날 수 있게 되니 오랫동안 갇혔던 새장 밖으로 나오는 새처럼 바깥세상이 낯설게만 느껴졌다. 사실 언젠가부터 내 억센 팔자로부터 평생 벗어날 수 없을 거라고 마음 한편으로 체념하고 있었다. 그랬기에 뜻밖의 행운에 어리둥절해서 나는 내 손바닥 안에 주어진 선물을 받아들여야 할지 말지조차 판단할 수 없었다.

"굼벵이도 구르는 재주가 있구나. 그래도 너무 안심하진 마

라. 제니 꼴 날 수도 있으니."

공동 주택을 떠나는 내게 마마는 그렇게 말했다. 샐쭉한 얼굴의 마리아와 부러움과 시샘이 반쯤 섞인 표정으로 내가 떠나는 걸 지켜보는 여자들 사이에서 제니의 얼굴이 안 보여 속으로 안도의 한숨을 쉬었다. 제니를 마주하면 어떻게 행동해야 할지 알 수가 없었다. 말이 안 되는 소리인 건 알지만 내가 제니에게 무언가 잘못을 저지르고 있는 것 같아 마음이 불편했다. 떠나기 전, 내가 마지막으로 시선을 둔 곳은 경아와 미자 언니가 있던 옆방이었다. 이미 다른 사람이 들어와 살고 있는 그 방은 내게는 언제까지나 경아와 미자 언니가 살았던 장소로 기억될 것이었다.

'안녕, 이젠 나도 이곳을 떠나. 두 번 다시 여기로 돌아오지 않을게. 그리고 두 사람 몫만큼 잘살게.'

조용히 작별을 고한 뒤 나는 그토록 나오고 싶어했던 마마네 집을 뒤로 한 채 새 인생을 향해 걷기 시작했다.

//////////////

존과 내가 살림을 차린 곳은 기지촌 한구석에 있는 허름한 단칸방이었다. 딸려 있는 부엌은 혼자 서 있어도 벽에 팔꿈치가 부딪칠 정도로 좁았고, 욕실은 곰팡이가 잔뜩 피어 있었다. 그래도 나는 그 보잘것없고 초라한 방을 보고서야 간신히 내가 마마의 집에서 벗어났다는 사실을 실감했다. 돌이켜 보면, 그곳에서 보낸 몇 달간이 어쩌면 내 인생에서 가장 순수하게 행복했던 순간이었는지도 모른다. 존과의 관계가 끝난 뒤 내 미래를 생각하면 두려울 때도 있었지만 거기에 머물렀던 매 순간순간 나는 짜릿한 행복감을 느꼈다. 목욕탕이나 상점에 갈 때도 더 이상 누군가가 따라붙지 않았고, 밤에도 손님을 받기 위해 거리를 헤맬 필요가 없었다. 더 이상 마마의 잔소리를 듣지 않아도 됐고, 도망갔다가 붙잡혀 두들겨 맞을 일도 없었다. 낮에는 존이 주는 생활비로 장을 봐 요리를 만들었고 밤에는 그의 품에 안겼다. 존은 나를 안는 것만큼이나 돼지고기가 들어간 얼큰한 김치찌개나 노릇하게 부친 파전 같은, 내가 만든 음식을 좋아했다. 내 요리를 좋아해주는 존을 위해 나는 아침에 일어날 때부터 저녁에 뭘 만들지를 궁리하며 보냈다. 내게 있어 요리란, 언어로는 다 표현할 수 없는 내 마음을 존에게 전달해주는 매개체였다.

존과 같이 살면서 나는 조금씩 마마네 집에 들어가기 이전의 내 모습으로 돌아갈 수 있었다. 술을 끊고 아침에 일어나 밤이면 잠을 자는 규칙적인 생활을 시작했다. 낮에는 청소와 요리를 하거나 존이 어디선가 구해온 영어 교재로 영어 공부를 했다. 생활비를 아끼는 대신 거기서 조금씩 돈을 떼서 집으로 부치는 일도 계속했다. 서울에 올라온 지 몇 년 만에 처음으로 고향을 찾은 것도 그 무렵이었다.

집에서 온 편지를 받았을 때 나는 불안감으로 가슴이 조마조마했다. 혹시나 내가 기지촌에 있다는 사실이 소문난 건 아닐까. 어머니가 어딘가 편찮으신 게 아닐까. 글자를 읽고 쓸 수 없는 어머니는 어지간히 급한 일이 아니라면 내게 편지를 하지 않았다. 다행히 남동생이 받아쓴 편지에는 고향에 못 온 지 오래됐으니 가능하면 한 달 뒤 어머니 생신에 집에 다녀갔으면 좋겠다는 내용이 적혀 있었다.

마마네 공동 주택에 들어간 이후 나는 한 번도 집에 내려가지 못했다. 혼자서는 밖으로 몇 발짝 떨어진 곳조차 나갈 수 없는데, 버스로 두 시간 이상 거리에 있는 집까지 가는 건 아예 상상조차 못할 일이었다. 명절이 다가올 때면 일이 바빠 못 내려간다고, 주인집이 큰집이라 친척들이 모여 평소보다 할 일이 더 많다고 거짓말을 써서 돈과 함께 부쳤다. 하지만 이제는 가족이 보고 싶을 때 보러 갈 자유가 생겼다. 집으로 갈 수 있다고 생각하자 마음속 깊이 묻어두었던 가족에 대한 그리움이 갑자기 샘솟듯 솟아올랐다. 존은 흔쾌히 다녀오라며 집에 들고 갈 선물을 살 돈까지 챙겨줬다.

고향에 내려가기 전날, 나는 뜬눈으로 밤을 세웠다. 무슨 옷을 입고 갈지, 어머니를 만나면 무슨 말부터 해야 할지 상상하니 가슴이 설레 눈을 붙일 수가 없었다. 3년 넘게 못 본 어머니는 예전보다 흰머리가 늘고 등이 굽었다. 어머니는 나이 들면 당연한 거라고 대수롭지 않게 말했지만 나는 어머니의 고생을 엿본 것 같아 가슴 한 켠이 저렸다. 동생 영호는 못 보던 새 어른이 돼 있었다. 마지막에 봤을 때만 해도 아직 앳된 소년 티가 남아 있었는데 이제는 훌쩍 자라 어엿한 청년이 돼 있었다. 어린 시절 내 뒤를 졸졸 따라다니던, 얼굴에 솜털이 보송보송했던 남동생이 이제는 내가 고개를 들어 올려봐야 할 만큼 훌쩍 키가 크고 얼굴에 거뭇한 수염 자국이 난 성인 남자가 됐다는 사실이 낯설어 나는 영호의 생경한 얼굴을 오랫동안 들여다봤다.

당신 생일이었는데도 어머니는 우리들이 함께 먹을 음식을 손수 만들었다. 예전에도 영호가 행여 부엌에 들어갈라 치면 어머니는 "사내가 부엌에 들어오는 게 아니다"라고 버럭 역정을 내며 쫓아냈다. 그래도 함께 살 때는 어머니의 생신상을 차려 드렸는데 내가 떠난 뒤부터 어머니는 줄곧 손수 미역국을 끓였겠구나 싶어 또 한 번 마음이 아렸다. 어쩌면 어머니에게 자식이 아닌 본인의 생일은 아무런 의미가 없는 날인지도 모른다는 생각이 들었다. 당신 생일날 고향에 내려오라고 한 것도 오랫동안 못 본 딸의 얼굴을 보기 위한 핑곗거리에 지나지 않을 것이다. 자신이 차린 생일상에는 어머니가 좋아하는 음식이 아니라 내가 좋아하는 멸치 조림과 간고등어 구이가 올라와 있었다. 그러고 보니 나는 어머니가 좋아하는 음식이 뭔지도 몰랐다. 함께 살 때도 밥상에 올랐던 건 늘 영호와 내가 좋아했던 반찬뿐이었다. 그런 생각을 하며 미역국을 뜨는데, 어머니가 내 얼굴을 가만히 들여다봤다.

"낯빛이 안 좋구나, 살도 많이 내렸고. 어디가 아픈 건 아니니? 밥은 잘 먹고 다니고?"

"괜찮아요. 아무 데도 아픈 데 없어요. 걱정 마세요."

"김 사장님 댁에 있을 땐 그래도 한 번씩 고향에도 오고 하더니 주인집을 옮긴 다음부터는 통 얼굴을 볼 수가 없구나. 얼마나 힘들게 부려 먹었으면 네가 이렇게 잔뜩 여위었겠니. 참 모질기도 하지."

"……."

"그래서 말인데 너도 나이가 찼으니 슬슬 시집갈 준비를 하는 게 어떻겠나 해서 불렀다. 그동안 네가 도와준 덕분에 내가 근심을 많이 덜었다만 너도 네 인생이 있잖니. 요 앞 골목에서 참기름집 하는 윤 할아버지 기억하지? 거기 손주가 중학교 졸업하고 공장에 다니는데 사람도 건실하고 벌이도 괜찮다고 하더라. 할아버지가 널 좋게 봤었는지 당신 손주랑 맺어주고 싶다는데 이참에 조만간 정리하고 내려와 집에 조용히 있다가 시집가거라."

전혀 예상하지 못했던 말에 놀라 하마터면 밥이 목에 막힐 뻔했다. 황급히 머릿속으로 변명거리를 찾았다.

"하지만 영호 학비가……."

"영호도 올해 대학에 들어갔으니 제 앞가림은 자기가 하겠지. 그간 네가 많이 도와줘서 내가 모아놓은 돈도 좀 있고. 여자는 한창 나이 넘기면 결혼하기 힘들어. 너도 언제까지 시집도 안 가고 동생 뒷바라지만 할 순 없지 않겠니?"

옆에 있던 영호도 고개를 끄덕였다. 어릴 때부터 공부를 곧잘 했던 영호는 서울로 유학 가고 싶어했지만 결국 집에서 통학할 수 있는 지방 대학 상경계에 장학금을 받고 입학했다. 그렇지 않아도 고생하는 어머니에게 물가가 비싼 서울 생활비까지 부담하게 할 수는 없다는 생각에서였을 것이다.

"누나, 그동안 나 때문에 고생 많았어. 이제부턴 나도 학교 다니면서 야학 같은 데서라도 일을 찾아볼 테니까 누나도 이제 누나가 살고 싶은 대로 살아."

갑작스러운 전개에 머리가 빙빙 돌았다. 집으로 내려오면 존은 어떻게 하나. 그는 내가 가장 어려울 때 나를 지옥에서 꺼내준 사람이다. 그런 존을 나 몰라라 하고 일방적으로 떠날 순 없었다. 내 과거는 그보다 더 큰 문제였다. 결혼 상대로 만날 남자에게 미군 기지에서 몸을 팔았던 내 과거를 솔직하게 고백하는 건 꿈에서도 생각하지 못할 일이었다. 그렇다고 평생 비밀을 가슴에 묻어두고 거짓말을 하며 살아갈 자신도 없었다. 어머니와 영호에게 하는 거짓말만으로도 이미 벅찬 상태였다. 그런데 거기에 거짓말을 해야 할 사람을 더 늘릴 수는 없었다.

"혹시 몰래 만나는 남자라도 있는 게냐?"

어머니가 안절부절 못하는 나를 보고 조심스레 물었다. 세차게 도리질을 하자 어머니는 안심했다는 듯 가슴을 쓸어내렸다.

"요즘 젊은 사람들은 연애다 뭐다 하는 모양이더라만, 결혼은 집안 어른들끼리 맺어주는 대로 하는 게 제일이다. 윤 할아버지는 내가 여기 살면서 거의 평생을 봐왔는데 세상에 그렇게 점잖은 분 찾기도 힘들 거다. 그 집 손주도 가끔씩 얼굴 보면 참 싹싹하고 인사성 바른 게 교육을 잘 받은 것 같고. 공연히 연애 같은 걸 하면서 까불대다가 몸 망치면 여자 인생은 끝나는 거니까 이 말 잘 명심해라."

먹은 게 체할 것 같아 더 이상 밥을 넘길 수가 없었다. 조금 전까지 달디달게 느껴졌던 어머니가 손수 해준 음식들이 이제는 아무런 맛도 느껴지지 않았다. 머릿속이 복잡해진 나는 괜히 애꿎은 고등어를 젓가락으로 뒤적거리며 어떻게 이 난관에서 벗어나야 할지를 고민하기 시작했다.

///////////

어머니가 결혼 이야기를 꺼낸 뒤부터 그토록 바랐던 가족들과 보내는 시간은 가시방석에 앉은 것처럼 불편했다. 돌아가는 버스를 타기 위해 집을 나서는 순간이 오히려 후련하게 느껴질 정도였다. 시원한 바깥 공기를 마시니 머릿속이 조금 맑아지는 것 같았다.

"누나, 시간 있으면 공원에라도 잠깐 앉았다 갈래?"

정류장까지 나를 배웅하겠다고 따라 나온 영호가 물었다.

"공원?"

"응, 날씨가 너무 좋잖아. 아까 어머니가 결혼 얘기에 너무 열을 올리시는 바람에 누나랑 제대로 얘기도 못 했고."

그러고 보니 그랬다. 어릴 때 영호는 온종일 나만 바라보는 아이였다. 하루 종일 누나, 누나 부르면서 내 꽁무니만 쫓아다녔다. 김 사장님 댁으로 식모살이를 하러 떠나면서 제일 마음에 걸렸던 것도 영호였다. 내가 떠나던 날, 영호는 심통이 난 것처럼 부루퉁한 얼굴로 나를 제대로 쳐다보지 않았다. 버스 안에서 손을 흔들던 내 모습이 멀어져 보이지 않게 된 후에야 누나, 하고 부르며 와락 울음을 터뜨렸다는 걸 몇 년이 지난 뒤 어머니에게서 듣고 알았다. 이젠 어엿한 남자가 된 영호의 얼굴에서 그 시절 어린 남동생이 겹쳐져 보여 나는 고개를 끄덕였다.

화창한 날씨 때문인지 공원엔 늦은 오후의 햇살을 즐기려는 사람들이 많았다. 우리는 주전부리를 파는 가판대에서 소프트 아이스크림을 사서 벤치에 나란히 앉았다.

"공부는 재밌어?"

"공부가 뭐 재미로 하는 건가."

"재미도 없는 걸 어쩜 그렇게 열심히 했니? 너 어릴 때부터 한번 책을 펴면 누가 찔러도 모를 정도로 무섭게 파고들었잖아."

"무시당하기 싫어서 그랬지. 학교 다닐 때 매일 어머니가 기워준 옷 입고 다니면서 신발이 해져도 사달란 말을 못 해서 애들이 많이 놀렸어. 거기다 공부까지 못했으면 어땠겠어. 성적만큼은 너네들보다 더 잘 받을 테다, 하고 이를 악물었지."

"그랬구나."

"누나는 어때?"

"내가 뭘?"

"잘 지내고 있냐고."

"그럼, 잘 지내지. 왜? 내가 잘 못 지내는 것 같아?"

"내가 보기엔 누나는 좀 변한 것 같아. 말수도 줄고, 예전처럼 잘 웃지도 않고, 어머니나 내가 뭘 물어봐도 자꾸만 시선을 피하고. 웃을 때도 좋아서가 아니라 억지로 웃는 시늉만 하는 것 같아. 예전엔 훨씬 더 밝은 사람이었는데."

뭐라고 해야 할지 망설이다 별 걱정 다한다는 듯 영호의 어깨를 탁 치며 명랑한 목소리로 대답했다.

"사람은 누구나 다 변해. 너만 해도 나 서울 갈 때는 코를 질질 흘리는 어린애였는데 이젠 완전히 어른이 됐으면서."

"내가 언제 코를 흘렸다고 그래."

"거 봐, 자기 어릴 때도 잘 기억 못 하잖아. 어릴 때 기억은 부정확한 거야. 그러니 네가 기억하는 잘 웃고 명랑했던 나도 사실은 지금 내 모습에 더 가까웠을 수도 있어."

"그런가."

"그래."

영호는 잠시 침묵했다.

"그래도 난 걱정돼. 누나가 변한 게 나 때문일까 봐. 어릴 때부터 공부도 못 하고 남의 집에서 일하면서 얼마나 속상한 일이 많았겠어. 그걸 어디 가서 말도 못 하고 속으로 꾹꾹 삭이느라 사람이 저렇게 말랐구나, 말수도 줄고 어두워졌구나 싶어서 마음이 무겁다고. 난 누나가 행복해졌음 좋겠어. 그래서 내가 기억하는 누나처럼 더 많이 웃고 더 밝아졌으면 좋겠어."

갑자기 울컥 눈물이 솟아서 영호의 말에 뭐라고 대답할 수 없었다. 대신 나는 근처에서 즉석 사진을 찍는 사진사를 열심히 손짓으로 불렀다.

"난데없이 무슨 사진이야."

"날씨도 좋은데 뭐 어때. 우리가 이렇게 만난 것도 오랜만이고. 나중엔 사진밖에 남는 게 없다더라."

우리 쪽으로 가까이 온 사진사는 "연인들이 공원에서 데이트하고 계셨나 보네" 하고 엉뚱한 소리를 했다. 어릴 때부터 사진 찍히는 걸 싫어했던 영호는 카메라 쪽을 바라보자 표정이 딱딱하게 굳었다.

"남자분, 초상집에라도 왔나요? 얼굴이 너무 심각하네. 여자분 어깨에 팔이라도 두르세요. 그래, 이젠 아까보다 분위기가 훨씬 덜 어색하네. 그럼 찍습니다. 하나, 둘, 셋!"

찰칵, 플래시가 터지고 사진이 출력됐다. 어색한 표정의 영호와 그런 영호와 대조적으로 활짝 웃고 있는 내 모습이 담긴 사진. 사진을 영호에게 건네자 영호는 손사래를 쳤다.

"누나가 찍자고 한 거잖아. 누나가 가져 가. 보니까 누나는 얼굴도 잘 나왔네. 나는 얼뜨기처럼 찍혔는데."

나는 사양하지 않고 사진을 가방 속에 넣었다. 언젠가 세월이 흘러 내 비밀이 밝혀지더라도, 혹은 존에게 버림받고 제니처럼 다시 클럽을 드나드는 일이 생기더라도 내게도 이렇게 반짝반짝 빛나던 때가 있었다는 사실을 기억하고 싶었다. 그런 날이 오면 나는 반지를 보면서 경아를 떠올리듯 이 사진을 보면서 영호와 함께한 봄 햇살처럼 찬란하게 행복했던 한순간을 떠올릴 수 있을 테니까.

/////////////////

제니가 자살했다. 기차가 오고 있는 철로 위에 몸을 던져서. 죽음을 선택한 방식이 너무나 공개적이고 끔찍했던 터라 제니의 사건은 두고두고 사람들 입에 오르내렸다. 시장에서도, 목욕탕에서도 한동안 사람들은 모이기만 하면 제니의 죽음을 놓고 수근 거렸다. 이미 마마네 집을 나온 내가 제니가 자살했다는 사실을 알게 된 건 그 때문이었다. 처음엔 죽은 사람이 제니인 줄 몰랐 다. 그런데 우연히 지나가다 본 가판대에 놓인 석간신문에서 제 니를 발견했다.

'미군 매춘부 철로 투신 자살.'

기사 제목 옆엔 제니의 사진이 조그맣게 실려 있었다. 그 사 진을 오랫동안 들여다봤다. 죽음을 결심한 제니의 심정은 나도 너무나 잘 이해할 수 있었다. 하지만 굉음을 내며 달려오는 기차 바퀴가 제니의 사랑스러운 얼굴을 짓이기는 순간을 상상하니 온 몸에 오톨도톨 소름이 돋았다. 기차가 달려오는 소리를 들을 때, 자신의 몸이 산산이 부서질 때 제니는 과연 무슨 생각을 했을까.

"철길에 뛰어든 양공주 얘기 들었지? 얼굴이고 뭐고 간에 몸 전체가 아예 형체를 못 알아볼 정도로 철로 바닥에 갈렸다더라고."

"아이고, 끔찍해라."

가판대 앞에 선 동네 아주머니 둘이 신문을 가리키며 얘기를 나누는 소리가 들렸다.

"그래서 죽은 사람이 누군지는 어떻게 알았대?"

"소지품이랑 핸드백에 든 신분증 보고 확인했다잖아. 철로 옆에 핸드백이랑 빨간색 구두 한 켤레가 놓여 있더래."

제니의 빨간 구두. 갑자기 속에서 구역질이 치밀어 올라왔다. 사람들 사이를 헤치고 부랴부랴 집으로 돌아온 나는 화장실에 들어가 먹은 걸 다 게워 올렸다.

///////////

제니가 죽고 이틀 뒤, 예정에도 없이 영호가 찾아왔다. 존이 돌아오기 전에 저녁 찬거리를 만들려고 문을 나서는데 집 밖에 영호가 하얗게 질린 낯빛을 하고 서 있었다.

"영호야, 어쩐 일이야? 어떻게 알고 여기까지 찾아왔어?"

내 말엔 대답을 않고 영호가 나를 잡아먹을 듯이 쏘아봤다.

"누나야말로 어떻게 된 거야? 여긴 미군들이 오는 사창가잖아. 누나, 창녀가 된 거야?"

나는 서둘러 영호를 안으로 들어오게 했다. 영호는 주저주저했지만 일단 얘기는 들어봐야겠다고 생각했는지 마뜩지 않은 얼굴로 방 안에 들어왔다.

"어머니가 아무리 봐도 누나 낌새가 이상하다고 슬쩍 올라가서 동태를 좀 살피고 오라고 했어. 주인집에서 잘 지내고 있는지 가서 보고, 누나 잘 돌봐주셔서 감사하다고 이거라도 전해드리고 오라면서."

영호는 들고 있던 찬합을 방 한구석에 팽개치듯 툭 떨어뜨렸다. 아마도 그 속엔 어머니가 싸주신 나물 반찬이며, 조기 구이

254

같은 게 들어 있을 터였다.

"그래서 누나가 보낸 편지에 적힌 주소지로 찾아와 봤지. 동네 지리를 잘 몰라서 지나가는 사람들에게 물어보니 '거기 미군 사창가인데?' 하더라고. 그럴 리가 없다고 우겼는데 막상 와 보니 정말……."

말을 채 맺지 못한 영호가 방 안을 샅샅이 훑어보고 있었다. 영호가 느닷없이 방문한 탓에 존이 있던 흔적을 미처 지워버릴 새가 없었다.

"지금 남자랑 같이 살고 있는 거야?"

"……응."

"미군이야?"

"……응."

"언제부터?"

"…….."

"언제부터 그랬냐고 묻잖아!"

"같이 산 지는 얼마 안 됐어."

"그럼 누나는 그동안 어디에 있었는데?"

"…….."

내가 대답하지 못하자 영호는 대충 눈치를 챈 모양이었다. 씩씩거리며 숨을 고르더니 주먹으로 바닥을 쾅 내리쳤다.

"김 사장님 댁 나와서 이 동네로 올 때부터 계속 그랬어?"

나는 마지못해 고개를 끄덕였다. 영호가 버럭 고함을 질렀다.

"어떻게 이럴 수 있어? 어머니랑 나를 생각한다면 누나가 어떻게 이럴 수 있냐고!"

"일부러 그런 게 아니야. 어쩔 수 없었어. 김 사장님 댁에선 쫓겨났어. 그 집 아들이 나한테 추근대는 걸 들켜서. 직업 소개소 아줌마가 동네에 다 소문이 나서 다시 식모살이할 집은 구하기 어려울 거라고 했어. 그래서 식모가 아니더라도 숙식 제공하는 곳을 알아봐 달랬는데 그랬더니……."

말을 하는데 눈에서 뜨거운 눈물이 왈칵 쏟아졌다. 울다가 목이 메어 말이 매끄럽게 이어지지 않았다.

"왜 도망가지 않았어?"

"도망갈 수가 없었어. 항상 문 앞엔 보초 같은 사람들이 지키고 있었어. 밖에 나가려 할 때도 그 사람들이 늘 따라붙었다고. 도망쳤다가 들켜서 두들겨 맞은 적도 많아."

"그럼 왜 우리한테 알리지 않았어?"

"알려봤자 뭐 해? 여기로 들어올 때 이미 빚을 많이 떠안고 왔어. 시간이 갈수록 빚은 자꾸만 늘었어. 도저히 우리 형편에 갚을 수 있는 액수가 아니었다고. 어머니나 아직 고등학생이었던 너한테 말해봤자 무슨 뾰족한 수가 있었겠어!"

영호는 흥분을 가라앉히려는지 숨을 가쁘게 몰아쉬며 잠시 말이 없었다.

"같이 사는 미군이랑은 어쩌다 살림을 차렸는데?"

"그 사람이 빚을 다 갚아주고 나를 전에 있던 곳에서 빼줬어."

한번 터진 울음은 좀처럼 그치지 않았다. 나는 흐느껴 울면서 주인님의 처분을 기다리는 하인처럼 영호의 눈치를 살폈다. 당장은 충격이 크겠지만 어쩌면 영호가 나를 이해해 줄지도 모른다고 기대하면서. 그동안 많이 힘들었겠다고, 미리 알고 도와주지 못해 미안하다고 내 손을 잡아줄지도 모른다고 기대하면서. 어릴 때부터 나만 쫓아다녔던 영호라면, 내가 자기 때문에 웃음을 잃었을까 걱정해 주는 영호라면 그럴 수도 있을 거라고 생각했다. 하지만 영호의 반응은 내 희망과는 달랐다.

"그거 알아? 누나가 하는 말이 다 변명같이 들려. 누나는 이제 예전에 내가 알던 누나가 아냐."

영호는 그렇게 말하며 싸늘히 자리에서 일어났다. 황급히 따라 일어나 영호의 팔을 붙잡았다. 영호가 그런 내 팔을 홱 뿌리쳤다.

"나한테 손대지 마, 더러워!"

나는 너무 놀라 멍하니 영호를 쳐다보았다. 영호는 경멸이 섞인 시선으로 내 얼굴을 한번 흘깃 바라보더니 자리를 박차고 나가버렸다.

얼마 후, 영호에게서 편지가 도착했다. 편지는 짤막했다. 소식을 전해 들은 어머니가 앓아누웠다고 했다. 몸져누운 채로 계속 눈물만 흘리던 어머니는 내가 죽은 셈 치겠으니 이제 가족의 인연을 끊자고 말했다고 했다. 그러니 앞으로는 연락하지 말라는 말로 편지는 끝을 맺었다. 이미 어느 정도 예상했던 일이었지만 그 편지는 내게서 남은 희망조차 모조리 앗아가버렸다. 편지를 다 읽은 나는 또다시 두 팔에 얼굴을 묻고 한참을 울었다.

///////////////

내가 임신했다는 사실을 알게 된 건 영호의 편지를 받은 지 며칠 뒤였다. 기뻐할 수만은 없는 노릇이었다. 존은 아이가 생긴 걸 알면 뭐라고 할까. 당장 아이를 떼라고 할 수도 있었다. 원하지도 않은 자식이 부담스러워 크리스가 그랬던 것처럼 나를 버리고 도망갈 수도 있다. 만일 그렇게 된다면 세코날 수십 알을 목에 털어 넣고 면도칼로 손목을 그을 작정이었다. 죽는 한이 있더라도 다시 마마네 집으로 돌아갈 순 없는 노릇이었다.

조심스럽게 아이를 가졌다고 털어놓자 존은 뜻밖의 말을 꺼냈다.

"얼마 후에 미국으로 돌아갈 건데 나랑 결혼해서 같이 갈래?"

나는 한동안 말뜻을 이해하지 못한 것처럼 멍하니 앉아 있었다. 미군과 결혼해서 미국으로 가는 것은 나 같은 여자들이 제일 꿈꾸는 일이었다. 하지만 내가 그런 행운의 주인공이 될 수 있을 거라고는 단 한 번도 상상해보지 못했다. 예전 같았으면 어머니와 영호가 걸려 쉽게 결정을 내리지 못했을 일이었다. 하지만 이제는 내 결정을 가로막을 요인 따윈 아무것도 없었다.

나는 대답을 기다리고 있는 존에게, 나를 지옥에서 구해주고 새로운 세상으로 향하는 문을 열어준 그에게 고개를 끄덕였다.

//////////////

미국행 비행기가 서서히 활주로를 달리기 시작했다. 생전 처음 타 보는 비행기에 존과 나란히 앉아 있으니 비로소 미국으로 떠난다는 실감이 났다. 애당초 미국에서 산다는 것은 경아의 꿈이었다. 하지만 경아는 그 꿈이 영글기도 전에 세상을 떠났고 뒤에 남은 내가 대신 그 꿈을 이루려 하고 있었다.

'경아야, 나 지금 미국으로 가. 너 대신 내가 가게 됐다고 화난 건 아니지? 내가 가는 길을 축하해줄 거지?'

핸드백에서 경아의 반지를 꺼내 가만히 어루만지고 있는데 옆에서 존이 말을 걸었다.

"그 반지, 어머니한테서 받은 거야?"

"……응."

"수지한테는 '제이드Jade'가 잘 어울릴 것 같아."

"제이드?"

259

"응, 그 녹색 보석 이름. 그걸 영어로 제이드라고 불러."

"제이드."

나는 가만히 그 이름을 따라 해보았다. 존이 미소를 지으며 내 손을 꼭 잡았다. 순간, 뱃속의 아기가 발길질을 했다.

'제이드.'

나는 보석의 이름을 다시 한번 속으로 되뇌면서 딸이 태어나면 제이드라 이름 붙이기로 마음먹었다. 저 보석처럼 아름답고, 경아처럼 강인한 여자가 되어 달라는 기원을 담아서.

내 눈앞에는 연한 노란색 페인트로 벽을 칠한 집 한 채가 서 있었다. 교외 지역에서 흔히 볼 수 있는 아담한 단독 주택. 평상시 같으면 아마 한 번 보고 난 후 곧장 잊어버렸을 법한 별다른 특색이 없는 집이었다. 집 앞에 도착한 지 이미 30분이 훌쩍 지났음에도 불구하고 여전히 나는 차 안에서 정면으로 보이는 그 건물을 뚫어지게 쳐다보고 있었다.

엄마의 상자에서 발견한 종이 쪽지에 적힌 주소지는 분명히 이곳이다. 나는 어떤 설명하지 못할 충동에 사로잡혀 그 주소지가 가리키는 대로 차를 몰았다. 막상 온 다음엔 무엇을 어떻게 하겠다는 구체적인 계획도 없이. 무슨 일이든 할 때마다 먼저 꼼꼼하게 계획부터 세워놓고 행동에 옮기는 내 평상시 습관과는 거리가 멀었다. 이곳으로 오는 내내 머리는 내 행동의 어리석음을 비난했다. 주소지에 적힌 박영호라는 사람과 엄마와 나란히 사진에 찍힌 영호라는 남자가 동일인이라는 보장이 어디 있는데? 그 주소가 언제 적 것인지도 모르잖아. 막상 갔는데 박영호라는 사람이 오래 전에 이사 갔다면 어쩔 건데? 그럴 때마다 나는 스스로를 설득하듯 중얼거렸다. 어떤 결과가 나오든 그건 그때 가서 생각하자고, 만약 그 사람을 만나지 못하더라도 나로선 할 만큼 했으니 후련해질 수 있을 거라고. 상자에서 발견한 사진은 집요하게 내 마음을 파고들어 나를 괴롭혔으니까.

지난 한 달간 나는 틈날 때마다 사진을 떠올렸다. 그 물건에 그토록 연연하는 자신이 스스로도 이해가 잘 되지 않았다. 40여 년 전 엄마에게 좋아하는 사람이 있었다 한들 그게 뭐 어떻단 말인가. 그 애인을 평생 가슴에 담고 살았다 한들 또 어떤가. 이미 다 지난 일이고 엄마는 이제 이 세상에 없는데. 하지만 한편으로는 엄마가 살아생전 마지막까지 잊지 못했던 남자가 어떤 사람일지 궁금했다. 만약 그 사람이 살아 있다면 엄마의 죽음을 알리는 게 예의일 것 같다는 생각도 들었다. 꼬박 한 달을 고민하다 결국엔 무엇에 떠밀린 것처럼 자동차에 시동을 걸고 세 시간을 달려 이곳에 도착했다.

우편함엔 '패트릭 박Patrick Park'이라는 이름표가 붙어 있었다. 사진 속에 남자의 성姓은 적혀 있지 않다. '박'이라는 성을 보니 집

262

주인이 한국인 같았지만 그렇다고 박영호일 거라고 확신할 순 없었다. 박 씨는 한국에선 꽤 흔한 성이다. 엄마의 성도 박 씨였다.

마침내 나는 길게 심호흡하고 차에서 내렸다. 어차피 여기까지 오지 않았나, 두려워할 건 아무것도 없다. 그렇게 생각하는데도 가슴이 이상하게 가슴이 두근거렸다. 초인종을 누르니 아시아계 여성이 나와서 문을 열었다. 60대 초반 정도로 보이는 인상이 온화한 사람이었다. 그녀는 문 앞에 서 있는 나를 의아하게 바라보았다.

"어떻게 오셨죠?"

그 질문에 대한 답은 나도 갖고 있지 않다. 내가 여기에 왜 와 있는가, 무엇을 확인하러 왔는가.

"혹시 박영호씨를 아시나요? 우편함엔 패트릭 박이라고 적혀 있던데……."

내 대답은 내 귀에도 어설프게 들렸다.

"박영호? 우리 남편이 박영호이긴 한데…… 남편한테 무슨 볼일이 있으신지?"

여자가 의심스러운 눈초리로 나를 훑어보았다.

"여쭤볼 것이 있어서 왔어요. 남편 분을 잠깐 뵐 수 없을까요?"

여자는 내게서 미심쩍은 눈길을 거두지 않으면서도 내가 딱히 위험한 사람 같아 보이지는 않았던지 거실에 있는 남편을 불렀다. 그를 본 순간, '아' 하는 감탄사가 새어 나왔다. 사진 속의

263

남자다. 40여 년이라는 세월이 흘렀지만 사진 속에서 본 훌쩍한 키와 구부정한 어깨, 선해 보이는 눈매는 그대로였다. 하지만 세월의 풍파를 비껴갈 순 없었는지 사진 속 풋풋한 청년은 얼굴에 군데군데 검버섯이 피고 머리엔 서리가 내려앉은 노신사로 변해 있었다. "무슨 일이요?"라는 그에게 나는 다짜고짜 "수잔 데이비스를 아세요?" 하고 물었다. 남자가 고개를 갸우뚱했다.

"수잔 데이비스? 모르겠는데."

남자가 그대로 문을 닫아버릴까 봐 다급해진 나는 가지고 온 사진을 품에서 꺼내 그에게 내밀었다.

"이 사진에 찍힌 사람, 본인 맞으시죠?"

남자가 눈을 가늘게 뜨고 사진을 들여다보았다. 얼굴에 서서히 놀란 기색이 퍼졌다.

"이 사진은 어디서 구했죠?"

"엄마 유품을 정리하다가 발견했어요. 사진 속에 같이 찍힌 여자가 제 엄마예요."

흠칫 놀라는가 싶더니 이번엔 남자가 내 얼굴을 뚫어지게 쳐다봤다.

"……엄마라고?"

"네, 엄마는 마지막까지 이 사진을 간직하고 있었어요. 그래서 실례가 되는 줄은 알고 있지만 엄마와 어떻게 아시는지 궁금해서……."

남자는 한참 동안 뭔가를 골똘히 생각하면서 문 앞에 서 있었다. 이대로 돌아가라면 어쩌나 불안해지려고 하는 찰나, 남자가 내게 말했다.

"이름이 뭐죠?"

"제이드예요."

"제이드, 일단 안으로 들어오시오. 얘기가 길어질 것 같으니."

///////////////

집 안은 정갈하고 깔끔했다. 부부만 살고 있는지 살림살이도 단출했다. 텔레비전이나 냉장고 등이 꽤 오래된 것을 보니 검소한 생활을 하는 것 같았다. 남자의 아내가 주방에서 뜨거운 커피를 타서 내 앞에 갖다놓았다. 남자와 나는 커피를 사이에 두고 한동안 침묵을 지켰다. 남자 역시 나와 마찬가지로 어디서부터 이야기를 시작해야 할지 몰라 고민하고 있을 터였다. 먼저 침묵을 깨뜨린 쪽은 남자였다.

"유품이라고 했는데, 암이었나?"

나지막한 목소리, 미국에 산지 오래됐을 텐데 여전히 엄마처럼 'R' 발음이 제대로 되지 않았다.

"아니요, 폐렴이었어요."

"……그래, 언제?"

"한 달 전에요."

"아버지는?"

"엄마보다 먼저 돌아가셨어요."

"다른 형제자매는 있고?"

"저 혼자예요."

남자는 또다시 말이 없었다. 이번엔 내가 질문을 던졌다.

"엄마를 어떻게 아시죠?"

"내 누이요, 나보다 나이가 세 살 많은 누나지."

전혀 예상하지 못한 대답에 말문이 막혔다. 누나라니, 그럴 리가. 혼란에 빠진 내 얼굴을 본 남자가 말했다.

"엄마한테 남동생이 있다는 걸 몰랐나 보군."

"엄마는 자신이 고아라고 했어요. 전쟁 때 가족을 모두 잃어 버렸다고."

"'가족을 잃었다'라……."

남자는 곱씹듯이 내 말을 따라 하더니 씁쓸하게 내뱉았다.

"그래, 그게 틀린 말은 아니지."

"엄마가 고아가 아니었다면 왜 가족들과 연락을 끊었던 거 죠? 무슨 일이 있었나요?"

남자는 창밖으로 고개를 돌렸다. 늦가을 잎이 다 떨어진 앙 상한 나무들이 가지를 하늘로 향한 채 떨고 있었다. 한참 동안 바 깥을 바라보던 남자가 마침내 입을 열었다.

"누이는 양공주였소, 미군들한테 몸을 파는 여자."

'양공주'라는 생경한 한국말에 어리둥절했던 것도 잠시, 뒤이어 나온 설명에 놀라 나는 저도 모르게 입을 딱 벌렸다. 남자는 그런 내 표정 변화를 놓치지 않았다.

"그것도 몰랐었나 보군."

"……몰, 몰랐어요. 엄마는 미군 부대 PX에서 일하다가 아빠를 만났다고……."

충격을 받아서인지 나는 말까지 더듬고 있었다. 하지만 동시에 머릿속에선 이제껏 내가 품고 있었던 여러 가지 의문들이 한꺼번에 풀리고 있었다. 엄마가 왜 그렇게 자기 이야기를 하기 싫어했는지, 왜 할아버지가 그토록 엄마를 탐탁지 않게 여겼는지, 왜 아빠는 엄마에게 걸핏하면 '너 같은 여자'라고 했는지.

"엄마가 왜 그 일을 하게 됐는지 이유를 아시나요?"

"누이는 어린 시절부터 집을 나가 남의 집 살림을 해주며 돈을 벌었소. 우리 집이 많이 가난했거든. 그렇게 번 돈을 꼬박꼬박 집으로 부쳤지. 그러다 갑자기 일자리를 잃게 됐는데 직업 소개소가 누이를 속여서 미군들이 이용하는 사창가에 팔아넘겼다고 하더군. 예전엔 그런 일들이 제법 있었어."

"어떻게 그런 일이……."

잇따른 충격에 머릿속이 새하얗게 변하는 것 같았다. 나는 아연해지는 정신을 추스르면서 다음 질문을 던졌다.

"가족들은 그걸 몰랐나요?"

"몰랐소. 그걸 알았을 때는 이미 팔려가고 나서 시간이 한참 지난 뒤였지. 누이는 팔려갈 때 큰 빚을 떠안았다고 했어. 온갖 험한 일을 해가며 우리 남매를 키웠던 어머니나 아직 고등학생이었던 내게 얘기해봤자 아무 소용도 없어서 알리지 않았다고 하더군. 어머니와 나는 누이가 집으로 꼬박꼬박 돈을 부쳐서 별 문제 없이 지내고 있는 거라고 생각했고."

"그럼 그곳에선 어떻게 나올 수 있었던 거죠?"

"누이를 좋아한 미군이 빚을 다 갚아주고 사창가에서 빼냈다고 하더군. 그러고 나서 그와 결혼해 미국으로 왔으니 그 사람이 당신 아버지일 테지."

갑자기 아빠가 세상을 뜨기 직전에 나눈 대화가 떠올랐다. 엄마를 버리고 집을 나갔다가 죽음을 앞두고서야 돌아온 아빠, 나이 든 엄마에게 병 수발을 들게 하는 아빠가 밉살스러워 싫은 소리를 했었다. 엄마를 그렇게 희생시켜 놓고 아직도 부족하냐고. 아빠는 나를 물끄러미 바라보더니 이렇게 말했다.

"희생을 한 사람이 네 엄마만은 아니다."

"대체 아빠가 엄마를 위해 뭘 희생했다는 거죠? 애초에 엄마를 사랑하긴 했었나요?"

아빠는 잠시 가만히 있더니 이렇게 말했다.

"부부 간엔 그들만이 공유하고 있는 이야기가 있다. 아무리

268

자식이라도 그것까지 알 수는 없지. 그리고 너도 남녀 사이 감정
이라는 게 얼마나 변덕스러운 건지는 이제 알 때도 된 것 같다만."

그때 아빠가 한 말은 이걸 뜻하는 것이었던가. 나는 엄마의
남동생, 내게는 외삼촌인 남자를 똑바로 바라보았다.

"그런데 왜 엄마는 가족들과 연락을 끊었죠? 버림받은 건가
요? 하지만 그건 엄마의 잘못이 아니었잖아요."

"누구의 잘못이라는 건 크게 중요하지 않았소. 여자의 순결을
중요시하는 사회에서 누이 같은 사람은 집안의 수치였으니까."

"하지만 엄마는 가족을 그리워했어요. 그래서 이 사진을 마
지막까지 소중하게 보관하고 있었을 거고요. 가족이라면 결점과
허물도 다 이해하고 감싸줘야 하는 거 아닌가요?"

말을 하면서 내가 내뱉은 말이 스스로에게도 양심의 가책이
되어 가슴을 찌르고 있다고 느꼈다. 그렇게 말하는 나는 엄마를
이해하려고 노력한 적이 있던가. 엄마가 자신과 세상 사이에 쳐
놓은 벽을 허물고 다가가려 하기보단 거기에서 도망치려고 하지
않았던가. 남자는 다시 창문 밖으로 시선을 돌리고 마치 스스로
에게 읊는 독백이라도 되는 것처럼 말했다.

"누나가 양공주가 된 걸 알고 나서 어머니는 앓아누웠어. 시
간이 지난 뒤 회복하긴 했지만 예전 같진 않았지. 당시 막 대학생
이 된 나는 학생 운동에 가담했다가 구치소를 밥 먹듯 드나들었
소. 명목은 민주화와 유신 독재 타도였지만, 사실은 세상에 대한

269

불만이 컸지. 그 무렵 어머니가 심장마비로 돌아가셨소. 내가 속을 썩인 것도 큰 이유였겠지만 나는 그걸 전부 누이 탓으로 돌렸소. 그 편이 마음이 편했거든. 어머니가 돌아가신 게 전부 누이 때문이라고 그를 미워하면서 세월을 보냈소. 그런데 시간이 흐르고 돌이켜 보니 사실은 누이를 미워한 게 아니라 나를 미워한 거더군. 비겁하고 못난 내 자신을 참을 수 없었던 거야."

"미국엔 언제 오신 거죠?"

"40년 좀 넘었나, 한국에선 직장을 잡을 수가 없었어. 학생운동을 했던 과거가 주홍글씨처럼 낙인이 돼 좀처럼 채용해주는 데가 없었지. 여기 와서 세탁소를 운영하며 밤낮없이 일해 자식들을 대학까지 보낼 수 있었소."

문득 무언가가 머리를 스치고 지나갔다.

"혹시 초청 이민(미국에 사는 가족이 초청하여 허락이 되면 이민 비자를 발급받을 수 있다)이었나요? 엄마 덕분에 미국에 올 수 있었던 거 아닌가요?"

남자는 조금 거북한 표정으로 고개를 끄덕였다.

"한국에서 먹고살기가 너무 힘들어서 누이에게 부탁하는 편지를 썼지. 미국으로 가고 싶다고. 인연을 끊자고 했는데도 누나는 틈틈이 집으로 편지를 보냈소. 그래서 누이가 어디에 사는지는 알고 있었지. 그 뒤 한 몇 달간은 이민 수속 때문에 연락을 주고받았어. 여기 생활이 어느 정도 정착된 뒤 누이에게 감사하다고 편지를 보냈는데 아마 그게 마지막이었을 거요."

"필요할 때만 연락하고 그 뒤엔 다시 연락을 끊은 거네요."

의도한 바는 아니었는데, 내 목소리가 비아냥거리는 것처럼 들렸다. 남자는 변명처럼 "먹고살기 바빠서……"라고 말끝을 흐렸다.

나는 자리를 털고 일어났다. 더 이상 궁금한 것도, 알고 싶은 것도 없었다. 남자는 어두운 표정으로 소파에 앉은 채 목례를 하는 걸로 잘 가라는 인사를 대신했다. 그때 갑자기 잊고 있었던 질문이 생각났다.

"혹시 엄마가 녹색 보석이 박힌 반지를 갖고 있던 걸 알고 계시나요?"

"녹색 보석이 박힌 반지? 그런 건 본 기억에 없는데."

나는 감사하다고 말한 뒤, 문을 향해 걸어갔다. 주방에서 일을 보던 아내가 나를 밖까지 배웅했다. 문 앞에는 자식인 것처럼 보이는 남매의 사진이 걸려 있었다. 내가 그걸 힐끔힐끔 보는 걸 느꼈는지, 아내는 "아들이랑 딸이에요. 둘 다 의대, 약대를 졸업했죠"라고 말했다. 목소리에 묻어나는 뿌듯함을 여자는 굳이 감추려 들지 않았다.

다시 차를 몰고 집으로 돌아오는 동안 새로 알게 된 사실들이 머릿속을 빙글빙글 돌면서 소용돌이를 일으켰다. 엄마는 고아가 아니었다. 엄마는 매춘부였다. 그것 때문에 가족들에게 버림받았다. 자기 덕분에 남동생이 미국에 올 수 있었는데도.

문득 전 남편 마크와 헤어지던 때가 떠올랐다. 대학에서 강의를 했던 마크는 조교와 바람을 피웠다. 내가 그 사실을 알게 되자 마크는 실수였을 뿐이라고 용서를 빌었다. 나는 2주 안에 살 곳을 구해 나가달라고 하고서 열 살 먹은 케이트를 데리고 엄마가 혼자 살고 있는 집으로 갔다. 엄마와 자주 연락하는 편은 아니었지만 막상 집을 나가 보니 갈 곳이 거기밖에 없었다.

"네가 하고 싶은 대로 해."

울면서 앞으로 어떻게 해야 하냐고 묻는 내게 엄마는 그렇게 대답했다. 나는 눈을 크게 뜨고 엄마를 바라보았다. 이제껏 엄마의 행동을 감안하면 남편이 바람 한 번 핀 게 뭐 그리 큰 잘못이냐고 할 줄 알았는데 엄마가 한 말은 뜻밖이었다.

"너는 나처럼 살지 않았으면 해."

당시 나는 엄마의 말을 '나처럼 참고만 살지 말라'는 뜻으로 이해했다. 하지만 그때 엄마의 말엔 더 깊은 의미가, 어쩌면 더 깊은 염원이 담겨 있었는지도 모르겠다는 생각이 들었다. 갑자기 엄마가 보고 싶었다. 엄마가 세상을 떠났다는 게 실감이 나면서 눈물이 두 뺨을 타고 흐르기 시작했다. 흐르는 눈물을 손등으로 닦으면서 다음 주말에 엄마의 묘지를 찾아가야겠다고 생각했다. 엄마가 좋아했던 백합을 들고서.

영숙 6 : 2019년 9월

머릿속이 희뿌연 안개가 내려앉은 것처럼 흐릿하다. 오늘이 며칠인지 생각해내려다 그냥 포기한다. 언젠가부터 내게 시간은 정해진 방향으로 흐르지 않는다. 10년 전 일이 현재처럼 생생하게 눈앞에 펼쳐지고, 오늘은 과거가 되어 기억 뒤편으로 사라진다. 시간이 본래의 궤도를 잃어버렸는데 날짜를 세는 것이 무슨 의미가 있나. 나는 사방에 짙은 안개가 깔린, 미로 같은 내 머릿속을 온종일 더듬거리며 걷는다. 한 줄기 희미한 빛이 비치는 길을 따라 걷다 보면 스냅 사진처럼 선명한 장면들과 맞닥뜨리곤 한다. 마치 영화의 한 장면을 정지 버튼을 눌러 그대로 멈춰놓은 것 같다. 나는 아무런 맥락도 없이 불쑥불쑥 튀어나오는 내 삶의 기억들을 아무런 상관없는 제3자가 된 것처럼 그저 멀거니 바라본다.

장면 하나, 스물이 갓 넘은 내가 존과 함께 그의 부모님을 만나고 있다. 출산이 임박한 배가 불룩하다. 나는 고개를 푹 떨군 채 안절부절 못하고 있다. 나를 바라보는 부모님의 눈빛이 차갑다. 그들의 심정이 충분히 이해가 돼서 나는 더더욱 고개를 들지 못한다. 아들이 가난한 나라에서 데려온 신부는 영어도 제대로 구사하지 못할 뿐더러 어딘가 모르게 미심쩍다. 존이 뭐라고 둘러댔는지 모르지만 세상 경험이 많은 그분들은 이미 내 과거를 대충 눈치챈 것 같다. "네 애가 맞긴 한 거냐"라는 아버지의 말에 존도 버럭 화를 낸다. 그들은 언성을 높이며 싸우다 결국 화가 풀리지 않은 채로 헤어진다. 나 때문에 부모님과 사이가 벌어진 게 미안해 나는 가만히 존의 눈치를 살핀다. 줄곧 그리워했던 부모님과 재회가 그런 식으로 끝나 속상할 텐데도 존은 오히려 나를 위로하듯 꼭 끌어안아 준다.

갑자기 영화의 빨리 감기 버튼을 누른 것처럼 어느새 시간은 그로부터 몇 년 뒤로 흘러갔다. 길을 가다 우연히 존의 동료를 만난다. 그쪽도 나와 존처럼 부부가 함께 외출을 나온 모양이다. 힐끗 내 얼굴을 쳐다본 동료가 입꼬리를 올리며 의미심장한 미소를 짓는다. 다 알겠다는 듯이. 나는 한시바삐 그 상황에서 도망치고 싶다. 이전에도 비슷한 일을 겪은 적이 있지만 몇 번을 경험해도 좀처럼 익숙해지지 않는다. 동료와 인사를 나누고 헤어지는 존의 옆모습이 딱딱하게 굳어 있다. 내가 팔짱을 끼려 하자 그는 몸을 돌려 나를 피한다.

가슴에 누가 무거운 돌을 하나 얹어놓은 것 같다. 존의 태도가 예전 같지 않다고 느낄 때마다 내 마음엔 작은 생채기가 생긴다. 그 무렵엔 생채기가 생기는 횟수가 점점 잦아진다. 존이 나를 위해 대학에 가려고 모아두었던 돈을 전부 써버렸다는 사실을 알게 된 건 그와 함께 미국에 온 직후다. 대학에 가기 위해 입대했던 존은 결국 나와 제이드를 부양하기 위해 군에 눌러앉는다. 존은 진급이 빠른 편이 아니다. 진급에서 밀릴 때마다 그는 온종일 침울한 표정으로 말을 하지 않는다. 그럴 때면 존은 나를 탓하는 것 같은 시선으로 바라본다. 팔짱을 끼려는 나를 피하는 그의 시선도 그때처럼 차갑다.

시간은 다시 훌쩍 뒤로 날아간다. 침대에 등을 돌린 채 누워 있는 존. 그의 입에서 "제이드가 내 애가 맞는 거지?"라는 말이 튀어나온다. 누군가 가슴에 칼을 내리꽂는 것 같다. "어떻게 그런 말을 아무렇지 않게 할 수 있어?"라고 묻는 내 목소리가 떨린다. 존은 무표정하게 나를 바라보다가 결국 아무 말도 하지 않고 다시 돌아눕는다.

그 무렵부터 존은 자신에게 일어나는 모든 불운은 내 탓으로 돌린다. 이루지 못한 자신의 꿈도, 팍팍한 현실도 모두 나 때문이다. 존이 가진 상냥함은 유약함과 동전의 양면 같은 것이라는 사실을 뒤늦게 깨닫는다. 처음 만났을 때 나에 대한 존의 애정이 외로움에 기반하고 있었다는 것도. 한때 먼 이국 땅의 이방인이었던 그에게 나는 유일한 마음의 안식처였다. 하지만 이제 나는 그의 짐으로 전락한다. 다른 사람에게 떳떳하게 내보일 수 없는 짐.

부모님의 갑작스러운 죽음 이후, 서서히 식어가던 존의 마음은 얼음장처럼 급속히 얼어붙는다. 서먹했던 관계가 완전히 회복되기 전에 부모님이 돌아가신 건 존에게 씻을 수 없는 상처를 남겼다. 이제 존은 그것마저 내 탓으로 돌린다. 술을 마시고, 집에 돌아오지 않는다. 처음 존이 나를 때렸을 때 그 사실을 믿을 수 없었던 나는 어안이 벙벙한 채로 멍하니 서 있기만 했다. 하지만 한 번이 두 번이 되고, 두 번이 세 번이 되자 어느새 아무런 느낌이 없어진다. 나는 거기에 익숙해진다. 어차피 존을 떠나봤자 내게는 갈 곳이 없다. 혼자 힘으로 살아갈 자신도, 능력도 없다. 그래서 그저 모든 걸 감내하기로 한다. 예전에 내가 그랬던 것처럼. 적어도 지금의 내게는 몸을 누일 집이 있고, 밥을 굶을 일도 없다. 마마네 집 여자들이 먹고살기 위해 매일 치러야 하는 가혹한 전쟁을 이제 더 이상 치르지 않아도 된다. 그것만 해도 얼마나 큰 축복이냐고 나는 매번 피폐해져 가는 정신을 추스른다.

그래도 마음 한 켠이 뻐근해 오는 건 어쩔 수 없다. 존의 넓은 등을 바라보면서 그가 내게 등을 돌리지 않았던 옛날을 돌이켜 본다.

　장면 둘, 어린 제이드 손을 잡고 있는 내가 한국에서 왔다는 젊은 부부를 마주하고 있다. 남자의 시선이 나와 존의 피가 섞인 제이드의 얼굴에 머무른다. 한국에서 군 복무를 하던 존을 만나 미국으로 왔다는 사실을 알게 되자, 그의 얼굴에 야릇한 표정이 떠오른다. 뭔가 짐작이 가는 곳이 있다는 표정. 드물게 만나는 한국인들은 존의 직업을 알게 될 때마다 모두 그런 표정을 지었다. 거북해진 나는 말을 더듬는다. 도망치듯 자리를 뜨는 내 뒤로 그들의 따가운 시선이 느껴진다. 나는 내 나라에서 멀어진 것처럼 그 나라에서 온 사람들로부터도 멀어진다.

　그 뒤 그들은 교회에서 나를 봐도 모른 척한다. 예상했던 일이라 나 역시 놀라지 않는다. 언젠가부터 나는 서양인과 한국인의 시선 차이를 깨닫는다. 나를 바라보는 서양인들의 눈에 비친 감정이 무시와 무관심이라면 한국인들이 나를 바라볼 때는 눈에 경멸과 혐오가 어린다. 둘 중에 후자가 훨씬 더 괴롭고 고통스럽다. 그 고통에서 멀어지기 위해 세상을 향해 담을 쌓는다. 나는 그 담 안쪽에서 안전하게 몸을 웅크린다.

　거미줄처럼 얽히고설킨 내 기억의 미로 속에서 이리저리 헤매고 있을 때면 종종 나를 부르는 사람들의 목소리가 들린다. 돌아보면 경아가, 미자 언니가 나를 부르고 있다. 제니가 마마네 집을 떠날 때처럼 활짝 웃으며 나를 쳐다보고 있을 때도 있다.

"누나!"

영호가 부르는 소리가 들리는가 싶더니 어느새 나는 내 인생의 어느 한 시점으로 이동해 있다. 눈앞에 보이는 나, 영호의 편지를 들고 있다. 완전히 인연을 끊은 줄 알았던 영호의 편지에 가슴이 설레 두 뺨이 발그스름하게 상기돼 있다. 서둘러 봉투를 뜯는다. 사무적인 어조의 편지에는 미국에 이민 갈 수 있도록 도와달라는 내용이 적혀 있다. 행간에서 내 안부를 걱정하는 영호의 마음을 느낄 수 있을까 싶어 편지를 몇 번이고 반복해 읽어 보지만 짧은 편지에선 그게 좀처럼 느껴지지 않는다. 그래도 영호가 내게 연락을 했다는 사실이 기쁜 나머지, 존에게 부탁해 영호가 필요로 하는 것들을 전해주고 준비해야 할 것들을 알려준다. 영호가 미국에 와서 살 생각을 하니 기대감으로 가슴이 부풀어 오른다. 이 낯선 땅에 단 한 명이라도 내가 의지할 수 있는 사람이 생긴다는 게 꿈만 같다.

꽤 시간이 흘러 영호가 미국에 잘 정착했다는 사실을 알려온다. 그때부터 나는 영호가 나를 보러 오거나, 보러 오라고 초대할 날을 손꼽아 기다린다. 행여라도 잊어 먹지 않도록 영호의 주소까지 일부러 종이에 적어놓는다. 하지만 아무런 연락이 없다. 궁금해진 나는 영호에게 몇 번이나 편지를 띄운다. 열 통이 스무 통이 되고, 스무 통이 서른 통이 넘어간다. 그래도 답장은 오지 않는다. 마침내 나는 내가 다시 버려졌다는 사실을 깨닫는다. 영호가 내게 연락한 것이 단순히 필요에 의한 것이었다는 사실에 배신감을 느낀다. 화가 나서 영호가 보냈던 사무적인 편지들을 찢는다.

그러나 영호와 내가 함께 찍었던 빛바랜 사진만큼은 찢을 수가 없다. 사진을 오랫동안 들여다보던 나는 결국 영호를 용서한다. 사진을 찢어버리는 대신 그것을 옷장 깊숙한 곳에 보관한다. 영호의 주소가 적힌 종이와 함께. 언젠가는 내가 영호를 다시 만나게 되기를, 그때는 우리 둘 다 예전처럼 활짝 웃으며 서로를 바라볼 수 있기를 기도하면서.

장면 셋, 내 눈 앞에 서 있는 나는 이미 나이가 들었다. 피부에 주름이 새겨지고 머리칼이 희끗희끗하다. 노년에 접어든 나는 다시 집으로 돌아오는 존을 맞이한다. 존은 한눈에 보아도 병색이 완연하다. 한때 건장했던 그의 체구는 온몸을 파먹는 암세포 때문에 처지고 쪼그라들었다. 나를 떠났던 그에게 왜 돌아왔냐고 묻지 않는다. 그동안 어떻게 살아왔는지도. 그저 오전에 출근한 사람이 저녁에 퇴근하고 집에 올 때처럼 덤덤하게 그가 돌아오는 것을 바라본다.

그가 왜 생의 마지막 순간에 자신이 버린 여자에게 몸을 의탁했는지 나는 모른다. 아마 설명해줬다 한들 완전히 이해하지 못했을 것이다. 하지만 나는 그를 받아들이기로 한다. 부부라는 인연을 떠나서라도 나는 존에게 진 빚이 있다. 그는 나를 지옥에서 구해주고, 내가 새로운 세상에서 살 수 있도록 해주었다. 비록 나를 떠나긴 했지만 그는 나를 험한 세상 밖으로 내치지 않았다. 이제는 내가 그를 도와줘야 할 차례다. 비록 그것이 죽음을 향해 걸어가는 길에 손을 잡아주는 데 불과할지라도.

또다시 의식이 아득하게 멀어진다. 내 안에서 과거와 현재가, 어제와 오늘이 섞여 뒤죽박죽이 된다.

"엄마!"

누군가가 부르는 소리에 정신을 차리니 눈앞에 어떤 여자가 앉아 있다. 마흔 중반쯤 됐을까. 여자는 보통 키에 마른 체형이다. 차분한 인상의 여자는 어깨까지 오는 갈색 머리에 회색 바지 정장 차림을 하고 있다. 지금 내가 보고 있는 사람이 실재하는 것인지, 내 머릿속에 존재하는 것인지 몰라 나는 여자를 물끄러미 바라본다. 어디에선가 본 적 있는 듯한 낯익은 얼굴. 내가 저 얼굴을 어디서 봤던가.

"엄마, 저예요. 모르시겠어요?"

여자의 목소리에 실망한 빛이 어린다. 나는 여자가 왜 나를 엄마라고 부르는지 의아하게 생각한다. 내 딸 제이드는 아직 어린아이다. 머리칼에 새치가 섞이고 얼굴에 가느다란 잔주름이 진 여자는 내 딸과는 거리가 멀다.

제이드는 태어나는 순간부터, 아니, 어쩌면 그 전부터 내 삶의 중심이 된다. 이 아이를 위해서라면 못 할 것이 없다. 내가 가진 건 무엇이건 아낌없이 다 내주고 싶다. 진심으로 그렇게 생각한다. 하지만 안타깝게도 내가 딸에게 해줄 수 있는 일은 별로 없다. 존은 내가 제이드와 시간을 오래 보내면 아이의 언어 발달이 더디어질까 봐 걱정한다. 다른 엄마들처럼 아이 공부를 돌봐주거나, 학교 행사에 활발하게 참여해 선생님들에게 눈도장을 찍을 수도 없다. 행여 내 과거가 소문이 나서 제이드에게 상처를 줄까 봐 두려운 나머지, 나는 되도록 사람들의 눈에 띄지 않으려고 노력한다. 내가 제이드를 위해 유일하게 해줄 수 있는 일은 그저 잘 먹이는 것뿐이다. 예전에 존에게 그랬던 것처럼 나는 정성을 다해 제이드를 위한 음식을 만든다.

제이드가 크면서 우리 사이의 대화는 점점 줄어든다. 한국말을 다 잊어버린 제이드는 이젠 영어로만 얘기한다. 예전보다 훨씬 나아졌다고는 하나, 내 영어 실력은 여전히 제이드의 성장 속도를 쫓아갈 수 없다. 어느새 나는 딸과도 제대로 이야기를 나눌 수 없는 처지가 된다. 그런 내게서 제이드가 점점 멀어진다. 언젠가부터 제이드는 이해할 수 없다는 듯한 눈길로 나를 쳐다본다. 제이드의 시선은 다른 사람들보다 시선보다 훨씬 더 날카로운 바늘이 되어 나를 찌른다.

시간은 어느새 기억하기 싫은 과거로 나를 되돌려놓았다. 내가 제이드의 뺨을 때린 날이다. 내 눈앞에 서 있는 그 때의 나는 자신이 한 행동에 놀라 얼어붙어 있다. 제이드를 때릴 생각은 결코 없었다. 하지만 제이드의 입에서 "역겹다"는 말이 나오는 순간 나는 내 존재를 딸에게 송두리째 부정당했다고 느낀다.

그 무렵 나는 존이 밖에서 여자를 사고 있다는 사실을 어렴풋이 눈치챈 상태다. 하지만 내게 그걸 항의할 자격이 있는 건지 몰라 혼란스럽다. 애초에 존이 나를 사지 않았더라면 나는 아직도 마마네 집을 벗어나지 못했을지도 모른다. 오히려 내가 충격을 받은 것은 존과 함께 있던 여자를 향한 제이드의 혐오감이다. 나도 그 혐오감 어린 시선에서 자유로울 수 없다는 생각이 스치는 순간, 내 머리는 하얗게 변한다. 머리가 알아차릴 틈도 주지 않고 내 손이 제멋대로 움직인다. 놀란 제이드의 두 눈이 나를 똑바로 쳐다보고 있다. 두 눈에 눈물이 괸 채로 제이드는 말릴 새도 없이 뛰쳐나간다.

나는 두 눈을 질끈 감고 보기 싫은 장면을 쫓아버린다. 이제 눈앞에는 아무것도 보이지 않는다. 깜깜한 어둠만이 끝없이 펼쳐져 있을 뿐이다. 이 어둠을 계속 따라가다 보면 언젠가 끝나는 지점에 죽음이 기다리고 있음을, 나는 직감으로 안다.

어둠에 몸을 맡긴 채 지나온 세월을 돌이켜 본다. 죽을 만큼 힘들었던 날들, 한없이 눈물을 흘려야 했던 날들이 머리를 스치고 지나간다. 하지만 그 속에서도 때로는 한 줄기 희망이 비쳤고, 지친 내게 쉬라며 어깨를 빌려주는 사람들이 있었다.

어디선가 진주는 조개 속에 난 무수한 상처로 만들어진다는 말을 들은 적이 있다. 내 인생을 할퀴고 간 수많은 상처도 반짝거리는 무언가를 만들어 냈다면, 그건 바로 내 딸 제이드다. 제이드는 내 상처투성이 인생에서 언제나 변함없이 영롱한 빛을 발한 내 보석이었다.

제이드 7

엄마의 묘비는 다른 묘비들과 조금 떨어진 곳에 동그마니 서 있었다. 그 모습을 보니 엄마가 살았을 때 그랬던 것처럼 눈을 감은 후에도 세상으로부터 소외돼 있는 것 같아 마음이 아팠다. 딱히 내키지 않았지만 엄마가 정신이 또렷했을 때 내게 부탁했던 대로 아빠 옆에 엄마를 묻은 게 잘한 일이란 생각이 들었다. 적어도 엄마는 이곳에서 혼자는 아니니까.

엄마에게 백합을 헌화하는데 나도 모르게 눈물이 흘렀다. 이제 나는 엄마를 이해할 수 있었다. 엄마가 왜 그렇게 세상과 자신 사이에 높은 벽을 쌓아 올렸는지. 돌아온 아빠를 왜 말없이 받아줬는지. 그리고 내가 '창녀'란 단어를 입에 올렸을 때 왜 그렇게 격하게 반응했는지도.

"엄마, 미안해요."

이젠 세상에 없는 엄마에게 조용히 속삭였다.

"원망해서 미안해요. 질책하고 밀어내기만 해서 미안해요. 좋은 딸이 못 돼줘서 미안해요."

돌이켜 보니 엄마에게 미안한 일이 너무 많았다. 그런데 그 미안함을 다 갚기도 전에 엄마는 내 곁을 훌쩍 떠나버렸다.

"나한테 다 얘기하지 그랬어요. 그러면…… 엄마를 더 빨리 이해할 수 있었을 텐데."

그렇게 투정해 봐도 엄마는 말이 없었다. 이제 엄마는 내 등을 쓸어주지도, 내 눈물을 닦아주지도 못하는 곳에 가 있으니까. 그 사실이 새삼 서러워 가슴이 메어왔다.

"엄마……."

나는 엄마의 묘비 앞에서 한참 동안 후회의 눈물을 흘렸다.

내 엄마는 양공주였다. 그 충격적인 사실을 알고 난 뒤로 나는 엄마가 한 여러 선택들을 드디어 이해할 수 있게 됐다. 하지만 그럼에도 불구하고 나는 엄마에 대해, 엄마가 거쳐온 삶의 여정에 대해 아는 게 너무 없었다. 엄마는 내게 많은 걸 비밀로 했다. 그 때문에 엄마가 숨기고 싶어했던 과거뿐 아니라 엄마에게 남동생이 있다는 사실, 그 남동생이 바로 여기 미국에 살고 있다는 사실 역시 불과 얼마 전까지 까맣게 모르고 있었다. 그렇다면 혹시 엄마가 내게 말하지 않은 비밀이 더 있는 건 아닐까.

생각하면 할수록 엄마가 수수께끼 같았다. 풀리지 않는 수수께끼. 엄마가 내게 하지 않았던 말, 나와 공유하지 않았던 경험이 궁금했고 그 궁금증은 결국 돌고 돌아 한 가지 결론으로 귀결됐다. 내가 엄마를 잘 모른다는 결론.

엄마가 대체 어떤 사람인지, 엄마가 내게 보여주지 않았던 모습이 무엇인지 알고 싶었다. 지금의 나라면 엄마가 내게 감추려 했던 모습도 모두 보듬어줄 수 있을 것 같았다.

며칠간 고민하다 엄마가 다니던 교회를 찾아갔다. 엄마는 어떤 상황에서도 예배만큼은 빠뜨리지 않았다. 크면서 무신론자가 된 나와 달리 엄마는 평일에도 틈이 날 때면 교회로 가 기도를 올렸다. 엄마가 나 이외에 세상과 소통한 통로는 교회밖에 없었다. 그러니 어쩌면 엄마가 다니던 교회엔 엄마가 마음을 터놓은 사람이 하나쯤 있었을지도 몰랐다. 평소 세상에 벽을 세웠던 엄마를 생각하면 그럴 가능성이 낮긴 했지만 모래사장에서 바늘을 찾는 확률에 가깝더라도 일단 시도해보기로 했다.

엄마가 요양원에 들어가기 전까지 다녔던 교회 목사 로버트는 내 나이 또래 정도 되는 남자였다. 온화한 인상에 눈매가 상냥했다. 그는 엄마를 기억하고 있었다. 엄마의 사망 소식을 전하자 그는 진심에서 우러나온 위로를 건넸다.

"내가 혹시 도와줄 건 없나요?"

로버트 목사가 내게 물었다.

"사실…… 있어요, 혹시 이곳에 엄마와 가깝게 지냈던 분이 계신가요?"

목사는 난감한 표정을 지었다.

"글쎄요, 수지는 여기서 그다지 사교적인 편이 아니었거든요. 아무래도 언어 장벽도 있었던 것 같고…… 한국 교민들도 몇 분 계시지만 어째선지 그분들과도 별로 가까이 지내고 싶어 하지 않는 것 같았어요."

묵묵히 고개를 끄덕였다. 엄마가 그들과 거리를 둔 이유를 이젠 이해할 수 있었다.

"아!"

별다른 소득 없이 돌아가려는 내게 로버트 목사는 방금 생각났다며 "수지랑 가끔 차를 마시러 가던 분이 계세요"라고 말했다.

"그래요?"

뜻밖의 말에 가슴이 두근거렸다. 엄마는 가깝지도 않은 사람과 일부러 차를 마실 만큼 사교적인 사람이 아니다. 그 정도 친밀함을 유지했다면 그는 엄마에게 특별한 의미가 있는 인물일 게 분명했다.

"순자라고, 수지랑 나이가 비슷한 분이에요."

로버트 목사는 그렇게 말한 뒤 안마당에서 땅을 파며 혼자 놀고 있던 꼬마를 불렀다.

"잭! 예배당에 순자 할머니가 계신지 보고 와줄래?"

잭이라고 불린 꼬마는 동그란 얼굴에 커다란 눈망울, 곱슬거리는 머리카락이 사랑스러운 흑인 소년이었다.

"계시면 어떻게 해요?"

"여기 사무실로 좀 모시고 오렴."

잭이 예배당을 향해 달려가자 로버트 목사가 나를 돌아봤다.

"그분은 여기에 매일 오세요. 정말 열심인데 항상 뒷자리에 조용히 앉아 기도만 하고 가죠. 아마 낯을 많이 가리는 점이 수지와 비슷해서 두 분이 가까워진 것 같아요."

조금 뒤 잭이 늙수그레한 여인 하나와 함께 사무실로 들어왔다. 굵게 컬을 넣은 하얀 머리에 몸집이 통통한 여자였다. 나이는 엄마와 비슷하거나 몇 살 위로 보였지만 너무 빨리 늙어버린 엄마와 달리 그는 제 또래보다 젊어 보였다. 목사가 얘기한 순자임이 분명했다.

"슬픈 소식을 알려드려야겠네요. 수지가 돌아가셨어요."

목사가 순자에게 말했다.

목사의 말에 순자는 흠칫 몸을 떨었지만 오래지 않아 침착함을 되찾은 뒤 체념한 얼굴로 천천히 고개를 가로저었다. 앞서 봤던 수많은 죽음에 이미 단련되어서인지 엄마의 죽음을 전해 듣는 그는 어딘지 모르게 초연해 보였다.

"그렇군요, 수지가 갔군요. 부디 좋은 곳에서 쉬기를."

순자가 눈을 꼭 감고 두 손을 기도하듯 마주 잡았다.

"그런데 이 분은?"

잠시 후 눈을 뜬 순자가 나를 쳐다보며 목사에게 물었다.

"수지의 따님이에요. 엄마에 대해 물어볼 게 있어서 찾아왔
대요."

순자의 눈에 놀라움이 스치고 지나갔다. 순자가 내가 서 있
는 곳으로 다가와 내 두 손을 잡았다. 따뜻한 손이었다. 엄마가
그랬던 것처럼.

"잘 왔어요, 제이드. 이렇게 만나서 얼마나 기쁜지 몰라요."

처음 본 순자 입에서 튀어나온 내 이름에 가슴은 그가 무엇
을 알고 있을지도 모른다는 기대감으로 두근거렸다.

///////////

"수지가 당신 얘기를 참 많이 했어요."

내 앞에 뜨거운 김이 모락모락 나는 찻잔을 놓으며 순자가
말했다. 순자는 차라도 한잔 대접하겠다며 기어이 나를 자신의
집으로 데려갔다. 교회 근처 카페에서 마셔도 충분하다고 에둘
러 거절했지만 순자는 고집을 꺾지 않았다. 내키진 않았지만 결
국 순자를 따라 그의 집으로 왔다. 어쨌든 나는 그에게서 들어야
할 얘기가 있으니까.

순자의 집은 엄마가 살던 집과 비슷했다. 구조나 장식이 그렇다는 게 아니라 소박하고 깔끔한 점이 닮아 있었다. 살림살이가 그렇게 넉넉해 보이진 않았지만 어쩐지 편안한 느낌을 주는 공간이었다.

"엄마가요?"

순자의 말에 놀란 내가 되물었다.

"그럼요, 딸이 다행히 자기를 별로 안 닮았다고 했어요. 그래서 야무지고 똑똑한 데다 공부도 많이 했다고. 그런데 오늘 보니 엄마를 참 많이 닮았네요."

엄마의 선이 가는 얼굴과 모발이 가늘고 부드러운 머리칼이 떠올랐다. 갑자기 목이 메어 나는 앞에 있는 차를 한 모금 마셨다. 차에선 얼그레이와 비슷한 좋은 향기가 났다.

"그래서 엄마에 대해 뭘 알고 싶어요?"

순자가 물었다. 엄마처럼 발음이 부정확하고 종종 문법이 틀린 영어를 구사했지만 알아듣는 데 별 지장은 없었다.

"음…… 전부 다요?"

"무슨 뜻인지 모르겠어요."

순자가 고개를 저었다. 하긴 내가 생각해도 너무 어설픈 설명이었다.

"사실 얼마 전에 엄마의 비밀을 알게 됐어요."

"비밀이라고요?"

"네, 그게……."

어떻게 표현해야 할지 몰라 난감했다.

"엄마가, 다른 사람들한테는 숨기고 싶어 했던…… 어떤 일이 있었어요."

내가 조심스럽게 표현을 골라가며 대답했다.

"그걸 알고 나니 더 궁금해졌어요. 엄마는 내게 숨기는 게 많았거든요. 어쩌면 지금도 내가 엄마에 대해 알지 못하는 게 많을지도 모르고…… 그래서 엄마는 어떤 사람이었을까 하고……."

딸인 내가 오늘 처음 만난 순자에게 엄마가 어떤 사람이었냐고 물어보는 상황이 어색해서 말은 자꾸만 비비 꼬였다.

순자는 말없이 가만히 찻잔을 바라보고 있다가 불쑥 물었다.

"엄마의 비밀이라는 게, 양공주였단 건가요?"

"그걸 어떻게 아셨어요?"

나는 놀라 하마터면 찻잔을 떨어뜨릴 뻔했다.

"수지가 얘기했으니까요."

엄마가 양공주였단 걸 순자가 알고 있다는 사실만큼이나 엄마가 직접 그 얘기를 순자에게 했다는 말도 놀라웠다.

"하지만, 어째서, 왜……."

당황한 내가 말을 더듬었다.

"왜 딸인 당신에겐 비밀로 하고 내게 그 사실을 털어놓은 거냐고 묻고 싶은 거죠?"

순자가 내 마음을 읽은 것처럼 하고 싶은 말을 대신했다. 나는 멍하게 고개를 끄덕였다.

"나 역시 양공주였으니까."

나는 다시 할 말을 잃었다.

"우린 첫눈에 서로가 서로를 알아봤어요. 그래서 과거를 솔직히 터놓고 가까워질 수 있었죠."

순자의 입에서 나오는 말 한마디 한마디가 뜻밖이어서 나는 무슨 말을 해야 할지 몰랐다.

순자는 그런 나를 똑바로 쳐다봤다.

"엄마의 비밀을 알고 나니 어때요? 엄마가 미워졌나요?"

세차게 고개를 저었다. 놀라움 다음으로 내게 찾아온 감정은 연민이었다. 삼촌 영호가 한 말에 따르면 엄마는 원치 않았는데도 양공주가 됐고 그런 상황에서도 자기 가족들에게 꼬박꼬박 돈을 부쳤다. 삼촌은 그 이유로 엄마를 미워했을지 몰라도 나는 도저히 그런 엄마를 미워할 수가 없었다.

"우린 버려진 사람들이에요. 가족으로부터, 국가로부터."

순자가 담담한 목소리로 말을 이었다.

"하지만 난 떳떳해요. 그 누구에게도 죄를 짓지 않았으니까. 죄를 지은 사람은 오히려 나를 그렇게 만든 사람들이지."

순자는 거기서 말을 멈추고 내 얼굴을 똑바로 쳐다봤다.

"당신 엄마도 나와 마찬가지예요. 그러니까 부탁인데 행여라도 엄마를 미워하지 말아요."

순자의 마지막 말은 마치 애원처럼 들렸다.

"엄마가…… 그곳에서 어떻게 지냈는지 아세요?"

'그곳'은 기지촌을 뜻했지만 나는 선뜻 그 단어를 입에 올릴 수가 없었다. 하지만 순자는 내가 하고 싶은 말을 바로 이해한 모양이었다.

"몰라요. 하지만 내가 있었던 곳과 크게 다르진 않겠죠. 아마 비슷비슷한 지옥이었을 거예요."

당시의 기억을 뿌리치려는 듯 순자가 휘휘 손을 내저었다.

"수지랑 나는 과거 얘기를 하지 않았어요. 좋은 일도 아니었는데 굳이 이제 와서 떠올려 봤자 뭐 하겠어요."

"그럼 무슨 얘기를 하셨어요?"

"자식들 이야기."

순자의 입가에 희미한 미소가 떠올랐다.

"수지는 당신 얘기를 했고 나는 아들 제이슨 얘기를 했어요. 제이슨은 해병이에요. 죽은 제 애비가 봤다면 자랑스러워했을 거예요. 남편은 나쁜 놈이었지만 원망은 안 해요. 내게 제이슨을 줬으니까요."

"혹시…… 제이슨도…… 제가 아는 것처럼……."

우물쭈물하는 내 마음을 읽은 순자가 즉각 대답했다.

"제이슨은 내 과거를 몰라요. 물론 남편은 알죠. 남편과 '그곳'에서 만났으니까."

"왜 제이슨에게 말씀하지 않으셨어요? 떳떳하다면서요?"

순자가 고개를 떨궜다.

"두려웠어요, 내 아들이 나를 미워하고 부끄러워하는 것이. 세상 사람 모두가 나를 손가락질하는 건 견딜 수 있지만 제이슨 이 그런다면 내 가슴은 무너질 거예요."

순자는 내 눈을 똑바로 쳐다봤다.

"수지가 당신에게 비밀로 했던 것도 똑같은 이유예요."

"하지만 엄마가 말해줬더라면 더 좋았을 거예요. 그럼 엄마 를 이해하기 쉬웠을 테니까."

순자가 천천히 고개를 저었다.

"때로는 모르는 게 약이 될 때도 있어요."

나는 말없이 식어가는 차를 마셨다. 한동안 순자와 나는 아 무 말도 하지 않았다. 각자 여러가지 생각과 감정을 정리할 시간 이 필요했으니까.

"엄마가 어떤 사람인지 궁금하다고 했죠?"

먼저 침묵을 깬 사람은 순자였다.

"수지는 당신을 사랑했어요. 당신을 위해서라면 자기 목숨 도 기꺼이 내던질 수 있을 만큼요."

순자가 내 얼굴을 똑바로 쳐다보며 물었다.

"엄마가 어떤 사람이었는지에 대한 대답은 그걸로 충분하지 않나요?"

그 뒤로 몇 주간 나는 틈만 나면 양공주에 대한 자료를 찾았다. 순자는 모르는 게 약이라고 했지만 엄마가 어떻게 살아왔는지, 어떤 고통을 겪었는지 알아보고 싶었다. 마치 무엇인가에 홀리기라도 한 것처럼 도서관과 온라인에 있는 자료를 파헤쳤다.

6.25 전쟁 이후, 한국 곳곳엔 주한 미군을 위한 거대한 매춘 지대가 형성됐다. 수많은 여성들이 경제적 이유로, 혹은 사기나 인신매매를 당해서 '기지촌'이라고 불리는 사창가로 팔려 왔다. 1960년대 중반, 기지촌 여성들이 벌어들이는 외화 수입이 연간 1,000만 달러에 육박했다는 조사가 있을 정도로 한때 이 여성들은 한국의 주요 외화 수입원이었다. 반면 그들에 대한 처우는 형편없었다. 미군 기지촌에선 폭력과 강제적 약물 남용, 그 밖에 숱한 학대가 암암리에 행해졌다. 비인간적인 환경에서 하루하루 버텨야 했던 기지촌 여성들의 유일한 꿈은 미군과 결혼해 미국으로 이민 오는 것이었다.

하지만 미국행 비행기 티켓이 그들의 행복을 담보해주진 못했다. 대다수가 남편에게 버림받고 다시 한국으로 돌아가거나, 미국에서 또 다시 몸을 팔아야 했다. 낯선 미국 땅에서 노숙자가 된 사람도 있었다. 그 가운데 아주 극소수의 운 좋은 사람들만 미국에서 남들 보기에 평범해 보이는 삶을 누릴 수 있었다.

그런데 그들의 인생이 행복했을까. 그건 나도 잘 모르겠다. 다만 겉으로 평범해 보이는 일상을 지키기 위해 속으로는 날마다 치열한 투쟁을 벌이고 있었다는 사실만큼은 확신할 수 있다. 나의 엄마가 그랬던 것처럼.

엄마는 사람들이 '양공주'라고 낙인 찍은 여성이었다. 엄마의 결말이 해피엔딩이었는지 아닌지는 알 수 없지만 엄마는 이미 자신이 써 내려간 인생 이야기에 마침표를 찍었다. 하지만 아직도 수많은 양공주들의 이야기는 끝나지 않았고, 그럼에도 그들의 목소리를 귀담아듣는 사람들은 많지 않다. 그들은 자신이 속한 사회에서 추방된, 목소리를 잃어버린 사람들이니까.

나는 잃어버린 그들의 목소리를 대신 전달하기로 결심했다. 그토록 쓰고 싶었지만 결코 완성할 수 없었던 책을 통해서. 그것이 엄마가, 그리고 엄마와 비슷한 다른 수많은 여성들이 겪었던 고통에 대한 작은 보상이 될 수 있다면 나로선 더 이상 바랄 나위가 없었다. 그리고 어쩌면 나는 그 작업을 통해 이젠 곁에 없는 엄마를 조금 더 이해하게 될지도 몰랐다.

언젠가 내가 책을 완성하게 된다면, 첫 문장은 아마도 이렇게 시작할 것이다.

"어떤 이는 엄마를 타락한 여자라 불렀고,

다른 이는 엄마를 가리켜 피해자라고 했다.

하지만 내게 있어 엄마는

불친절한 운명과 용감히 싸웠던 생존자였다."

영숙과 제이드

초판 1쇄 발행 2024년 11월 15일

지은이 오윤희
펴낸이 김선준

편집이사 서선행
책임편집 배윤주 **편집2팀** 유채원
디자인 김세민
마케팅팀 권두리, 이진규, 신동빈
홍보팀 조아란, 장태수, 이은정, 권희, 유준상, 박미정, 이건희, 박지훈
경영관리팀 송현주, 권송이, 정수연

펴낸곳 ㈜콘텐츠그룹 포레스트
출판 등록 2021년 4월 16일 제2021-000079호
주소 서울 영등포구 여의대로 108 파크원타워1, 28층
전화 02) 332-5855 **팩스** 02) 332-5856
홈페이지 www.forestbooks.co.kr
종이 ㈜월드페이퍼 **출력·인쇄·후가공** 더블비 **제본** 책공감

ISBN 979-11-93506-88-2 (03810)

㈜콘텐츠그룹 포레스트는 독자 여러분의 책에 관한 아이디어와 원고 투고를 기다리고 있습니다. 책 출간을 원하시는 분은 이메일 writer@forestbooks.co.kr로 간단한 개요와 취지, 연락처 등을 보내주세요. '독자의 꿈이 이뤄지는 숲, 포레스트'에서 작가의 꿈을 이루세요.

young Sook and Jade